JN109717

警視庁
花人（かじん）犯罪対策班
生まれつきの花
NATIVE BORN
FLOWER
Metropolitan Police Department'
KAJIN Crime Un
by Nitadori Ke
似鳥鶏
河出書房新社

contents

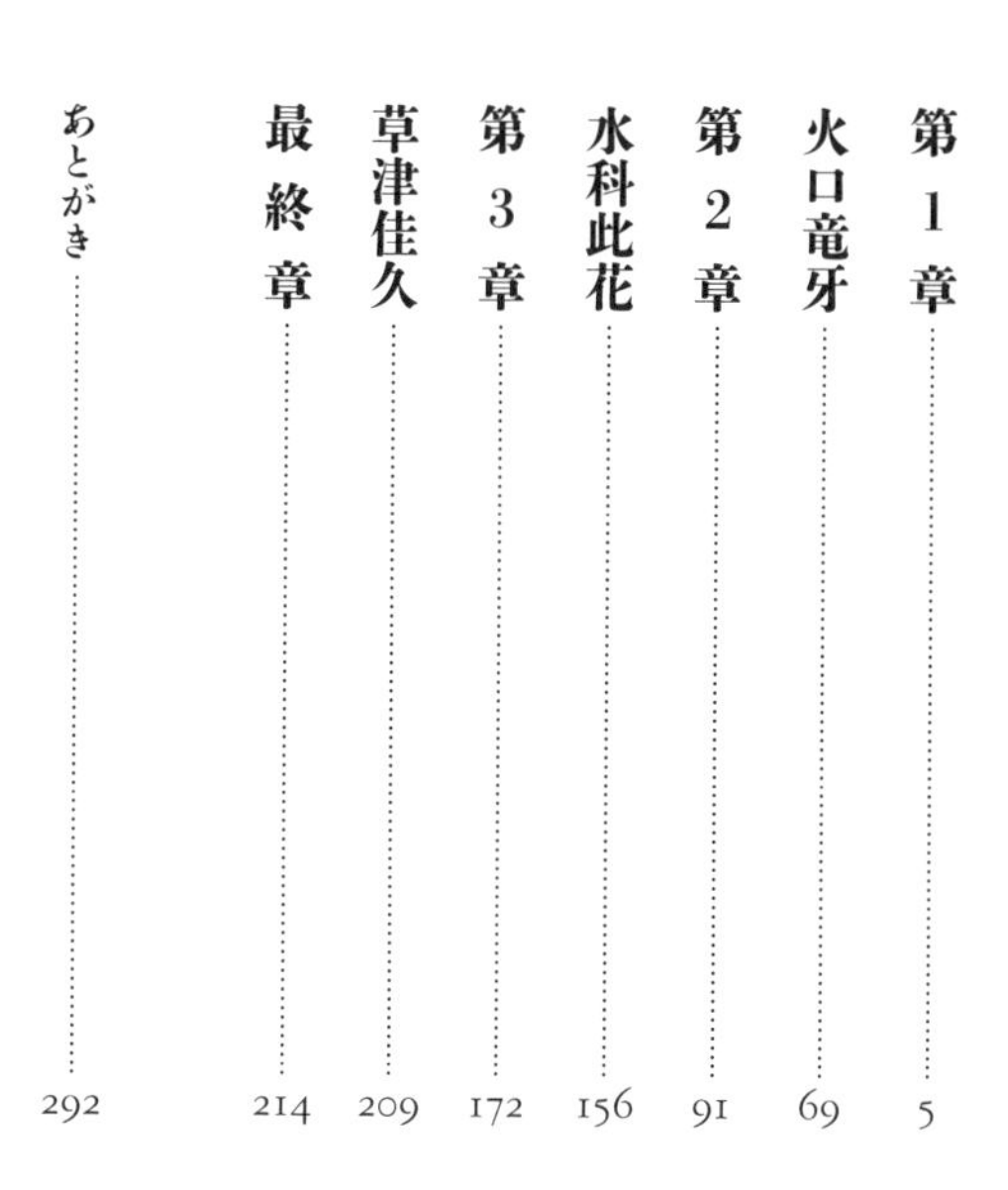

本文図版　坂野公一（welle design）

生まれつきの花　警視庁花人犯罪対策班

第1章

1

　勤務地がどこになっても、朝の通勤電車では立つことにしている。大きな理由は特になく、細かい理由がいくつかあるだけだ。朝が弱いので「体を立てた状態」を維持して頭を覚醒させる。座り仕事の日は最低限の刺激を、立ち仕事や歩き仕事の時は下半身に活を入れる。朝一番に「座る」という怠惰を自分に許すとその日の仕事で気を抜いてしまう気がするので気を引き締めるのである。さらには「自分は警察官つまり公僕であり、納税者から常に見られている」という自覚を維持するため立つ。そうして自覚していれば寝起きから業務モードへの気持ちの切り替えもスムーズにいく。

　通勤時にずっと立っているのを課内の誰かに見られていたらしくなぜだと訊かれたことが

あるが、その時はそんな感じで答えた。それを聞いた職場の先輩たちはいくつかの反応をした。無駄に元気だな、と呆れる人、若いからできるんだよと苦笑する人、いいや若い者はそれくらいでないとと褒めてくれる人。だが別に、そこまで大々的な決意などではないのだ。起きたら一本のヤクルトを飲むとか4チャンネルの占いを見るとか、誰しもが何かしら持っている「毎朝の儀式」と同じである。それに勤務地が桜田門*の時はどうせ座ることなどできない。

朝八時過ぎ。東京メトロ千代田線の車内はわずかに座る余地がある。平日の都内としては珍しいことだが綾瀬行きは大手町を過ぎると実質「下り」になるのである。それでも立っていたら、向かい側のドア付近にいる二人組の若い女性に気付いた。

……珍しいな。こんなに堂々と「超話（ちょうわ）」をしている。

超話というのは「超音波会話」を省略したスラングであり、正式名称は「不可聴域音声による会話」である。海外ではＣＨＦＳと表記される。可聴域を超えた周波数の音声なので大部分の人間には聞こえず、「静かに」会話することが可能。だがもちろん、「普通の」人間にこんなことはできない。あの女性二人は「花人（かじん）」なのだ。そう思って見れば、確かに二人とも顔立ちは整っており、すらりとスタイルもよく、表情にも理知的で落ち着いた花人特有の雰囲気がある。

花人。

そうカテゴライズされる特異な人々がいる。海外ではもう少し早かったが、日本国内で広く認知され始めたのは1990年代半ば頃からだそうだ。現在ではすっかり定着し、市井(しせい)の噂話ではなく科学的根拠のもと公的機関も認知する存在である。もっとも日本の公的機関は例のお役所的言語感覚でもって通称である「花人」とは呼ばず「共通する特定の傾向を有する一群の者（特定群該当者）」という、いささか回りくどい呼称を用いているのだが。

花人とは何か、と言われると説明はやや難しい。差別主義者も使う単語なので言いにくいし、俺自身はそもそも「花人」とそれ以外の「常人(じょうじん)」を区別する考え方自体を支持しないのだが、説明のためにあえて言うなら、常人から見た花人は一種の突然変異体である。諸説あるが、通説によると1970年代以降、生まれてくる新生児の中に2%程度の割合で現れ始めた。花人は生まれてから死ぬまでずっと花人であり、常人が花人に変化したりもしないが、関連するとみられる遺伝子がいくつか見つかっているだけで、花人がどのような遺伝的特徴を有するのかは未だ不明である。北朝鮮政府などは「人工的に常人を花人にする方法を発明した」などと宣(のたま)っているが間違いなく嘘だ。

花人には常人にはない特徴がいくつか存在する。目から光線を出したり磁力を操ったりするわけではないが、20000Hz以上の高周波で発声でき、同時にそれを聴き取ることがで

＊　桜田門駅を出るとすぐ警視庁本部庁舎がある。うろうろしていると怪しまれる。

きるため、そこの女性二人がやっているような「超話」ができるのである。それだけなら「びっくり人間」レベルだが、花人は総じて肉体的に左右対称で鼻筋が通り、目鼻立ちがはっきりして整った顔立ちをしており、太りにくく長身の、モデルのような体型をしている傾向がある。そして大半が頭脳明晰で、身体能力に優れ、独創的で芸術的センスに恵まれた者も多い。つまりは学校でいう「クラスで一番すごい奴」のようなイメージである。それだけでなく彼らは一日四、五時間の睡眠で足りるショートスリーパーが多く、活動的でうつ傾向が少なく、がんや虚血性心疾患、糖尿病や痛風といった疾病のリスクも低いというデータも出始めている。もっともこれはただの「傾向」であり、実際は個人差が大きいし、疾病リスクに関しては花人の喫煙率がほぼゼロであることや、大半が下戸であることの方が関係があるのではないかとも言われているのだが。そして最も生物学的に顕著な特徴として、花人は腋臭の原因になるアポクリン腺を持たず、かわりにラポール腺（「エクリン腺」「アポクリン腺」と異なり、これは命名者の名前に由来する）という、百合の花に似た芳香を発する汗腺を持っている。このにおいは弱くても目立つため、通り過ぎた時にふっと百合の香りがしたりすることがある。「花人」という呼び方はここに由来する。

　こうしてみると羨ましい限りだが、実際に彼らの大部分は社会的成功者になっている。もともとの能力に加え、精神的に合理的で大局的な見方をする傾向があり、努力や自己研鑽を好み、仕事や勉強が楽しい、という性格の者が多いのである。それゆえ日本では、花人の平均年収は常人の約二・二倍という統計も出されている。アーティスト、スポーツ選手、モデルや俳優といった芸能分野も花人の割合は高く、海外で活躍するバイリンガル俳優だのベンチャー企業で億単位の年収を稼ぎだす若社長だのといった人種は大抵が花人である。

そしてそれゆえに、常人からの風当たりも強い。

花人は不正をしているわけでもなんでもないし、むしろ正攻法の努力を積み重ねて地位を築いているのだから本来は尊敬されていいはずなのだが、花人の存在が広く認知されるようになった90年代後半あたりからすでに、「花人叩き」の風潮はあったらしい。それがインターネット、さらにはＳＮＳの普及によって急速に一般化した。生まれつき恵まれているだけなのに威張るな。たまたま努力できる性格に生まれてずるい。あいつらが富を独占している。いい就職先を独占している。だから税金をもっと取れ。給料を下げろ。花人に限らず成功者の大半は生まれつき恵まれている部分がどこかにあるものだし、努力できる性格に生まれたとしても努力はしているのだし、富を独占するどころか、花人の富裕層は寄付や出資など、社会貢献率が常人の富裕層より何十倍も高い。客観的に見ればただの妬(ねた)み僻(ひが)みに過ぎないのだが、こうした主張は賛同者が多く、テレビのコメンテーターやウェブ上の「御意見番」のような人間、はては市議・区議から国会議員に至るまでこうした主張をする者は存在し、花人への税率を上げたり福祉を削減したりする法案が与党内で検討されたり、「花人の給与は常人の半分にする」とウェブ上で宣言し、一部から喝采を浴びる経営者なども存在した。海外ではそうした人間は「レイシスト」と認識され、花人に対する差別を処罰する法律もきちんと整備されていることが多いのだが、日本政府は「いわゆる『花人』の定義は明確でなく、『花人』は憲法に規定する『人種』の一種とは認められない」という法務省見解を出し、国連の差別禁止条約も批准（ひじゅん）していないという状態だった。某市議会に提出された差別禁止条例が、罰則のない宣言に留まるにもかかわらず与党の反対で否決されるということも起こっている。日本政府のこうした姿勢は海外メディアや国際機関から非難されているが、日本のメディアはほとんどそれを報じていない。

そういう状況であれば、日本においては花人の多くが、自分が花人であることを隠す傾向があるのは当然といえた。実際に花人の間では百合の香りを消す消臭剤が必携だというし、俺が知る限りで、自分が花人であることを自ら明らかにした人間はいない。「花人でしょ？」と訊かれてやむなく「そうっぽい」などと答えるのがほとんどである。小学校時代からの友人に花人がいるが、彼も「花人だと知られていい目にあったことが一度もない」と言っていた。タレントなどでも隠す人が多いため、週刊誌やウェブなどでしばしば「花人疑惑」が取り沙汰され、花人であることを隠していたとばれると謝罪に追い込まれる、というケースもあった。

だからこそ、向かい側のドア前で話している女性二人は意外に映ったのだった。日本では、人前で「花人にしか通じない」超話をすることは、これ見よがしの英会話よりはるかに嫌みだと解釈される。それともわざとなのだろうか。「どうして超話で話してはいけないのか」という一種の抗議行動なのかもしれない。女性の片方は顔こそ相手に向けているが、体の方は相手ではなく車両中央に向けている。周囲の視線を意識しているがゆえの行動に見えなくもなかった。

本来それは非難される謂れのないことである。英語を話せる相手と英語で、日本手話を話せる相手と日本手話で、超話で話せる相手と超話で話して何が悪いのか。だが見ているこちらはつい、はらはらする。周囲に、不快だと訴える人間がいるかもしれない。陰口の対象になるかもしれない。

そして危惧した通り、車両内のどこかから「おい」という低い声があがった。

「うるせえよ」

声の主を探す。女性二人の視線の先に、座って腕組みをし、顎をそらせる中年男性がいた。他に彼女たちの方を見ている乗客はいないから、間違いなくこの男だろう。

男は女性二人が自分の方を向くと、さらに言った。

「さっきからずっとうるせえんだよ。日本語で話すか黙れ」

苛ついた命令口調であり、車内の空気がぴしりと張り詰める。ごたになるかな、と頭を仕事モードに切り替える。男が怒鳴ったりすれば軽犯罪法一条五号。程度によっては刑法二〇八条暴行罪、黙らないと殺すぞなどと脅した場合は刑法二二三条一項強要罪の現行犯だ。俺はどこでどう出るべきか、と考えていたら、なんと女性の一人が言い返した。「可聴域外の周波数ですから『うるさい』はずがありません。それに日本語で話していました」

「あ?」反論されるとは思っていなかったのだろう。男の声が大きくなった。「うっせえっつってんだよ。糞ブス。堂々と超話してんじゃねえよ。迷惑なんだよ」

刑法二三一条侮辱罪。これは駄目だ。俺は男に近寄ろうと体の向きを変えるが、女性はさらに言い返す。「具体的にどんな迷惑が?」

「目障りなんだよ」

「あなたが『主観的に』『なんとなく』『目障り』だから、やめろと命令するんですか?」やはりこういう事態を想定していたのだろう。言い返しているのは体を中央側に向けていた女性である。連れの女性は心配そうに彼女の服を引っぱり、ねえ、と小声で言っている。「周囲の人間は全員、あなたが『目障り』に感じないように配慮しなくてはならない、ということですか?」

「ああん?」

男が立ち上がったので俺も動く。だがそれと同時に横から別の声がした。「ねえ、ねえちょっとあんた」

男と女性二人の視線が声の方に動く。声を発していたのは七十くらいに見えるサファリハットをかぶった男性で、彼は男の方に向かって手をはたはたと振り、弱々しい声で言う。

「まあ、よしましょう。よしましょうよ。みんな見てますし。ね」

「あ?」

男は声をあげるが、同じ常人の男から何か言われるのは予想外だったようで、明らかに勢いが弱い。サファリハットの男性は電車の振動に膝をかくかくと震わせながら、しゃがれた声で言う。「まあほら、いいじゃないですか。警察沙汰になっちゃいますよ貴方（あなた）。ね」
○・五秒後になっていたところだ。男は口を開きかけたが、周囲を見回し車内の空気を感じたのだろう。そのまま黙った。電車が速度を落とし、サファリハットの男性はふらついて手すりを摑む。
男はまだ不満そうだったが、電車が町屋（まちや）駅に到着してドアが開くと、「気をつけろ」と捨て台詞を残してすぐに降りていった。車内の空気が緩む。

サファリハットの男性は言い返していた女性を見上げ、言った。

「差し出がましいことを失礼」男性はサファリハットを取り、禿げた頭をひょい、と下げた。「でもね、あんた方もね。ああいう態度はやめた方がいいですよ。危ないから。それにあの『超話』?…もね。まわりに人がいるから。迷惑を考えて。気を遣わないと。ね」

男性はそう言うとハットをかぶり直し、閉じかけるドアからあたふたと降りていった。

ドアが閉じ、車内の空気が再び密閉される。

車内には「無事に終わった」という安堵が広がっていた。向かいの座席に並んで座っている女性二人は出ていった男性に向かって笑顔で拍手の動作をしていたし、その隣の男子高校生二人もつつきあいながらサムアップをしていた。

言い返していた女性が腹立たしげに、閉まったドアを見ている。とりあえず、面倒なことにはならずに済んだのだが。

俺はそっと歩いて女性の横に移動し、頭を下げて囁(ささや)いた。

「それこそ差し出がましいことですが」

女性は不審げにこちらを見上げる。

「何もしなかったくせに横から言うのもなんですが、私個人としては、あの帽子の方の言うこともおかしいと思います」

小声で言う。この空気では周囲に聞かれたくないが、相手の女性に聞こえるように言うと、静かな車内ではどうしても声が漏れる。

「超話は周囲に聞こえません。したがって周囲に迷惑なはずがないし、なぜ超話を控えることが『気を遣う』ことになるのかも分からない。誰の迷惑にもならない行為をしただけで絡(から)まれたあなた方は被害者だし、被害者側が『あなた方も気をつけて』などと窘(たしな)められるのもおかしいと思います」まだあった。「加えて、差別的な発言をしたあの男が謝罪一つしていないのもおかしい。本当は捕まえて一言、謝らせるべきでした。できなくて申し訳ない」

女性ははっとしたように目を見開く。差し出がましい、という気はするのだが、はっきり言っておくべきだと思ったのだ。絡んだ男が一方的に悪いのであって、それを両成敗で収めてしまった男性がヒーローのように扱われているこの空気はおかしい。何より、人前で超話をしただけで花人を叩くのは差別なのに、「わざわざ超話をする方もどうか」などという形でまとまってしまっては、差別を追認することになる。申し訳ない、という言葉がつい入ってしまったのは、警察官なのに出遅れた、という後悔があるからだが。

女性はこちらを観察するように見ている。ですから、と続けようとしたところで、内ポケットの携帯が振動した。ＳＮＳではなく電話の着信だ。まあいいや、と思い、失礼しましたと囁いて逃げるように車内を移動する。座席の数名がこちらを見ているのが分かった。

着信は係長からだった。人の少ないドア側に移動し、電話機に囁く。「火口(ひぐち)です。ただ今、電車内でして」

――おう、そうか。悪かった。

係長は少しも悪そうでない調子で言う。――お前今、綾瀬署だったよな？

「はい」周囲の目を気にしつつ最低限の吐息で返事をする。

――じゃあ今から赤羽行ってくれ。今日から新しい捜査本部が立つ。お前、そっちだ。綾瀬の方はもういい。

「了解」

電車内と言ったのだからその大きい声を少し控えてはくれないか、と思うが、とにかく業務命令である。「火口竜牙巡査部長、ただ今より行き先を変更、赤羽署に向かいます」
――よろしくな。例の案件だから、前のチームだ。水科君と一緒に草津班な。

げっ、と漏れそうになるのをこらえる。「了解」

通話は一方的に切れる。俺は携帯を内ポケットにしまい、なんとなく周囲に頭を下げる。あの大声は毎度ひやひやものなのだが、周囲に聞こえたわけではないだろう。

「……例の案件、か」

仕事に格などない。テロリストの身柄確保から駐車違反の取締まで、警察官の仕事はどれも、市民が安全に、安心して暮らすために必要なものばかりだ。だがどうしても憂鬱になる。草津班と言われた。仲間がどんな顔ぶれだろうとそれに合わせて柔軟に全力を尽くすのが組織人のつとめ、とは分かっている。のだが。

係長の言う「例の案件」というのはつまり、花人絡みの事件、ということだった。捜査対象に花人がいる場合、花人の捜査官が必要になる。外国人のコミュニティなどと同じで、常人の捜査官ではなかなか聞き出せないことが花人の捜査官だとすんなり聞き出せたりするし、常人だけで捜査すると差別を疑われ、花人の人権団体などから抗議がきたりするのだ。だから警視庁本部には花人の捜査官を入れた班がいくつか用意してあり、花人の関係者に対する鑑捜査*にあたる。草津班であれば水科此花巡査が花人である。

だが正直なところ、この仕事はあまり成果につながらない。花人は常人に比べて生活水準が高く、品行方正で合理的でもあるため、犯罪を犯すことがまずない。せいぜいが過失の交通事故、絡まれてうっかりやりすぎてしまった傷害といった程度で、故意犯である窃盗や詐欺はまず犯さない。嘘をつくデメリットをよく知っているから偽証もせず、取調(とりしらべ)でもすんなり全部吐く。やりがいがない、人間味がなくて気味悪い、などとぼやく古参の捜査員もいるが、ありがたいことは確かだった。そして驚くべきことに、花人の存在が認知され始めてより半世紀、日本では、殺人・放火・強姦で花人が検挙され、有罪になったケースは一件もない。ただの一件も、である。

次の北千住で降りて京浜東北線か、いや南北線の方が近いのか、などと考えつつ、中吊り広告を見る。

「勝ち組確定」花人たちの優雅な生活

住人の平均年収三千万円以上　実質「花人限定」の高級マンション

週末はクラシックコンサートに美術館、愛読書は海外文学……「意識が高い」花人の

＊　単に「鑑」とも言う。事件関係者に対する聞き込み等のこと。現場周辺の聞き込み等を行う「地取り」、遺留品捜査、通信記録等の捜査、それにこの鑑捜査の四つが、現代の捜査の主軸である。技量が要求され手がかりの多い捜査なので、通常はヴェテランやエースの刑事が担当する。

げっそりするようなこういう切り取り方は週刊誌だけでなく、テレビでも日常的に行われていた。社会が分断されている、と思う。それまでは同じ「日本人」だったものが、「花人と常人」に。だがこれは誰のせいだろうか。差別主義者は花人なんかが現れたせいだと言う。だが花人が現れる前から、金持ちのお坊ちゃんお嬢ちゃんと一般人と貧困層では人生のレールが別々だったという意見もある。そもそも「花人」にしろ「常人」にしろ個人差がありすぎて、花人だからこう、常人だからこう、という決めつけはおかしい。

だが警察はというと、どう見ても花人と常人で対応を分けていた。実際に花人はほとんど犯罪を犯さないし、警察に対し嘘をつくこともない。容疑者の中に花人がいても、そいつはまず捜査対象者にならない。なぜなら現に、花人が法を犯すことは稀（まれ）だからで、つまり統計に基づいて合理的に差別をしているのである。もちろんこれがばれると批判が来るので、アリバイ作りのように花人に対しても通り一遍の捜査をするのだが。

今回の俺の役目はその「通り一遍」なのだった。士気が下がらぬよう、自分の中で何かの理屈をつけなければならない。

2

赤羽署の最寄り駅は赤羽駅ではなく東京メトロ南北線「志茂駅」なる謎のマイナー駅である。地名としてマイナーな上にどのあたりなのかイメージを摑む手がかりがまったくないこうした駅は「大山」「中井」など都内に数駅存在する。何もない通路を通って地上に出れば目の前は北本通りであり、両側をマンション等の大型建造物に挟まれているため、片側三車線の道路は崖の間を流れる谷川のようにも見える。埼玉・北関東から東北方面に延びる基幹的な輸送路であるためトラックやミキサー車といった大型車両が絶え間なく走り濁流を思わせるが、通りの左右は荒物屋や板金塗装の看板などがあり犬を連れた老人が歩く下町だ。自転車の数も多く、こうしてただ歩いているだけでも何度となく後ろから来て追い抜いていく。

赤羽署庁舎はマンションに隠れてなかなか見えてこない。やっと現れた庁舎は隣にバスの車両がずらり並ぶ都営バスの営業所があるため一見都営バスの社宅か何かに見えるが、近付いてみると壁面には「安全に　走るこの街　君の街」と書かれた垂れ幕が光り輝いており、ああ警察署だと嘆息する。俳句とも川柳とも呼べないし標語としても面白味が限りなくゼロに近いが、それでも七五調で言われるとひと撫で程度には意識に残る。やらないよりはましであろうという泥臭い判断だろうが、コピーライターでも雇って面白い句を下げれば話題になるのに、と思ったりもする。玄関、車寄せの柱を背に、立ったまま携帯を見ているグレーのスーツの女性がいる。百合の香りはもちろんのこと整った顔立ちも判別できない距離だが、出入りする人の流れに乗らないあの佇まいで、花人かなということはなんとなく分かるので、迷わずそちらに近付く。彼女も画面から顔を上げ、すぐに俺を識別した。女性警察官というと爽やかな笑顔の体育会系が多いが、彼女の外見的な印象はどちらかというと雪女に近く、どこか現実離れした雰囲気もある。背後の植え込みには青白いハナニラがびっしり咲いているが、それも彼女の魔力で咲かせたかのようだ。

「火口さん。お待ちしていました」

「どうも」

「警務部教養課通訳センター二係所属、水科此花巡査です」別にやらなくていいと思うが水科さんは携帯を持ったまま、すい、と動いて敬礼した。「本日より一時、捜査本部に参加いたします。よろしくお願いいたします」

「俺も今日からです。よろしく」

一応会釈を返し、階級的にもキャリア的にも敬語は省略した方がいいか、と決める。すでに過去、組んだことがあるので名乗る必要もない。外国人絡みでもないのに教養課の人間が捜査本部に参加するというのは随分と奇妙だが、そもそも花人の警察官というもの自体が非常に少ないため、花人捜査班はこうして都度、総務部だの警務部だのから人を連れてきて場当たり的に編成され、それでよしとされているのだった。水科さんにしても所属は「通訳センター」であり、刑事の経験はないのだが。

「まさかまた、警視庁捜査一課のお仕事ができるとは」水科さんは拳を握る。「憧れだったんですよ、刑事。拳銃持っていった方がいいですかね？」

「いや、いらんと思うけど」やる気があるのはいいことである。「ちなみに草津さんは」

「まだお見かけしていません。先に会議室に行っているかもしれません」

「ここで待っててくれたんすか」

「ここは必ず通りますから。それと私の携帯、庁舎内では電波が入りにくいので」

　一応勤務時間中であり、携帯をいじっているなど彼女にしては珍しいことだと思ったが、水科さんは画面を掲げてみせた。「とりあえず、千葉文化大学文学部と鹿間(しかま)ゼミ、それにゼミ生とみられる人間個人の評判をチェックしておこうと思いまして。掲示板やＳＮＳを確認していました。今のところ特に目立った話はないようですが」

　まだ第一回の捜査会議すらしていないというのに、すでに捜査を始めていたらしい。花人はおしなべて仕事熱心で、彼女もその例に漏れない。

「俺はまだ何も聞いてないけど……千葉文化大？　大学絡みか」

「私もほとんど聞いていませんが、千葉文化大学文学部鹿間ゼミのゼミ旅行中、学生が殺害されたということのようです。事件発覚は一昨日の朝。現場は赤羽駅西口の『東部ホテル赤羽駅前』です」

若い犠牲者となると派手に報道される可能性も大きい。発生特捜*レベルの事件という気もするが、共同捜査本部に留まる上に設置が翌々日ということは、すでにある程度、解決の目処が立っているのだろうか。「……容疑者がだいたい絞れてる、とかかな」

「そこまでは。ただ、ゼミ旅行中にホテルで殺害されたとなると」

「同行のゼミ生、か教官に絞られるのかな。いや、まあ……先入観はやめとこうか」

「そうですね。それと火口さん、いいシャツですね。ブルックスブラザーズですか?」

「ああ、婆ちゃんからもらったやつだけど……たしかそれだった。よく分かったね」

「素敵なお祖母様ですね」水科さんは静かに微笑む。「創業者いわく『最高品質の商品だけをつくり、取り扱うこと。適正な利益のみを含んだ価格で販売し、こうした価値を商品に求め、その価値を理解できる顧客とのみ取引すること』だそうです。……そういえば、捜査員が玄関先で立ち話はよくないですね。行きましょうか」

仕事と仕事以外をごちゃまぜに言い、先に歩き出す。俺は自分のシャツの胸元を見てから後を追う。メンズのブランドの、しかも創業者の言葉までよく覚えているものだと思うが、水科さんは通訳センター内で、その知識の豊富さ、多方面さを指して「蚤の市」と呼ばれているらしい。その知識量や旺盛な知的好奇心は素直に尊敬している。

問題は「蚤の市」であることで、仕事に関係ない知識ばかりなのである。

大会議室の入口にはすでに「赤羽ホテル大学生殺害事件捜査本部」と戒名の書かれた紙が貼られていた。水科さんはそれを見て「赤羽署でこの筆跡ですから、兼田係長ですね。『本』の右払いに特徴があります」とどうでもいい観察眼を披露した。**第一回の会議だから開始は変則的に十時とされているが、すでに大部分の捜査員は到着しているようで、大会議室の空気は椅子の動く音と断片的な会話が重なって低くざわついている。すでにひな壇に座っている管理官の顔には見覚えがあった。常に無表情で現場からは金属製と揶揄される御国警視正だ。

「草津さんの姿がないね」あの遅刻魔め、と初日から溜め息が出る。有名なのだ。

「先に座っていましょうか」

水科さんは最前列の中央が空いていると見るや、長机と長机の狭い隙間をするりと抜けてさっさと座ってしまった。こちらはこちらでおい待て、と思う。現実の警察組織では刑事ドラマに見られるような、席順が厳しく決まっていて間違えると睨まれる、といったことはな

＊　捜査本部には三種類あり、「捜査本部（署長指揮）」＜「共同捜査本部（部長指揮）」＜「特別捜査本部」の順に規模が大きくなっていく。「発生特捜」とは事件発生と同時に特別捜査本部を設置する、ということ。

＊＊　警察官の用いる隠語で、捜査本部の名前（事件名）を「戒名」と言う。捜査本部の入口には刑事ドラマでよくあるように戒名を大書した紙を貼るが、これは通常手書きで、字のうまい署員が書くらしい。

い。だが新入りに近い若造と通訳係の巡査が一番目立つ席に座ればさすがに驚かれる。隣の長机に着いていた人がおっと反応して脚と鞄を引っ込める。六係のヴェテラン内警部補だった。すみません、と頭を下げる。「あのね、水科さん」

「あ、いらっしゃいましたね」

水科さんが指さす方を見ると、ノーネクタイにくたびれたグレーのジャケット、脇にはくしゃくしゃに畳んだトレンチコート、という、いささか張りのない外見の男が携帯を見ながら入ってきたところだった。再来年あたり定年という歳だったはずだが背中が丸まっているのは歳のせいではなく携帯の画面を熱心に覗き込んでスリスリといじっているからである。警察官が署内でスマホ歩き、では市民に申し訳が立たないと思う。やめさせる意味でも大きめに声をかける。「草津さん」

草津警部補はこちらを見て、応えるより先に大きな欠伸をし、それから画面に視線を戻して舌打ちをした。「あっ、くそ。やっぱ駄目だ。電波悪い」

「ネットですか」やっていることは水科さんと一緒なんだがな、と思いつつ傍らの椅子を引く。「もう会議、始まりますから。話、聞いてからにしませんか」

「今、手が離せないんだ。お前ら出といてくれ」

「なんでですか?」

熱心にタップしている携帯を覗き込むと、画面内では甲冑を着た少女が剣を振り回していた。

「ゲームやってたんですか」もう勤務時間中だ。

「イベント周回中なんだ。今日中にあと七十周はクリアしないとSSレアの限定ジャンヌ・ダルクが手に入らん」草津さんは煩そうに俺を押しのける。「悪いが会議どころじゃねえ。期間限定で日曜までのイベントだからな」

「いや、今から会議ですが」ひな壇の御国管理官がこちらを睨んでいる気がする。

「あっ、落ちた。くそ。スタミナ返さなくていいからクリア扱いにしてほしいよな、これ。なあドラゴン、庁舎内で電波よく入るのってどこだ」

「後にしてください。あとその恥ずかしい呼び方やめてください」

「いいだろ香港映画みたいで」

「香港映画はアクションだけではありませんよ。『恋する惑星*』や『メイド・イン・ホンコン**』など」

＊ ウォン・カーウァイ監督、トニー・レオン／フェイ・ウォン主演。1994年。二組の男女の数奇な出会いを描く恋愛映画。金城武も出ていたりする。ベリーショートのフェイ・ウォンがかわいい。あと香港の空気感がすごい。

＊＊ フルーツ・チャン監督、サム・リー主演。1997年。返還直前の香港を舞台に、少年少女の不安と叫びを描いた青春映画。無名の監督が貰いもののフィルムと借金した8万ドルで撮ったという逸話がある。

「水科さん、そこどうでもいいから」

「昔はアンテナ伸ばすって手があったのになあ。くそ。あっ、スキル使うの忘れた」

「とりあえずそのゲームやめてください」

「赤羽署ですと四階の階段前が一番よく入るようです」

「教えなくていいから」

なんでそんなこと知ってるんだ、と思う間に草津さんはサンキューと言いながら出ていってしまう。御国管理官が眼鏡を直しつつ咳払いをし、「そろそろ始めましょうか」と言う。その声が妙に響いたので周囲を見回すと、大会議室はすでに静かになり、周囲の長机にはずらりと捜査員が揃っていた。

見ると水科さんもいつの間にかメモ帳を出して聞く態勢になっている。俺は顔を伏せてそっと着席した。草津班はいつもこんな感じになる。

草津佳久（よしひさ）。警視庁刑事部捜査一課第三強行犯捜査五係所属。警部補。本庁内での評価は「昼行灯（ひるあんどん）」。または「夏炉冬扇」「月夜の提灯（ちょうちん）」「目覚まし時計の説明書」。

3

千葉文化大学文学部鹿間ゼミは三日前から春期のゼミ旅行に来ていた。二泊三日の予定だったが、鹿間教授懇意の旅館に移動して研究発表をする二日目夜と違い、事件当日である初日は教授も交えて単に部屋で飲んでいたらしい。二日目から合流するOB・OGはまだおらず、事件時、参加者は鹿間教授と学生五人。学生たちはそれぞれシングルルームが割り当てられていたが、二十時前頃からは教授のツインルームに集まって飲んでいた。鹿間教授は五十代だが若い学生とも話題の合う気さくな人物で、学生たちもわりと慕っているらしい。

被害者の名前は冨田遼也（とだりょうや）。三年生。ずっと教授の部屋で飲んでいたわけだが、二十一時四十五分過ぎ、「そろそろ部屋に行きます」と言って退出した。座は盛り上がっていたが、冨田は動画配信やSNSをやっており、毎日二十二時にSNSにちょっとしたネタを書き込むことを日課としており、かなり本格的に「活動」としてSNSを続けていた。ゼミ生たちもそれを知っていたため、皆「SNSの書き込みをしたいのだろう」と特に気にしなかった。続いて同じくゼミ生で唯一の花人である須賀明菜（すがあきな）が「コンビニに行く」と退出する。この時に皆がなんとなく時計を見たのでこれは二十一時四十九分だと証言が一致した。残った教授と学生三人はそのまま飲んでいた。そして翌朝八時過ぎ、部屋から出てこない被害者を心配した学生たちが部屋のドアをノックし、携帯に電話をかけ、それでも全く反応がないことからホテルの従業員を呼んで解錠。殺害されている冨田遼也を発見した。

死因は後頭部を殴られたことによる脳挫傷。拭き取られてはいたが、直前に鼻血を出した跡もあったため、一度は犯人とつかみ合いになった可能性もある。凶器とみられるのは部屋の装飾として置かれていたガラス像で、高さ約四十センチ。それなりに重量もあるものだという。この像は粉々になり、現場にはその破片が散乱していた。「おかげで発見者たちがどかどか現場に踏み込まなくて助かりました。ラッキーです」と不謹慎な笑顔を見せた鑑識の係官によると死亡推定時刻は前夜の二十一時頃から二十四時頃まで。死体には動かされた形跡はなかったという。

だが死亡推定時刻に関しては手がかりがあった。毎日きっかり二十二時にされていたＳＮＳの書き込みが、事件当日にはなかったのである。その代わりに同日二十一時五十八分、奇妙な投稿がされていたことが判明した。

りょんさん@ryoooooon3379
今日真奈にや松田尾
(21:58)

この投稿は二分後にすぐ削除されていたが、一度投稿した後のことであり、読者の間ですでに一部、共有されていた。入力ミスをしたまま誤送信したとみられる投稿だったが、被害者は日頃、かなり検討した上で毎日の書き込みをしており、誤入力自体が極めて珍しかったのである。すでに捜査員が被害者の過去のＳＮＳ投稿を確認しているが、少なくとも過去半年にわたり、誤送信はおろか誤字・脱字すらほとんどないという見事なものだったという。となれば、これはただの偶然ではない。被害者は数少ない誤字・脱字の際には必ず訂正と弁解を書き込んでいたにもかかわらず、この書き込みに限ってそれもないということは、被害者はこの書き込み以後、通常の状態ではなかったということになる。むしろ、被害者はこの投稿中に殺害されたのではないか。被害者は日常的に音声入力を多用していたということから、ＳＮＳ投稿も音声入力したものを手動で添削して行っていた可能性が大きい。殺害時の音声が入力され、たまたま送信されてしまった。そのことに気付いた犯人が慌てて投稿を削除したのではないか。殺害後すぐであれば携帯はＳＮＳ投稿画面のままだし、そもそも被害者は端末のスマートロック機能を使用し、自分の手元にある限りは自動的にロックが外れる状態にしていたから、犯人でも投稿の削除は可能だった。

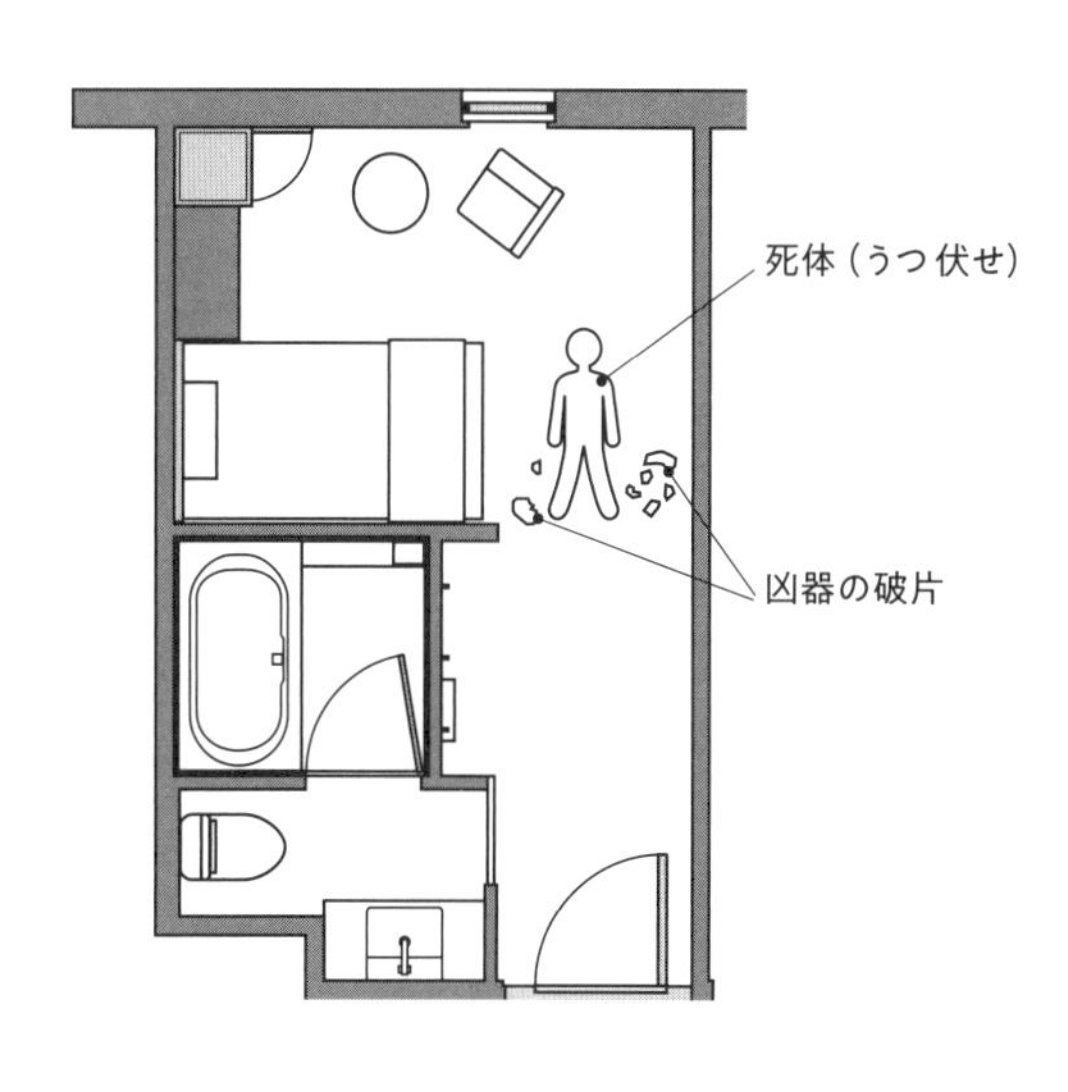

「ですが、犯行時刻が二十一時五十八分だとすると、困った状況になるそうです」俺の声とメモをめくる音が廊下に響く。「被害者の部屋がどこであるのかを知っていたのは旅行に同行した教授と学生四人に限られるので、容疑者もこの範囲に絞られるわけですが、時間的に犯行可能な人間がほぼ、いないということです。教授の鹿間と学生四人のうち二人は、二十四時頃まで長時間部屋を外すことなくずっと飲んでいたそうなので、まず犯行は無理です。残りの二人は席を外している時間がありますが、時間的にはやはり、いずれも犯行が無理なようです。

まず同行していた修士課程一年の野々村一翔（ののむらかずと）。二十二時十分頃に退出したそうですが、それまでは一度も席を外していません。

続いて四年生の守実咲（もりみさき）。喫煙者で、何度か煙草を吸いに十分ほど外していますが、時間帯は二十一時五分頃から二十一時十五分頃と、二十二時三十分頃から二十二時四十分頃だそうで、犯行時刻には教官の部屋にいたようです。

もう一人は三年生の静岡心桜（しずおかこころ）。皆が集まっている教官の部屋のトイレを使うのが嫌だということで、二十二時前頃に席を外しています。これは犯行時刻と一致していますが、本人によれば一階のトイレに行った後、フロント横の自動販売機で飲み物を買って戻ったそうで、約五分後には教授の部屋に戻っています。二十二時ちょうどにエレベーターに乗り込み、一階に向かう姿が防犯カメラに映っていますし、同時刻、フロントに現れたのを従業員が目撃してもいます。したがって時間的に犯行は難しいかと。

最後の一人が三年生の須賀明菜。これが花人です。二十一時四十九分、コンビニに行ってから寝ると言って退出し、そのまま自室に戻ったそうです。これも時間的には犯行時刻と合致していますが、コンビニの店員が彼女を覚えていました。まさに二十一時五十八分頃、最寄りのコンビニで飲み物とウェットティッシュを買って帰ったそうで、これはレジにも記録され、須賀明菜本人からもレシートの提出がありました。コンビニから現場のホテルまでは急いでも片道五分はかかるわけでして、やはり犯行は不可能なわけですが……聞いてます？」

「ん」

「で、現場の見取図がこれですが」

「ん。見た」

「見てないですよね？」

こちらも途中から半ば諦めていたところはあるのだが、壁にもたれていた草津さんは一拍遅れて携帯から顔を上げ、「おお」と水中のカバの寝言のような声を出しただけだった。「ちょっと待て。ここであと一周しておきたい」

おいこら、と言いたいが、階級が上でヴェテランで立場上も「主任」である以上、派手に溜め息をつくのがせいぜいである。周囲を見回す。四階の廊下には他に誰もおらず、斜めに差し込む日差しが壁に白く陽だまりを作り、流れる埃（ほこり）を浮かび上がらせている。

若い学生が犠牲になった殺人事件（コロシ）。しかも、容疑者全員にアリバイが成立しているという不可能犯罪だ。マスコミも大いに注目するだろうし、一筋縄ではいかないという気もする。

なのに。

草津班は完全に出遅れていたというか、むしろ反対方向に進んでいた。他の捜査員たちは三十分も前に大会議室を出て、一階玄関から赤羽署を出て、聞き込みに、遺留品捜査に、通信記録の照会に散ってしまっている。逆に階段を上ってこんな場所で会議の内容をもう一度説明するところから始めているのは俺たちだけだ。水科さんはというとすでに匙（さじ）を投げているのか、こめかみに人差し指を当てて瞑目しつつ「んー……」と悩んでいる。

「草津さん。班長」肩を叩く。「行きましょう。俺たちの担当は須賀明菜の花人の友人です。都内にも一人いますが、千葉県内に三人固まってますからこちらからいきましょう。須賀明菜の評判や、最近の様子とか」

「んー？　いいんじゃねえか？　別に」草津さんはぼりぼり頭を掻（か）きながらようやく壁から離れたが、まだ左手で携帯を操作している。「じゃあドラゴン、報告書はお前に任せる。内容はまあ……そうだな。友人によると須賀明菜は『真面目で優しいいい子です。トラブルなんて聞いたこともないし、考えられません』」

「ちょ、そんな」聞き込みに行く気もないらしい。「いくらなんでもそれは」

「花人の人物評なんてどうせそんな感じだろ。わざわざ行く必要ねえって」

「……分からないでもないですが」水科さんはようやく目を開ける。「しかしそれでも、ちゃんと確認するのが私たちの仕事では？」

「あんたも花人だな。優等生だ」草津さんはまだ携帯をいじっている。「だが優等生ならこう考えろ。俺たちの給料は都民の血税から払われてるんだ。無駄働きはしちゃいけねえ。なあドラゴン。千葉くんだりまで往復する時間があればイベントクエスト何周できると思う？」

「いや最後のとこ、おかしいでしょ」とは言ってももうこの人は動きそうにない。「水科さん、もう置いていこうか。俺たちが見えなくなれば、どうせ寂しくなってすぐ追いかけてくるから」

「子供かよ」草津さんはようやく携帯をしまった。「まあ、ひととおり周回できたし、適当に仕事するか」

「行きましょう」ようやく動いた、と思い手帳を出す。「まず大学の友人からですね。千葉市に二人います。一人目は」

「だから行かねえって」草津さんは払うような手つきをし、すたすたと歩き出した。「んなとこに手がかりなんて落ちてねえよ。行くなら現場だ現場。現場行くぞ」

しかし、と言いかけたが、草津さんはさっさとエレベーターのボタンを押してしまうので慌てて後を追った。水科さんと顔を見合わせる。

「いいんでしょうか?」

「駄目だけど。うーん……でも」

草津さんの言うことには一理あるのだ。今回、重要になる証言といえば静岡心桜を目撃したという従業員とか、須賀明菜を目撃したというコンビニ店員だろう。須賀明菜の評判など後でもいいし、水科さんが訊いたところで、たとえば動機の裏付けになりそうな話などが出る確率は低い。もちろん、現場にもすでにちゃんと捜査員が行っているわけだが、草津さんは彼らとは別の手がかりを見つけられるつもりなのだろうか。だが見つけたとしてどの面で報告すればいいのかも分からない。

それでも、そういえば、と思い出す。うちの係長も言っていた。この草津さんは今でこそ「パソコンのNumLockキー」だが、昔は敏腕かつ豪腕で知られた捜査一課のエースだったという。今の様子を見るととても信じられない話なので、一種の都市伝説だろう程度に考えて聞き流していたのだが。

いつの間にかエレベーターが来ていた。おい何やってんだ行くぞ、とどやされ、慌てて乗り込む。何やら立場が逆転している。俺は決めた。須賀明菜の友人は都内にも一人いた。現場からはそう遠くなかったはずだ。後でそちらに行けば、午後の会議でも一応、最低限の体裁は保てるだろう。

4

「……で、あのう草津さん」

「ん」

「東部ホテルは」入口に立ったまま通りを指さし、大きな声で言う。「あ、ち、ら、で、す、が」

「ん」草津さんは店内のショーケースに張りついて顎を撫でつつ、中に並べられたゲーム用のカードを睨んでいる。「んー……『熱砂の千年竜（サウザンドエルダードラゴン）』単品で五百円かよ……」

「草津さん」

「なあドラゴン。同じドラゴンとしてお前どう思う？　『熱砂の千年竜』一枚に五百円出すなら、いっそ普通に市販のカードパック買いまくった方が得って気がしないか」

「誰が同じですか」知るか。

「『熱砂の千年竜』は強すぎて次の公式大会で使用禁止になるという噂です。ネットオークションでは値崩れが始まっているので、そちらで待った方がいいかと」

「水科さん答えなくていいから」なんでそんなことを知っているかといえば、蚤の市だからである。

スーツ姿のいい大人が平日の昼間から、おもちゃ屋の店頭で何をやっているのだろうか。奥にいる学生らしきお客さんも奇異なものを見る目で、トレーディングカードゲームのレアカードを買うか否かで悩み続ける六十前男を観察している。たぶんＳＮＳとかに書かれる。

大股で駅方向に歩き出したからようやくやる気になったのかと思ったら、草津さんは駅前のおもちゃ屋の前でくるりと方向転換し、そのままショーケースと睨めっこして動かなくなった。彼の手の中にはすでに購入を決めたらしき数枚のレアカードがあるが、それらも買うかどうかですでに随分悩んだのである。俺は脱力した。何が夏炉冬扇だ、と思う。夏の炉や冬の扇は「働く機会がなくて押入の奥で眠っている」だけ。堂々と仕事をさぼって遊んでいるおっさんと一緒にしたら炉とか扇に失礼である。

「こういう昭和的な『おもちゃ屋』さんがまだ、あるんですね」水科さんは微笑む。「昭和なんて知らないのに、なぜかノスタルジーを感じるのは不思議ですね」

「ノスタルジーと懐かしさって違うんだろうね。でも今は関係ないよね」どうしても肩が落ちる。「仕方ない。駅に戻ろう。須賀明菜の大学の友達、一人は築地だよね住所？」

「中央区築地二丁目ですね。アポ取りますか？　前置きなしで質問したいところですが、今回はそれほど影響がないかと思いますし、不在でしたら千葉に向かった方が」

水科さんはすぐ仕事の顔になり、携帯を出している。これが普通の捜査員だ、と思ったが、水科さんも店頭に並ぶカプセルトイ販売機の一つを見た途端、服の中にハムスターが入ったかのような動作でもじもじし始めた。「あの、火口さん。すみません」

「ん」

「いえ、勤務時間中なんです」水科さんの視線は「どうぶつ土下座」と題された、ネコやゴリラなど様々な動物が土下座をしているキーホルダーの販売機に注がれている。「それは重々承知していまして、たとえば勤務時間中に自動販売機で缶コーヒーを一本買ったとしても、それは一種の休憩ですし、そもそも水分補給、体調管理は業務に必要ですから、業務に付随する行為としてむしろ管理者としては積極的に推奨すべきもので、適切と言いうる範囲であれば労働者側からは費用負担すら請求できる場合もあるかと思います。それと比較しますと本件は」

急に早口になった上、空中でろくろを回す手つきをしてよく分からない抽象物を造形している。「……はい?」

「本件は業務遂行上全く関係がない、いえこれ以後この『どうぶつ土下座』シリーズが入った販売機を二度と発見できないかもしれないという不安とあの時に買っておけばよかったという後悔が今後の捜査活動における本官の集中力を低下させる可能性を考えますと、むしろ本件は自動販売機での缶コーヒー購入等と比較しましても業務効率の維持という観点から高い関連性が認められると思量します。無論本件購入費用三百円につきましては本人負担という形で」

「要するにそれ、買いたいんだね？」俺は「どうぶつ土下座」の販売機を指さした。

「すごいです。こんな早口で、抽象的な手の動かし方をしつつ回りくどい言い方をしたのに一発で理解していただけるなんて」

自覚しているならなぜやる。「……手短に」

「ありがとうございます！」水科さんは販売機を両手で掴み、頭突きをする勢いで顔を近付けた。「二十秒、いえ願掛け時間を含めて百二十秒で済みますので」

願掛けが長い。「いや、そんくらいいいから」

「ここでロスした百二十秒は走って取り返しますので！　よーし、クラミドモナス来いクラミドモナス……」

「よりによって、欲しいのそれか……」＊このやりとりでとっくに百二十秒は経っている。だが祈りながら財布を探る水科さんが手を止め、絶望的な表情でこちらを見上げた。「火口さん……大変申し訳ないのですが」

財布を出す。「何枚必要？」

「三枚ほど」

一枚もなかったらしい。「俺も今、二百円しか」

ゆるく放物線を描き、俺の目の前を銀色の硬貨が飛ぶ。水科さんがぱっと立ち上がってキャッチし、そちらを見た。

「一つ貸しだ」投げた草津さんが背を向け、店内に戻っていく。「仕事で返せ」

爽やかな笑顔ではい！　と答える水科さんを遮る。「いえ仕事してください。行きますよ」

「ん？　お前らどこに抜け出すつもりだ」

「ですから仕事です」どう見ても抜け出したのはそっちだ、と思う。だが後ろの水科さんもオンマカキャロニキャソワカ、と何やら真言を唱えており、とても業務遂行中とは言えない。

「……築地まで聞き込みに行ってきますから」

「ああ？　いいぞそれ、適当で。まあいいか。任せた」草津さんは手を振った。「ついでに現場も行って、みっちりくまなく動画撮影してこい。あと現場のドアの解錠記録な」

「解錠記録？　いやそれ草津さんが行ってくださいよ」

「それじゃ効率が悪いだろう。手分けだ手分け。俺はレアカードの購入を検討する。お前らは築地と現場」

どこが手分けだ、と叫ぶ寸前、水科さんが「モナスー！」と叫んでガッツポーズした。

「……当たった？」

「ました！　モナスです」水科さんはガッツポーズしつつ、カプセルに爪を立てて蓋を開け

＊　クラミドモナス属。鞭毛（べんもう）を持ち泳ぎ回る緑藻（りょくそう）で、体長は10〜30㎛ほどの単細胞生物。外見は「長い触手がびろーんと伸びたメロン」といったところで、可愛いと言えなくもない。

る。「ついてますよ。今日の聞き込みもきっと有益な情報が出ます」

こちらもつい脱力する。「……毎日、楽しそうだね」

水科さんははたと動きを止め、それから白雪のように淡く輝く笑顔で言った。

「……はい！」


特に有益な情報は出なかった。ようやくつっこんだ質問ができたと思ったら、須賀明菜の友人の答えはこれである。

「真面目で優しいいい子です。トラブルなんて聞いたこともないし、考えられません」

会うまではついていた。築地の高層マンションに住んでいる須賀明菜の友人は在宅の上、同居の両親は不在であり、外出を待って一人になったところを捉まえる、という手間を取らずに済んだのだ。だが予想通り収穫はなかった。なぜ千葉の大学を、という質問には「スラブ文学全般に興味がありました。ロシア文学以外が専門の先生も多かったし、第二外国語でセルビア・クロアチア語も取れたから」というこれ以上なくまっとうな答えが返ってきたことには感心というか感服したし、突然来訪した刑事に対していぶかることも怖がることもなく家に上げ、お茶を出してくれるあたり、かなりしっかりしている。普通なら警戒して最低限しか喋らないか、逆にあれこれ質問してくるところだが、黙って捜査に協力してくれている。ありがたくはあったのだが。

「……須賀さんも、特に悩みというほどのものは。就職はなかなか決まらず大変だったみたいですが」

友人は首をかしげる。俺は手帳に「就職なかなか決まらず」とだけ書く。

「つっこんだことをお聞きしますが、たとえば恋愛関連のトラブルなどはどうでしょうか。不躾ですが、須賀さんの容姿ならかなりモテたのでは」

「彼氏はいます。高校の頃からつきあっていたそうで、すごく仲が良くて別れる気配も全くないから、周囲から『不沈艦』と言われていたとか」友人は俺の表情を察して付け加えた。

「彼氏も花人です。……」

もちろん、と言おうとしてやめたのだな、と分かる。常人の俺に対してそういう言い方をすれば、「常人を見下している」と曲解され、「花人は高慢」「常人を見下している」という、マスコミが広めたがっているイメージを補強してしまう、ということも頭に浮かんだだろう。

通されたリビングにはかすかに百合の香りが漂っているようで、ふとした瞬間にそれを感じる。彼女と、仕事上あえて百合の香りを隠していない水科さんが発するものに加え、両親の香りもあるのだろう。

花人は大部分が花人同士で結婚する。価値観や趣味が合うだけでなく収入も同水準であることが多いし、花人と常人が結婚すると義両親や親戚関連ですれ違い、不快な思いをすることが多いとも聞く。何より花人男性はほぼ確実にどの女性にももてるが、常人男性の中には花人女性を敬遠する者もおり、花人女性側もそうした考え方の常人男性など相手にしないからだ。少女漫画の恋愛ものでも主人公の恋人候補になるのは「学校や職場のアイドル的存在である花人」が本命で「それに頑張ってついていこうとする親しみやすい常人」が対抗馬、というパターンが王道となっているようである（以前、水科さんから「一般教養として絶対に読むべき傑作」を五作と「読んで絶対に損しない傑作」を四作、「押さえておくべき今年のトレンド」を二作勧められたのである。本屋か？）。対して少年漫画の方では花人の女性が出てくること自体が少なく、たまに出てきたと思ったら作者が女性だったりする。

　俺は「失礼。ちょっとメールを確認させていただいてよろしいですか」と言って携帯を出した。出しながら横目で水科さんを見ると、俺の意図が伝わったようで、彼女は手帳に何かを書くふりをしながら、どうやら超話で相手に話しかけている様子である。それを横目で見つつ、本当に何も聞こえないんだよな、と思う。通勤中に見た男は、これに疎外感のようなものを覚えたのだろうか。

　水科さんはおそらく今、超話で「同行した常人の捜査官には内緒です。こっそり超話で訊きますけど、本当のところはどうですか」と話しかけている。花人の捜査官を花人への聞き込みに充てる理由の一つがこれだった。

　だがそうした策を弄しても、特にこれといった話は聞き出せなかったようだ。二人の超話は短く、水科さんはすぐに俺の膝をつついた。

マンションの玄関を出て、特にがっかりした様子もなく「収穫なし」を報告する水科さんと、とりあえず現場を確認して草津さんを拾い、空いた時間で千葉に行こうと決め、明らかに楽しそうに「お寿司いってしまいましょうか。『すしざんまい』築地駅前店が近いですけど、他にも」「築地本願寺境内にカフェがありまして、合鴨のステーキが」「こちらのフランス料理店では築地という地の利を活かして魚料理が」と大量の情報を流し込んでくるのに負けて結局寿司を食べてしまったが、警察官が昼に寿司を食ってはいけない理由などない、という彼女の説明のおかげで気は楽になった。

東部ホテル赤羽駅前は小さな建物だったが、玄関もフロントも狭いながら光るほど磨き上げられており、シンプルさが安っぽさではなく清潔さに見える幾何学的デザインで、狭さを除けば一泊素泊まり四千八百円という感じはしなかった。俺の時は大学の研修施設か民宿の大部屋で雑魚寝(ざこね)だったなあ、と思い出しながら支配人氏に身分証を見せ、壁の装飾を撫でながら「ここの質感、面白いですね。ジョリパットに見えますけどこういうのもあるのかな」と何やら興味深げにしている水科さんを促してエレベーターに乗る。彼女といると移動にいちいち時間がかかる。現場に顔見知りでもいたらなんでこっちに来てるんだ、と見咎(みとが)められそうだったが、幸いなことに現場保存の制服警官が二人いるだけだった。れっきとした捜査員が現場に入るのになぜこんな罪悪感が、と思いながら立入禁止テープをくぐる。

無論、死体はすでに収容されて鑑識にまわっており、床の上で白線の輪郭を残すだけになっている。撲殺なので、凶器であるガラス像の破片が絨毯の上に散らばっている以外は綺麗な方だった。ほとんど気をつけをしているような姿勢の死体も教科書通りだ。

「くまなく、と言われましたけど」水科さんが携帯を出す。

「うん。まあ……くまなく、かな」俺も携帯を出した。「何のために撮るのか分からんから、どこに注意すればいいのか謎だけど」

現場は手がかりの宝庫と言われるが、通常、宝の八割は通報を受けて最初に駆けつけた機捜が、残りの二割も鑑識が取ってしまっている。つまり何も残っていないのが普通だった。実際にこうして立って見回しても、不審点は見当たらない。残った破片を見るに凶器のガラス像はかなり分厚く、会議で言われた通りかなり重いものだったようで、表現に遠慮のない鑑識は「後頭骨と小脳が半分ぐちゃぐちゃ」とジェスチャー交じりで苦笑していた。被害者の冨田遼也はかなり大柄で筋肉質、身長も百八十センチ以上あったから格闘すればそれなりに強かったはずだが、後ろからこれでぶん殴れば、ゼミ生の中で一番背の高い野々村一翔から一番小柄な須賀明菜まで、誰でも殺害は可能だろう。もちろん一撃で殺すにはかなり当たり所が悪くないといけないし、一度殴れば壊れてしまう像を武器にしたという時点で、犯行は突発的なものだろうという見方ができる。

だがそれらは捜査会議で資料を提示された時に分かっていたことであり、水科さんと二人、壁に張りついたり浴槽に身を乗り出したりして室内をくまなく撮影しても、新たな気付きは何もなかった。容疑者全員にアリバイが成立しているという状況もそのままだ。そりゃそうだ、一体草津さんは何のためにこんな指示を、と、部屋を出る時は思った。

だがフロントで、意外な情報が手に入った。

「解錠記録、ですか。はい。ございます。全室オートロックで、フロントで管理しておりますので」きちんと髪を撫でつけた支配人はすぐカウンターに入り、自らパソコンを操作してくれた。「二〇二六号室でございますね。ただいま出ます。三月二十八日、午後……」

支配人氏の反応からして、現場の解錠記録はまだ確かめていなかったらしい。目撃証言と防犯カメラで関係者の行動がほぼ割れているためだろう。

「ありました」支配人氏は顔を上げた。「二十時以降ですと、二十一時四十九分に一回、二十一時五十分に一回、二十二時十二分に一回、二十二時二十六分に一回」

えっ、と、隣の水科さんが反応するのが聞こえた。

「それと、翌二十九日、八時十七分に一回、でございます。これはうちの者がマスターキーで解錠した時のものでございますが」

水科さんがカウンターに入り、携帯で画面を撮影しつつとりあえずスクリーンショットの印刷をお願いできますか、と頼んでくれる。手早くて助かるが、それよりも。

入室記録が一回、多い。二十一時四十九分というのは被害者が開けたのだろう。その一分後、二十一時五十分のものは、犯人が訪ねてきた時のものだという可能性が大きい。その後、二十一時五十八分頃に犯行があったとして、二十二時十二分のものは犯人が出ていく時だろう。

だとすると最後。二十二時二十六分は何だろう。誰が何のために、事件後三十分してから現場をもう一度開けたのか。

犯人が現場に忘れ物でもしたのだろうか、と思った。だがそれはおかしい。オートロックであり、死体発見時、カードキーは室内にあったという。だとすれば犯人だって現場を去った後、もう一度入ることはできなかったはずなのだ。二十二時十二分の時にカードキーを持って現場を出て、二十二時二十六分にまた戻ってきたということなのだろうか。だが犯人にしてみれば、二度と現場には近付きたくないはずなのだ。廊下は見通しが悪く、どこかから誰かに見られているかもしれない、という不安は常にあったはずなのに。

水科さんと顔を見合わせる。彼女も分かっているようだ。どうやらこの事件は、犯人がこっそり冨田遼也の一〇一六号室を訪ね、そこにあったガラス像で撲殺して逃げた——という、単純な構造ではないようだ。

だがアリバイの謎はまだ解けない。このことが関係しているかどうかも分からなかった。

5

「……おう。お疲れさん。こっちももう済んでるぞ」草津さんは鞄を探り、綺麗な装飾の施されたカードの束を出した。「『熱砂の千年竜』はやめといたよ。かわりに三パック買ってみたんだが、見ろ。『新米ヴァルキリー』が一枚、『永続魔法』も一枚入ってた。やっぱ自分の運は信じるもんだな。バラ買いは邪道だ」

「信じた時ほど当たりますよね」水科さんはさっそくバッグにぶら下げているクラミドモナスを見せた。

「……で、祝杯ですか。それは」テーブルの上には二つのグラスと大皿小皿が並び、完全に「宴会の後」の様相になっている。「ええ。済みましたよ、こちらも。仕事が」

「オーダー時刻、十一時十分」水科さんは伝票を取って広げている。「本日のキッシュ五百八十円、シーザーサラダ七百八十円、ワタリガニのトマトクリームソース千二百円。ガトーショコラ五百円。このお店のツボを押さえていますね」

「カロリー摂りすぎじゃないすか？　お体に障りますよ」

「待てドラゴン。笑いながら怒るな。怖い」

「火口さん、上手ですね。竹中直人になれますよ*」

「いや、どういうこと……っていうか、おい」伝票を横から覗く。「『コロナビール六百五十円』『グラスワイン白五百円』?」

不祥事だ。だが草津さんは「水みたいなもんだから」と平然としている。「それにお前らだって築地で寿司食ってきたんだろ?」

「うっ」思わず唸る。「なぜそれを」

「お前の手だよ。人差し指の爪の中に白い繊維が入ってた。タオルの繊維だ」草津さんは俺を指さす。「飯屋で手を拭いただろ? だが普通は爪の中に繊維が残る程強くは拭かない。それに爪の間を拭いたってことは、単に手を拭いたんじゃなくて指先を重点的に拭いたってことだ。指先に取れにくい何かがついたってなりゃ、寿司のシャリに決まってる。お前、素手でつまむ派だろ」

今は何もついていない自分の指を見て、水科さんと顔を見合わせる。だが草津さんは首をぐるりと回した。「ま、嘘だけどな。当てずっぽうだ」

また脱力させられた、と思う。まあ取調や聞き込みでは「当てずっぽう力」が大事なこともあるのだが。

「報告です」水科さんはバッグからクリアファイルを出した。「現場、一〇一六号室の解錠記録です。これについて何かお考えがありますか」

「ん」草津さんは印刷されたスクリーンショットを一瞥しただけで、あとは大きな欠伸を一つして立ち上がった。「腹一杯食うと眠くなるよな。……じゃ、行くか」

「これを予想していたんですか?」

「いや、『新米ヴァルキリー』入ってんのは予想外だった」草津さんは立ち上がり、伝票を会計に持っていった。「これ領収書頼みます。『警視庁捜査一課様』で」

「落ちるかっ」思わずつっこんでしまった。何か負けた気がした。


行くか、と言ったのは単に「メシも食ったし店を出るか」という意味だったらしい。草津さんは先にたってずんずん歩いたが、赤羽署に戻るのかと思ったら途中の電器店にするりと入っていき、二階のゲームコーナーで店頭デモ用に置いてあるゲーム機のコントローラーを取った。「2コンも空いてるぞ。火口、対戦するか」

「それより」手を伸ばして掌で画像を隠す。「説明をまだ聞いていません。現場の解錠記録が一回多かった。主任、これを予想していたんですか?」

「いや?」草津さんはすっとぼけた顔で俺の手を押しのけ、スタートボタンを押した。「だが、本部の見立てがおかしいことはお前にも分かってただろう」

＊ 竹中直人の一発芸に「笑いながら怒る人」というのがある。明るい笑顔でドスの利いた怒声を出すため大変怖い。

全く予想していなかった言葉が出てきて、俺は沈黙した。電器店特有の、アナウンスと音楽と画面からの音声が交じった雑多な環境音が耳朶(じだ)を振動させる。

「なんだ。分かってねえのか」草津さんは画面を指さした。「これだよ。これ」

ゲームに何の関係が、と思うが、草津さんは３ＤＣＧのキャラクターを操作し、こうだ、こう、と言っている。

「ゲーム……ですか？」練習モードのようで、草津さんの操作するキャラクターは誰もいない草原で走っては止まり、くるりとターンしては走り、を繰り返している。

「そうだよ。なあドラゴン。お前、このキャラの動きがなぜ不自然か、分かるか」

「不自然……？」

「あ、もしかしてお前らデジタルネイティヴ世代は不自然に感じないのか？」

草津さんはコントローラーを置き、しょうがねえなあ、と呟くと、突然腰の後ろから警棒を抜いて殴りかかってきた。とっさに上段受けを出しながら後退するが水科さんにぶつかって二人ともよろめく。「うわ」「きゃっ」「ごめん」

「何すんですか」と言いかけ、気付いた。「……ああ、そういうことですか」

「そうだよ」草津さんは警棒をしまう。

いきなり殴りかかるのもどうかと思うが、草津さんがゲームのキャラクターを見せたのはそういうことだった。このてのキャラクターの動きが不自然に見えるのは、後ろに向かって駆け出そうとする時、まずくるりとその場で方向転換して、それから駆け出すからだ。実際の人間は急いで後ろに駆け出そうとする場合、体を捻ると同時に後退を始めている。

同じ不自然さが本件の被害者にもあるのだった。二十一時五十八分にＳＮＳに投稿されたのが慌てふためいた被害者の音声だとすると（「松」＝「待つ」「待て」の文字もある）、被害者は犯人が襲ってくるのを見ていたことになる。それなら俺が今やったように、まず頭などをかばいつつ体を後ろに引く。つまり前から殴られていないとおかしい。それなのに後ろから殴られているということは、実際には被害者は不意打ちでいきなり殴られた、ということになる。死体の位置と部屋の狭さを考えれば、犯人に背中を向けて逃げている途中に追いつかれて殴られた、というのもありえない。

だとすると。脱げかかった靴を履き直した水科さんが続きを言う。

「あの投稿は事件発生時のものではなかった。つまり犯行時刻はもっと遅かったはずだ、と？」

「ま、そういうことだな」

「しかしそれだと、不可解なことになりませんか」頭の中で問題点を整理する。「あれが偽装か何かだったとしても、他人が被害者を装って投稿した、というのは難しいのでは。あの時間帯、被害者は携帯を肌身離さず持っていたはずです」

「だからこそ可能なんだよ。そうだとすりゃ、犯人も一発で分かる」

草津さんの携帯が鳴る。いくつかのやりとりの後、電話を切った草津さんは言った。「時間潰しは終わりだ。欲しかった情報が出た。本部戻るぞ」

時間の潰しかたが小学生みたいだが、そこにつっこんでいる場合ではなかった。

6

赤羽署大会議室の捜査本部に戻ると、御国管理官はひな壇の上で電話を受けつつパソコンの画面を確認していた。やはり無表情でありロボットの印象がある。金属製という渾名があるが表皮はFRPだろうか。どちらにしろ体温は感じないし抗菌コーティングされているようにも思える。

「草津さんですか」御国管理官は受話器を置き、入ってきたこちらを見た。「千葉で須賀明菜の友人を訪ねているはずでは？」

捜査員全員の行動を把握しているとすればさすがだが、草津さんはポケットに手を入れたままひな壇に上がっていく。「犯人が分かりましたもんで」

御国管理官は椅子の上で3DCGキャラのようにくるりと回転し、こちらを向いた。「伺いましょう」

「あー、面倒くさいんでこっちの火口から」

草津さんはそう言うと携帯を出して後ろに行ってしまう。仕方なく俺が話した。解錠記録と死体の位置、その傷の位置。二十一時五十八分の投稿は被害者によるものではない。犯人が被害者に気付かれないよう、音声入力で吹き込んだものだ。そうすることで犯人には、犯行時刻をそこだと思わせてアリバイを得た。実際の犯行時刻はもっと後だ。そう考えれば、容疑者全員にアリバイが成立する、という奇妙な状況はなくなる。

「……説明は分かりました。確かにその可能性はありますが」

わりとややこしい話だったが、御国管理官は一度ですぐに理解したようだった。「しかし不明な点もあります。そもそもどうやって犯人は、被害者の携帯からSNSの投稿をしたのですか？　被害者がスマートロックを使っていたため、身につけている限りはロックが解除されていた……というなら、被害者に気付かれずに投稿をすることも不可能だったはずですが」

「それが可能な人間が、容疑者の中に一人だけいます」

ちらりと後ろを見る。このくらい自分で言えばいいのに、と思うが、草津さんは驚くべきことに、携帯でまたゲームを始めている。管理官の前なのに。

俺は携帯を出し、音声入力をオンにして管理官に画面を見せた。

入力内容は不正確になる可能性がありますが

画面に文字が出現した。

この方法でもＳＮＳの投稿画面を表示させ、適当な文字列を入力する程度なら可能です

画面に出現した文字を見て管理官は目を見開いたが、さすがは国家公務員試験突破のエリート、俺の隣にいる水科さんの表情を見て、すぐに気付いたらしい。

「不可聴域音声による会話」管理官は正式名称で言った。

「携帯の音声認識は、不可聴域の高周波自体は拾いません」水科さんは言った。「ですが超音波を発生させると、ハーモニクスによって弱いながら別の周波数の音波も同時に発生します。これによって『聞こえる音を出さずに』音声認識でスマートフォンを操作する実験は、中国などで行われています。結果、ほぼすべての音声アシスタントを超音波で操作することができました。一種のハッキング――『Dolphin attack』と名付けられた方法です」

被害者の部屋に、凶器。被害者がその時間帯に一人になったこと。そうした状況が揃ったのは偶然であり、つまり犯人は、あらかじめ超音波発生装置を用意してこの現象を起こすことはできない。これが可能なのは。

「須賀明菜を任意で引っぱれ」管理官は部屋の入口あたりにいた捜査員に声を飛ばした。

「冨田遼也殺害の容疑だ。ただし極秘」

さすがに反応が速い。

「つまり、こうなるな」管理官は独り言のように言う。「須賀明菜はあらかじめ被害者を呼び出していた。そして二人きりの時にこのDolphin attackで被害者の携帯からＳＮＳに投稿。これが二十一時五十八分。さらにそれを削除。その後、二人は被害者の部屋に戻り、犯人は被害者を殺害。……実際の犯行時刻は、二十一時五十八分より後だった。だとすると」

「現場……一〇一六号室の、事件時の解錠記録です」水科さんがクリアファイルを管理官に渡す。「これによると、二十二時十二分より後、二十二時二十六分にもう一度、解錠記録があります。おそらく二十二時十二分のものが、犯人と被害者が一緒に部屋に入った時。そして二十六分のものが、犯人が出ていく時のものです」

「被害者と須賀明菜の、携帯のＧＰＳ情報もさっき出ましたよ」草津さんも言った。「二十一時五十八分の時点ではホテル内ではなく、近所のコンビニにいる。須賀明菜は証言通りですが、被害者も一緒でした」

「Dolphin attackはその時だな。……よし、家宅捜索だ。須賀明菜宅の捜索差押令状をとれ。犯行動機をにおわせる物があるはずだ。パソコンその他、端末があればその中身と閲覧履歴も取る。極秘にな」

命じられた捜査員が出ていく。周囲の空気がざわついているのが分かった。

須賀明菜はこれでほぼ逮捕確定だ。つまり、花人が犯人の殺人事件ということになる。

ざわりと鳥肌がたつ感触があった。今この瞬間、ここで。日本の犯罪史を塗り替える大事件が起こっている。史上初の、花人による殺人事件だ。

管理官が「極秘」と付け加えたのも当然だった。これは大事件だ。そして現在の、花人が置かれている状況を見れば、須賀明菜が殺人、それも常人殺しの容疑者として逮捕されたことが報道された時の社会的影響は想像がつかない。

水科さんを窺う。自らそれを暴く手助けをすることになった彼女だが、やや視線を下げているだけで無表情だった。

「実は、須賀明菜については情報が入っている」管理官はこちらを見た。「彼女は就職活動中、いくつかの企業で不採用になっている」

須賀明菜の友人が言っていたことを思い出した。就活で苦労していた、と。

「不採用とした企業は、以前から採用や昇進で花人を不利に扱う、という噂があったらしい。須賀明菜はそのために不採用になった可能性がある」管理官はパソコンを操作する。「まず、ここだな。『ひまわり信金』。本社は新宿だ。採用担当者に会ってこい。犯行動機と関係のある話が聞けるかもしれない」

胸の中に、ざらついた何かが差し込まれたような感覚を覚えた。差別。花人に対する。

何も問題がないように見えた須賀明菜の周囲にも、トラブルはあったのだ。花人が殺人を犯す動機。確かにそれなら、あるかもしれない。被害者は同じ学生だから、関連があるかどうかはまだ分からないが。

「行きましょう」水科さんが俯(うつむ)いたまま言う。彼女の心中は分からない。

「一つ言い忘れていた」

出ていこうとする俺たちの背中に、管理官が言った。

「よくやった」

7

ある程度の規模の会社になれば、突然の警察の来訪に対し、不安そうな顔になるのは当然といえる。従業員個人のパワハラ・セクハラまで含めれば臑(すね)に全く傷がないと言いきれる会社は少数派だろうし、そもそも他部署のことなど把握していない。だから警視庁を名乗ると、受付の女性も「まさかうちの会社が何か」という不安そうな顔をしていた。

だが、通された応接室にのっそりと現れた人事部長は、演技ではなく怪訝な顔をしていた。つまり少なくとも、この人の知る範囲においては「うちの会社は何もしていないはずだが」ということなのだろう。

「……いえ、そうしたことは個人情報ですから、こちらとしましてもちょっと」

来年入社予定の採用試験について訊きたい、と切り出したが、五十代と見える人事部長は額に皺を寄せ、困り顔で拒否した。「それに、個々の採用試験結果につきましては、すでにデータがあるかどうかも分かりませんから」

「さすがに、それはないと思うんですが」俺は食い下がった。「試験結果、たとえば名前を伏せた状態で個々の応募者の得点を確認できれば充分なのですが」

「そういうものもちょっと。個人情報ですし」人事部長は動かなかった。「個人情報」の一単語をたてに、警察には何一つ話す気がないらしい。「それに、当社の採用が何か刑法に関わるようなことがあるんでしょうか?」

「いえ。申し上げた通り、貴社が捜査対象となっているわけではありません。ただ、ある事件の捜査上、貴社の採用試験の結果が参考資料として必要になったわけでして」

「申し訳ないのですが、それはやはり個人情報でして。それに採用試験自体はあくまで当社と受験者の間のことですので」

今度は「民事不介入」をたてに拒否するつもりらしい。とりつく島もなかったが、なにしろこちらとしてはどの事件で誰に関係しているかも明かせない状況なのだ。

「まどろっこしいな」

ドアの横に立って腕を組んでいた草津さんが、その場の三人とは全く違う荒っぽい声で言った。「おたくに対して何かしようってわけじゃない。ただ、おたくが採用の時に、花人を差別しているだろうって話だ」

　人事部長の眉がぴくりと動く。向かいあって観察していたのでなんとなく想像はついた。若干の不安と、だから何だ、という反発だ。

「当社には当社の採用方針があります。警察が介入することではないはずですが」

「すっとぼけるな。めんどくせえ」草津さんは頭を掻く。「今回だけじゃねえ。他の年度もだ。おたくは採用で花人を差別している。筆記試験で最高得点だったのに、花人だったってだけで落とされた奴が何人もいる。調べはついてんだよ。花人かどうかで決めてるだろ」

　俺たちの知らないことを言った、と思ったが、すぐに納得した。さっきもやったやつ、つまり「当てずっぽう」だ。

　だが人事部長には効いたようだった。目を細め、やるならやってみろ、という態度になったのが分かる。

「当社は画一的な筆記試験ではなく、学生の『人間力』を見ています。受験生の全要素を考慮しますから、当然、花人かどうかも考慮します」

　見た目より気の短い男なのだろう。草津さんの乱暴な口調に乗せられ、やや頭に血が上っているようだった。難癖をつけられた、と感じたのだろうか。

「当社は『人間力』の重要な要素として協調性やコミュニケーション能力を重視しています。私の経験から言えば花人は総じてこれが低い。特に女性の花人はそうです。だからその分、減点する。また渉外担当として考えた場合、花人の担当者を嫌う顧客も多い。よそでは知らないが、うちの業務ではそうなんです。業務内容から合理的に考えて、花人の点が低くなったとしても当然です」

こういう物言いをする企業のことはニュースなどで知っていたが、実際に目の前でやられると腹が立った。だがもちろん、この会社の差別行為を捜査しているわけではない。どんなに腹が立っても、警察が動く事案ではない。弁護士や労基の管轄だ。

たとえば大学の入試で、花人は得点を一律に減らす、ということを隠して募集していたら刑法上も詐欺罪になりうる。合格率、つまり期待値が著しく低いことを隠して受験料を支払わせているからで、実際に昨年、ある大学でそうした処理をしていたことが明らかになり、起訴も検討された。この大学に関しては結局、学長が与党幹部に近い人物だったため不起訴になったのだが、そもそもこうした事案で起訴が検討されること自体が異例だった。罰則付きの差別禁止条例などがない限り、警察は「差別」を取り締まることはできないのだ。

何が「人間力」だと思うが、水科さんも沈黙したまま、こめかみに人差し指を当てて瞑目している。俺も落ち着かなくてはならなかった。俺たちはこの会社の採用に差別の事実があったかどうかを確認しにきただけで、それはもう達成された。

草津さんもそう判断したのか、行くぞ、と俺たちを促す。

「……やはり、採用差別がありましたか」

御国管理官は俺たちが出た時とまったく同じ姿勢で椅子に座っていた。ロボめいた人だけに、椅子に接続されているのかな、という想像も浮かぶ。「おそらく、それも爆発するきっかけの一つでしょう。周囲の友人……特に花人の友人への聞き込みはまた必要ですね」

「しかし、本件の被害者は同じ学生です。花人に対する差別との関係は」

隣の水科さんが気になるが、彼女は雪のように静かな無表情である。

御国管理官はパソコンを操作し、画面をくるりとこちらに向けた。「先程確認が取れた、被害者のＳＮＳです。アリバイ工作に使われた表のものとは別の、いわゆる裏アカウントですね」

なまあたたかい愛国者@pxognys50023
＞税金を払っているんですが?
笑
お前ら払ってねーじゃん
義務は放棄し人権人権　補償しろ補償しろ　金クレクレ
草共は日本の寄生虫です

なまあたたかい愛国者@pxognys50023
野党は安定のジイキュウジロージイキュウジロー　インコさんですか
草共の貰ってる手当は何千兆円ですかーそっちはなぜジイキュウしないんですかー

なまあたたかい愛国者@pxognys50023
草「人権侵害です！」笑
人間じゃないのに人権？

「いえ、大丈夫ですよ」下がらせようとした俺に水科さんが微笑む。「生活していれば嫌でも目にしますから。私たちは」
「また、被害者がニュースサイトのコメント欄にしていた書き込みがこれです」御国管理官は容赦がなかった。「国立市が花人に対する差別禁止条例を出した、というニュースに対するコメントですね」

tpo*****2/10 23:59
それより人間に対する差別を罰してください
草共が吸い上げる税金を人間に返してください

tpo*****1/30 0:15
ゴミみたいな条例ですねさすが左翼宣言都市
いいですよ草共に支配された市なんか足を踏み入れませんから

tpo*****1/28　0:23
パヨク様あなた方のお好きなｼﾞﾝｹﾝは？　ﾋｮｰｹﾞﾝｼﾞﾕｰはどうしたのかなー？
あれー？　何も聞こえてこないなー
そうだよねパヨクのみんなは植物壬間草共に日本を売り渡したいんだもんね

大丈夫、と言われてもつい水科さんが気になってしまう。彼女は特に何の反応も見せていなかった。「草」「草共」というのはこの手の人間がネット上で多用する花人への蔑称であり、もともとはこの男も書いている「植物壬間」という呼び方に由来する。もちろん「壬」の字は不適切な発言をチェックする検索を回避するためで、実際には「人」の字が入る。何重にも差別的で胸糞の悪くなるこうした物言いが、ウェブ上では野放しになっていた。花人は政府やマスコミを操作して莫大な額の「手当」を貰っている、という話はこうした書き込みをする差別主義者がよく訴えるデマで、それに反論しただけで相手を左翼と決めつけるのは彼らの通常の思考だった。冨田遼也はウェブ上によくいる差別主義者だったようだ。冨田遼也がこうした人間だとすれば、現実でも花人である須賀明菜に何か差別的なことをし、須賀明菜がそれに対して撲殺で応じたのかもしれない。

「ですが」違和感を覚えた。「須賀明菜がそれで殺人を犯すでしょうか？　ひとまとめにするのは抵抗がありますが、彼女は花人ですし」

「確かに、花人が個人の恨みや怒りで犯罪行為に出るということは、これまでにはありませんでした」御国管理官も頷く。「ですが、『これまでにないこと』が起こり始めている可能性もあります」

言葉の最後に空白があった。明らかに、続くべき何かの言葉を上から塗り潰した空白だ。御国管理官は何かを摑んでいる。いち捜査員には軽々しく話せないような何かを。

間が悪くなるとそうする癖なのか、管理官は眼鏡を直しつつ言った。「もちろん分かっていると思いますが、取扱に注意の必要な事件です。マスコミにはくれぐれも注意してください」

了解、と敬礼して大会議室を出る。もちろん言われるまでもない。花人が差別に怒って常人を殺害した、などという臆測がマスコミに流れれば、日本は一気に花人と常人の戦争状態になってしまう。いや、日本国内だけでは留まらないだろう。世界中で対立を引き起こしかねない。日本ほど露骨でないというだけで、花人に対する差別は世界中にある。アメリカの有名な新聞が「たった2％の花人によって世界の富の半分が独占されている」とキャンペーンをうち、批判を浴びたこともある。

　第一次世界大戦勃発のきっかけはたった二発の銃弾だった。始まりはちっぽけな、しかし強固な悪意である。


　とにかく仕事だった。須賀明菜の花人の友人という、通常ならば外れ筋の聞き込みが、にわかに重要性を増してきた。

　一方で秘匿の必要性も増したというのに、赤羽署の玄関を出てすぐ、横から声をかけられた。

「あ、どうもこんにちわ。こりゃよかった。本庁の方ですよね」

　知った顔だった。「昔ながらのマスコミ」の扮装をしているようなジーンズとジャンパーに無精鬚。不健康そうに見えて何時間でも立って待つし何キロでも歩く男。週刊春秋の五味丘記者だ。

「おっ、あなたはたしか三強の火口さん。それに」五味丘は水科さんを見て、一瞬だけちらりと目を細めた。彼女の素性に気付いたのだろう。「……あなたは花人ですね。ほほう。とすると花人捜査班か。こりゃ、ついてますね僕。どうもこんにちわ。忖度なし！　タブーなし！　正義と真実の記者、週刊春秋の五味丘です」

五味丘は水科さんに名刺を握らせる。日本語的には「こんにちは」が正しいのだが、この男のそれはどこか「こんにちわ」と表記した方がしっくりくるような一種の軽薄さがある。無論その軽薄さは相手がつられて軽薄になることを狙った一種の誘導だということも、すでに知っている。刑事部内では有名な男だった。しつこいのだ。

マスコミの襲来にあまり慣れていない様子の水科さんは下がらせ、五味丘に訊く。「こちらへは何の御用で」

「いえ、ちょっと野暮用で。どうですか捜査。発生特捜でないってことはおおむね目処は立っているようですが」

「捜査内容についてはお答えできません。では勤務中ですので」

話を打ち切る定型句があるというのは楽で安全だ。あくまで笑顔で、水科さんを促す。なにしろたった今、漏れれば日本中が揺らぐ機密事項を持たされたのである。

追いかけてくる五味丘の声を背中で受けながら歩く。御国管理官が言わなかったことは何か、どうしても考えてしまう。

携帯が震えた。見ると、草津さんからメッセージが来ていた。そういえばあの人はいつの間にどこに消えたのだろうと周囲を見回しつつ画面を開く。

〈草津　佳久〉

須賀明菜の手帳に妙な記述があった。本人はだんまりだ

メッセージの後に画像が添付されていた。スケジュール帳のページを写真撮影したものらしい。二十二日のところに、明らかに他とは違うタッチで丸がつけられている。

神田

文字はそれだけだった。ただの予定だ。だが、そうだとするなら草津さんはなぜこれを送ってきたのだろうか。隣を見ると、水科さんにも同じメッセージが届いていたようで、彼女も携帯を見ている。

顔を上げて赤羽の往来を見渡す。杖をついて歩く老人。携帯で話しながら早足の男性。後ろに幼児用椅子を付けた自転車の女性。少なくともはっきり花人と分かる人は、見える範囲では一人もいなかった。

ごう、と音がして大型トラックが走り抜けた。地面がかすかに揺れたようだ。

須賀明菜は翌々日、逮捕された。

もちろんマスコミに対し、逮捕の事実そのものを隠すわけにはいかなかった。当然のこと

ながら日本では未だに「逮捕＝犯人」という見方がされている。花人から殺人犯が出たということで、マスコミは大騒ぎで取り上げた。テレビのコメンテーターたちは、ある者は「当然ですよ。花人だから犯罪をしない、なんていうわけがない」としたり顔で言い、ある者は「びっくりしました。花人なのに」と驚いてみせ、ある者は「花人なのに逮捕までされたということは、よほど容疑が濃厚なのでは」と勝手な臆測を言った。むしろウェブ上の差別主義者の方が落ち着いており、「タブーを破った警視庁に拍手」だの「これまで握りつぶされてきたはず」だのと静かに勢いづいていた。花人か常人かで区別すべきではない、と言う人間はごく少数で、大衆の大部分は「やっぱりね。あるよね」と頷く態度のようだ。須賀明菜を個人として見る者は全くおらず、彼女は花人そのものであるかのように扱われた。もちろん捜査中の彼女の姿や声明がマスコミに出ることはなく、「友人提供」という高校時代の須賀明菜の、無邪気にピースサインを出して笑う写真が何度も画面に流れた。

　幸いなことに、事件の動機については警察からは「個人的トラブルという見方」以外の発表はなく、テレビも「女子だから恋愛関係だろう」というこれもいささか差別的な見解に傾いていたようだ。本庁と赤羽署が社会的影響を考え、うまく情報を提供したのだろう。

　だが五味丘のように、嗅ぎつける人間は嗅ぎつけているに違いなかった。これまで決して、少なくとも大々的には表面化しなかった、花人対常人の危ういバランス。それがいつ崩壊してもおかしくない状況になっていた。

火口竜牙

テレビをつけると、報道番組でもやはり、例の放火事件を扱っていた。目黒区高層マンション放火事件。たしか目黒署の方ではそう呼ばれているはずだが、俗称である「花人マンション放火事件」の方が通りがよい。

大きな事件ではなかった。一昨日夜、都内在住の無職の男（四三）が目黒区の高級マンション「グランディア目黒」一階のエントランスに侵入し、掲示板付近に火を点けたところを警備員に見つかり逮捕された。火は燃え広がることもなく、掲示板の一部を焼いただけだったが、現住建造物放火の現行犯で逮捕された男が口にした犯行動機が話題になった。

――「花人のせいで就職ができなかった。金持ちの花人マンションを見て腹が立った」

花人がいい就職先を常人から奪っている、という考え方は明らかな差別主義者以外にも主張する者が多い。そして就職氷河期と呼ばれ、各社がほとんど正社員を採らなかった時期でも、花人はさほど影響を受けずに大企業の正社員としての地位を得ていることが多く、この世代には特に不満が強い。それに加えてこの間の赤羽の事件だ。あれが報道されて以来、マスコミは明らかに「花人にも問題があるんじゃないでしょうか」と花人叩きの方向に寄っており、目に見えないところでぴりぴりした空気が醸成されていた。俺の職場などはそもそも花人がいないため何もなかったが、母は電話で「うちにも花人の役員がいて、陰口を叩かれている」と言っていた。

そして、ついに事件になってしまった。事件自体は小さい。だが明確なヘイトクライムだ。気になるのは、この事件を扱うテレビ報道で「ヘイトクライム」という単語が全く出ないことだった。それどころかコメンテーターが男に同情するように「まあ、格差がありますからねえ」などと発言しても誰も咎めない。ウェブ上ではそのことが問題視されていたが、おそらくテレビしか観ない大部分の国民はこの問題を認識していない。

テレビを観続けていると、驚くべきことに、報道番組は事件を振り返った後、フリップを用意して「常人と花人の平均所得の差」を取り上げていた。そして画面がインタビューに切り替わる。時折テレビに出るIT系ベンチャーの社長だった。外資系でない限り、大企業の幹部はほぼ常人で占められていたが、勢いのあるベンチャー企業のトップが花人、というパターンはよくあるのだ。その代名詞と言ってもいい彼が「採用で花人とか常人とかは見ない。優秀な人から採るだけです」と答え、スタジオに戻る。キャスターたちは憂鬱そうな顔で沈黙し、コメンテーターの一人が言った。

「ま、誰から見て『優秀』なのかという話ですよね。社長は花人なわけで」

俺は溜め息をついてテレビを消した。ヘイトクライムの報道なのに加害者の差別意識はとりあげず、まるで被害者の側に問題があったと言わんばかりの編集だ。胸糞悪かったが、視聴率の高い番組だ。水科さんも……それに内倉も、今のを観たかもしれない。

内倉修司、という親友がいる。小学三年生で同じクラスになってからのつきあいだ。高校・大学は別になったが、今でもたまに会って飲む。古風で地味な名前が示す通り両親は真面目で静かな、普通の人に見えた。だが彼自身は花人だった。

内倉は小学三年生までクラスの中心人物だったが、四年生の六月から「友達のいない奴」になった。

小学校の一年生とか二年生の頃のことは、あまり多くは覚えていない。要するにまだ「物心つく前」ということなのだろう。だがそれでも、「学級」というものができるとその中に「社会」が生まれ、「空気」が生まれ、「階級」「人間関係」といったものがすでに生じていた。大人になってから思い返してみるとそうだったというだけで、当時ははっきり意識してはいなかったが。

内倉はその学級社会の中で、初めは頂点にいた。男子の階級は「運動ができること」「体が大きくて力が強いこと」の二つでおおよそ決まり、そこに「剽軽で面白い」「家におもちゃがいっぱいある」「勉強ができる」「その他特記事項」を加味して決定される。内倉は運動能力がトップで、でかくはないが背も高めだった。何より勉強ができて物識りで、大人が言うような難しい言い回しを知っていたり、生き物のことや外国のことなど、いろいろなことに詳しかった。当時の俺は彼に対し「魔法戦士」というイメージを重ねていたのを覚えている。パワーがあって武器で戦うけど、物識りで魔法も使える文武両道のスーパーマンだ。うちの小学校は各学年三クラスずつあったため、一・二年生の時は彼のことを知らなかったが、三年生の四月、クラス替えで一緒になった。俺は仲のいい友達と別々になってしまい、どうしようかと思っていたら、すぐに彼のグループに誘われた。俺は当時、そこそこ身長はあって運動も得意だったため、「こいつなら戦力になりそう」と判断されたのだろうと、今は思う。別に何と戦っているわけではないが、小学生男子はそういうところがある。

俺はグループにすぐ打ち解け、認められもした。認められたきっかけが「河原にいたバッタをクルマバッタだと見抜いたこと」だというのがなんともシュールなのだが、実際には重大な事件だった。誰かが捕まえたバッタを内倉がトノサマバッタだと言い、俺が「クルマバッタじゃない?」と意見したのだ。内倉は「ハカセ」的見られ方もしていたから、ハカセの知識に訂正を入れるのは、そのままならリーダーである内倉への反逆行為として若干気まずくなるところなのだが、内倉は「あっ、そうかも」と言って携帯で調べた。当時、三年生でもう携帯を与えられているのは彼だけだったが、彼はものを調べるための「検索」以外にそれを使わず、俺たちも「内倉君の検索ツール」として見ていた。そして検索した内倉は「やっぱりクルマバッタだ。火口君すごい」と俺を褒めた。これがたとえば、もう一つの有力グループの頭目である津島だったら、不機嫌になりグループから排除していたかもしれない（あのグループは力こそ強かったが乱暴でいつもうるさく、女子にセクハラ行為をはたらいたり校舎を破壊したりするため山賊的に見られていた）。だが内倉は自分が間違っているかもしれないと検索し、間違いを認めるばかりか俺を褒めた。そのあたりが内倉の内倉らしさだった。

それから一年以上、俺たちのグループは一緒にいた。そういえば当時、内倉は俺のことだけは「リュウ」と渾名で呼んでいた。彼が一番俺を評価してくれていたのかもしれない。

内倉には自分がグループの中心人物だという自覚もあまりなく、またそもそもグループや階級というものも意識していなかったようだった。見方によっては非常に自由で開放的なグループであり、昼休みに遊ぶメンバーは毎日変わったし、流れ次第では下位グループと一緒に教室で遊んだり、はては女子と盛り上がったりすることもあった。当時そのあたりは全く意識していなかったが、顔だちも整っていて大人びた内倉は、女子からもモテていただろう。ピアノを習っていたため音楽の時間に教師から伴奏を任されたりした時は華麗なタッチで本格的な曲を弾きこなしたし、英語では流麗な「本物の発音」で教師を驚かせた。内倉がそういったものを披露するたび、つつきあってキャーキャー言っていた女子たちもそういえば、いた。

内倉が花人だということは、皆、特に口には出さなかったが、知っていた。体育の時など内倉からは百合の甘い香りがしてくることがあったが、男子だからなのか、他人の香りをあえてどうこう言う奴はいなかった。花人という存在は小学校に入った頃からだいたいの子供が認識していて、今思うに、クラス分けの際に各クラス一人ずつ、均等になるように「配置」されていた。この頃はまだ、花人という内倉の、他の子供には持ち得ない要素は、そのまま彼への尊敬につながっていた。花人というのは「自分たちとは違う凄い人」程度の認識であり、素直に尊敬すべき存在として扱われていた。これは彼の人格、というか人徳によるものだっただろう。

当然、内倉はクラスの中心人物として担任からも一目置かれ、満場一致で学級委員になった。勉強好きで授業の課題にも積極的に臨むため、俺たちのいた三組では、真面目に授業にとりくむことは少しも恰好悪いことにはならなかった。三組では音楽の授業で思いきり声を出したり、英語の授業で「本物の発音」をしたりすることは恥ずかしいことではなく、むしろ褒められる空気があったが、これは内倉が率先してそうしていたことが原因だろう。クラス単位の制作などをすると、三組の作品だけが一組や二組と明らかに違うクオリティであり、こうしたことで三組の雰囲気のよさは外部にも知られていた。実際に一組や二組になった二年生までの友達から「三組いいな」と言われたこともあるし、自分も「三組でよかった」と思っていた。いわば「愛級精神」とでもいうものが自然に生まれていたのであり、三組は間違いなく「いいクラス」だったのである。親たちがそういう話をしていたのをちらりと聞いてもいる。

四年生に進級してもそれが続くかと思われたが、そうはいかなかった。

きっかけは、教室内で金魚を飼い始めたことだった。学校や担任の指示ではなく、たしか誰かが何かの理由で教室に持ってきた金魚を皆が珍しがって可愛がり、じゃあ三組で飼いましょう、と担任が言ったのだ。金魚には名前が付けられ、まあ二週間程で飽きられはしたものの、交替で世話が続けられ、クラスの一部になっていた。

それが六月のある日、いきなり死んだ。

朝、一番に来た女子が発見して大泣きしたのだった。四匹いた金魚は一匹残らず、腹を上にして浮かび、ポンプの水流に乗って角の一ヶ所に流され、溜まっていた。

朝のHRが始まる前から大騒ぎになった。金魚鉢のまわりに人垣ができ、そこで男子の誰かが言った。

「誰がやったんだよ」

そこで皆が気付いた。全部一度に死んでいるのだ。偶然や事故のはずがない。すぐに犯人捜しの雰囲気になった。「誰だよ」「俺じゃない」と、いち早く逃げようとする奴も出てきた。

「待った。まだ誰かがやったって決まったわけじゃないから。ポンプのトラブルとかかも」

内倉が言った。だが。

「いや、んなわけねえし」

反論したのは津島だった。津島は「全部一度に死んでる」「ポンプ壊れてない」と言い、それから苛ついたように言った。「おい誰だよ」

結局、津島の勢いに流されて犯人捜しが始まった。当番は誰だ。最後まで教室に残っていた奴は誰だ。内倉はこちらを見た。これはまずくないか、と思っているのが分かったから頷いたが、津島の勢いに乗せられて女子の誰かが「こんなことするなんて、ひどい」と泣きだし、他の誰かが金魚の名前を呼んで泣きだし、かわいそう、ひどい、と大合唱になった。藻や糞で汚れた水槽の掃除を「汚い」と言って嫌がっていた一団まで泣きだした時は「なんだこいつら」と思ったが。

「あのさあ俺、見たんだけど」

男子の一人が言った。「昨日、根岸(ねぎし)がこっそり教室入ってった」

その名前が出て、皆は周囲を見回した。根岸はいなかった。

根岸はクラス内では外れ者だった。いつも一人で、誰とも話さず、よく分からない遊びをしていた。唾をつけて消しゴムのカスを練ったり、筆箱の中に大量のダンゴムシを入れたり。いつも同じ汚いシャツで、髪の毛もボサボサで、鼻水を垂らしている時もあり、気の強い女子グループなどは「臭いから来るな」と露骨に攻撃していた。男子も彼独自の謎遊びにはついていけず、彼は一人だけクラスに紛れ込んだ宇宙人のように浮いていた。そして皆、根岸がいつもおそろしく早く教室に来て、一番最後まで残っていることを知っていた。ずっと教室にいるわけではなく、ランドセルだけ机に放り出してどこかに行くのである。今も彼の机にはランドセルだけがあり、皆がそれを見た。

きっと、あいつだ。

机の上に置かれた、革にひびが入ってすり減った黒のランドセルに、そういう視線が一斉に注がれているのが分かった。

「おい根岸どこだよ」津島がそのランドセルを叩いた。

津島のグループが「逃げたんじゃないの」「そういえばよく水槽覗いてた」と言いだし、根岸は完全に「容疑者」にされた。

「いや、待って。みんな落ち着こう」

内倉が声をあげた。「根岸君がいないのはいつものことでしょ。いない人を犯人扱いしちゃ駄目だと思う」

その一言で、前のめりになってる空気がふと止まった。俺もそうだが、横にいた女子もほっとした顔を見せていた。他にもそう感じた奴がいただろう。

だが津島は「どうせあいつだし」「最後まで残ってたのあいつだし」と根岸犯人説を言い続けた。内倉はそれに対し、「根拠がない」「最後まで残っていたという証拠もない」と、論理的に一つずつ反論していった。再び教室の空気が緊張した。内倉対津島の喧嘩、という流れになりつつあり、津島の周りにはグループの他のメンバーも集まりだした。俺はそれを見て、自分も内倉の隣に行くべきだろうか、と思った。だができなかった。それをやれば完全に対立の構図になってしまう。そのかわり、横から口を挟む形で、内倉と一緒に津島の決めつけを指摘した。だがそうしているうちに俺の周囲の奴らも一歩、下がっていき、結局、俺と内倉対津島グループ、という構図を皆が遠巻きに見守るだけになった。そのことに気付いた俺は冷たいものを感じた。皆、「俺たちにやらせようと」している。

そして根岸が教室に入ってきた。津島は「おい、てめえ」と問い詰め、それを内倉が止める。

だが、津島が「あーっ！」と叫んだ。

「こいつ、袖に水草ついてる！」

まず津島のグループが、それから内倉が彼の袖を検分し、間違いない、と認めた。半袖のシャツだったが、その袖口に確かに、乾いた緑色のものが張りついていた。根岸は袖を強く引っぱられてふらつき、きょとんとしていた。

津島は勝ち誇った。「ほら見ろ。やっぱこいつじゃねえか」

内倉は押しのけられ、皆が根岸に詰め寄った。

だが内倉は、そこで言った。

「まだ決まってないよ。袖に水草がついていただけじゃ、根岸君が金魚を殺したっていう証拠にはならない」

はっきりした声だった。

その時、正直俺は「やめればいいのに」と思ったのだ。もう大勢は決していた。これ以上は何を言っても負け惜しみに聞こえるし、言えば言うほど内倉の立場も悪くなる。

だが内倉は続けた。「もしかしたら根岸君は、金魚が浮いているのを見て調べようとしたのかもしれない。水草は他のどこかでついたのかもしれない。これだけで『根岸君が金魚を殺した』とまで決めつけるのは、行きすぎだと思う」

刑事として今の俺に言わせてもらうなら、内倉の発言は正しい。もし根岸に弁護人がいたならそう主張しただろうし、検察もこの状況では起訴しないだろう。

だがそこは法廷ではなかったし、俺たちは小学生だった。

「はあ？　何言ってんの？」津島は余裕で顔を歪めた。「負け惜しみ言うなよ。もしかしてお前も共犯？」

今でも、根岸が犯人だったのかどうかは分からないままだ。というより、そもそも金魚を誰かが「殺した」という証拠もなかった。

だが「世論」は完全に根岸犯人説で固まっていた。津島たちは大声で内倉を罵倒し、反論する内倉からはどんどん人が離れ、気がつくとほぼ全員が内倉と、まだ隣を離れずにいた俺を見ていた。今や非難の対象は決めつける津島ではなく、犯人とされた根岸ですらなく、「負けを認めずあれこれ理屈をつける」内倉になっていた。俺はそれに気付き、慌てて怒鳴った。

「ちょっと待てよ。冷静になれよ。論理的なのはどう見ても内倉の方だろ」

その声が、急に静かになった教室にわん、と響いた。

俺は一瞬遅れて気付き、血の気が引いた。内倉の出す百合の香りをかすかに感じたのを覚えている。

俺と内倉はいっしょくたに非難の集中砲火を浴びた。さすがに小学生の内倉は耐えられなくなり「僕は間違ってない！」と叫んでしまい、それがますます火に油を注いだ。担任が来るまで俺たちは罵（ののし）られ、小突かれ、内倉ファンだった女子が「うわぁ」「だっさ」と掌を返しているのも聞き取れた。

俺は途中から呆然となってしまい、ただ罵倒されるままになっていた。理解できなかった。どう見ても内倉の方が論理的に正しいのに。根拠が充分でないのに根岸を犯人扱いしたら、間違いの可能性が大きい。それはやってはいけないことだ。第一にそれは不正義だし、第二にそんなものがまかり通ってしまったら、今後自分が何かの容疑者にされた時に危険だ。なのになぜ、皆そちらに傾くのか。内倉の言っていることはどこが間違っている？　津島の決めつけの方が飛躍しすぎているのに、なぜ支持するんだろう。そもそも津島は公平じゃない。

内倉に反論したくて根岸犯人説にこだわり、内倉を攻撃したくて騒いでいる。自分の利益のために主張しているのが丸わかりじゃないか。

なのに、どうして皆はそっちの味方をするんだろう。

今の俺が当時の俺に会えたら、肩を叩いてこう言ってやるだろう。君が正しい。だが普通の人間というのは、君が思っているほど正しくもなければ賢くもないものなんだ。

実のところ、クラスの大部分の人間にとっては、金魚を「殺した」犯人などどうでもいいのだった。誰か一人「容疑者」ができて、そいつが犯人ということでこの問題が片付いてくれれば、それが冤罪で、「容疑者」がいわれのない罪を着せられ理不尽に謝罪させられても、袋叩きにされても、その一方で真犯人が逃げおおせても、別にどうでもいいのだった。自分には何の被害もないどころか、犯人を攻撃して正義の快感に浸れる。クラス内の「ごたごた」は「片付き」、犯人を排除すればまた「平穏な日常」に戻れる。もちろん自分がよく遊ぶ友達だったらそいつと遊べなくなるのはちょっと不便だけど、それ以外ならどうでもいい。なんなら内倉が犯人ということでもよかったし、津島は勢いに乗じてそこまで持っていきたがっているふしもあった。

そして「大衆」のこの性質を、津島はよく摑んでいたのだった。日本は民主主義だ。白も黒も多数決で決まる。犯人役など根岸に押しつけてしまえばいい。自分や自分の仲のいい友達が犯人にされるリスクがなくなるなら、反対する奴はいない。いいじゃないか。どうせ根岸なんだし。あいつ友達いないし。一人で理解不能の遊びとかやってて気持ち悪いし。

教室に戻ってきた根岸は民主的に犯人にされ、津島や女子の強いグループを筆頭に皆から責められ、泣きながら走り去った。誰かが「やりすぎじゃない？」と言い、皆は寛大に根岸を「許してあげよう」ということで話がまとまった。反対したそうな顔の奴も一人二人いたが、誰だったのかは覚えていない。

その日以降、内倉は転落した。「クラスの中心人物」から、「友達のいない奴」に。俺も「内倉派」として同時に粛清された。

三組は変わった。男子のトップは津島になった。それまで一緒に遊んでいたメンバーは内倉と俺を弾いた。根岸はいじめられるようになり、女子は彼の触れた場所を触らないようにし始めた。内倉の振る舞いの目立つ部分は、拍手と賞賛ではなく嘲（あざけ）りとくすくす笑いの対象になった。内倉は英語でちゃんとした発音をしては嗤（わら）われ、音楽で大きな声で歌っては嗤われ、ピアノを弾いている姿すら、手の動きを誇張して物真似されるようになった。学級委員はリーダーから「使い走り」になり、皆「イインチョー。イインチョーでしょ？　これやっといて」と、本来自分がやるべき仕事を彼に押しつけて帰るようになった。それと同時にいじめが発生した。最初は根岸だったが、そのうち別の地味な女子になり、しばらくするとまた別の女子になり、前にいじめられていた女子は、解放感たっぷりの笑顔で別の女子をいじめていた。二、三ヶ月のスパンでターゲットが変わるようになり、クラスが替わるまでに都合、四、五人がいじめられたと記憶している。三組は音楽で歌わなくなり、英語で喋らなくなり、課題も適当になった。真面目にやることは恥ずかしい、という空気が三組を支配していた。クラスごとに制作した運動会のポスターは漢字を間違ったまま提出され、学校中どころか保護者の目にも晒(さら)された。きっと一組や二組の中には「三組は馬鹿」だと言っていた奴もいただろう。

学校は社会の縮図だ。簡単に言えばあの日、政権交代があったのだった。民主的で正義公平を尊重し、知的で生産的な内倉政権から、いじめと理不尽が横行し、独裁的で反知性的な津島政権へと。興味深いことに、民主主義によって移行したのだった。

今になって思えば、それは必然だったのかもしれない。正義公平と知性と文化性はセットだし、理不尽と反知性と文化的貧困もセットである。頭が悪い奴には正義公平は実現できないし、頭が良い奴は非文化的な日々に耐えられないからだ。そして人間は必ずしも正義公平や知性や文化性を選ばない。人間には誰かをいじめたいという欲求があるし、知的であることには面倒くささがつきまとうし、深い文化より薄っぺらな快感の方が欲しい時もあるからだ。不正義がはびこり、権力者が恣(ほしいまま)にし、理不尽に被害に遭う危険があっても、誰かが決めてくれて、誰かをいじめてよくて、刹那的な快感に溺れていられる社会の方がいいと考える人間はいる。あの日、四年三組がそちらを選んだように。

そして反知性的な社会は、必ず差別に走る。

あの日から、内倉が「花人」だということがよく言われるようになった。それまでは内倉は「内倉」だったのが、「カジンの内倉」になり、最後にはもう名前では呼ばれず、半笑いで「イインチョー」と呼ばれるか、人間以外の何かを呼ぶ口調で「おいカジン」と言われるようになった。それと同時に、皆が「カジン」「ジョージン」という単語を口にするようになった。それを言い始め、最も多用したのは津島だった。彼は見つけたのだ。引きずり下ろした内倉を永遠にクラスの輪から弾き、沈めておける魔法の言葉を。

きっとそれまでも、内倉の人気を面白く思わない奴らはいたのだろう。花人のことを親などから聞いていて、気に食わないと思っていたのかもしれない。内倉は根岸のように突飛な行動をする奴を「気持ち悪がる」ことを禁じていたが、それが面白くない、という奴もいただろう。内倉のすることは何でも褒めなければならない、というような空気も確かにあり、その同調圧力を嫌っていた奴もいたはずだった。

三組の雰囲気が変わり、担任も気付いたようだったが、担任は「花人とか、そういう言い方はいけません」と断片的に注意しただけで、クラスの変化には何もしてくれなかった。

俺はといえば、内倉と一緒に弾かれたままだった。彼の悪口を言い、皆が知らないところで見た彼の「浮いた振る舞い」を土産話にすれば、グループに戻ることはできただろう。だがそれはどうしてもできなかった。内倉を尊敬していたし、津島は嫌いだったし、何よりあの日、どう見ても内倉の方が論理的に正しいのに、間違いだと大合唱になったのがいつまで経っても納得できず、論理的な正しさより「空気」を優先する馬鹿共には絶対になじめない、と思っていた。

俺と内倉は二人きりになった。花人ではなく、かといって常人の輪になじめない俺は内倉のところしか居場所がなかったが、クラスに他の花人がいない状況では、内倉もまた、俺のところしか居場所がなかったのかもしれない。俺たちは教室でも二人で遊び、昼休みも放課後も二人だけで遊んだ。クラスでは「あいつもカジンじゃねえの」と言われたりしたが、むしろそれが誇らしかった。毎日のようにお互いの家に行き、お互いの両親とも親しくなった。ちなみに五つ上だという内倉のお姉ちゃんは美人で、彼氏とべったりくっついて家に入ってくるのを見るまでは密かに好きだった。

五年生になりクラスが替わっても、津島の取り巻きと女子のリーダーが同じクラスのままだったため、立場は変わらなかった。四年三組よりはましな空気になっていたようだったが、よく分からない。俺と内倉は二人だけで遊び、卒業式の日も二人だけで校舎を回り、記念撮影をした。もう教室にいる時間に興味はなくなっていた。

そして今思うに、その日々は別にたいして辛くはなかったのである。

なぜなら、内倉と遊ぶのは楽しかったからだ。内倉はどんなゲームでもフェアに戦い、負けて不機嫌になるとか、勝ちたくてズルをするとかがなかった。二人でルールを変えてみたり、新しいゲームを作ってみたりもした。それに、内倉の行動は知的で興味深かった。俺は道端で列を作るアリが何種類もいることを初めて知ったし、挿絵のない小説の面白さを知ったし、自分の町が昔の城下町の延長線上に新たにできたベッドタウンというやつで、東京からどんな人が何をしにやってくるかを知った。二人しかいないことで空しくなることも時々あったが、うちの兄や内倉の母親が入ってくれたり、近くに住んでいる彼の従兄弟たちが入ったりして、わりといつも誰かがいた。学校の外で、違う年齢の人たちと一緒に過ごしたことは、俺に初めての経験を一気にもたらした。初めてバイクの後ろに乗ったし、初めて赤ちゃんを抱っこしたし、初めて料理をした。中学に入ると俺にはクラスの友達も部活の友達もでき、内倉と遊ぶ頻度は減ったが、それでも関係は続いた。学校の中ではそれぞれの友達と遊び、家に帰ると内倉と遊ぶ、というのがルーチンになっていた。内倉は俺に勉強を教えてくれ、おかげで俺は中学三年間、塾に通わずに済んだ。

ただ、中学三年生になると、別の悩みが生じてきた。

レベルが違うのだ。

模試などを一緒に受けていたから、内倉との学力の差ははっきりしていた。だがそれだけでなく、彼とは知力そのものが違うということを、折にふれて感じるようになった。内倉が一発で理解できる話を、何度聞いても理解できない。内倉が名前を挙げていくものを一つも知らない。俺はさぼるのに、内倉はいつも予習復習を欠かさない。実のところ一番きついのはこれだった。彼と比較した時にくっきり顕(あらわ)れる自分の無知と無能。そして自分が努力していないという事実。

俺の心にいつしか、一つのフレーズが繰り返し出るようになった。

……だってあいつ、花人だもんな。

それはたった一言であらゆる劣等感を吹き飛ばしてくれる魔法のフレーズだった。あいつは花人で、自分は常人だから。勉強ができなくても仕方ない。話が理解できなくても仕方ない。他人の事情を想像できなくても仕方ないし、努力できなくても仕方ない。「努力できる性格」だって、生まれつきの才能ではないか。五、六年の時を経て、俺はようやくあの時の、四年三組の皆の気持ちを理解したのだった。内倉が妬ましいし、正直、ずるいと思う部分もある。あいつは生まれつき恵まれているから他人に優しくできる。報われると分かっているから努力できるのではないか。さぞかし楽しい人生だろう。それなのにあいつは、花人に生まれた自分がどれだけ恵まれているかを、ちゃんと理解しているのだろうか。

やばいという直感はあった。自分が汚れていく感覚もあった。これを言い始めてしまうと、決定的に後戻りができなくなってしまう。

津島たちと同じになってしまう。

結局のところ、どうしても受け容れられないその一点が俺を踏みとどまらせた。俺は「花人」というフレーズを封印した。靴の裏で踏みにじってくしゃくしゃに畳み、ポケットの奥に押し込んで忘れようとした。使ったら理由を問わず死刑、と自分に命じた。絶対に守らなければならない一線。越えたらすべてが崩れ去ると思った。

幸いなことに高校受験という、そうすべき実利的な事情もあった。内倉と離れてしまっては成績が落ちる。追いつけなくてもいいのだ。背中を見てついていこうとしていれば、結局それが一番、成績を伸ばすことになる。それも理解していた。そして気付いた。あいつは花人だから、という線引きは、ネガティヴな感情しか生まないのだった。あいつは花人だから楽しく努力できていいよな。あいつは花人だから常人の苦労は分からないだろうな。あいつは花人だからどうせ成功するんだろうな。その感情はやめたくてもやめられない依存症のようなもので、結局たいして楽しくはないし、長く溺れた分だけ周囲から取り残されていくのだった。

そして思う。あの頃「やばい」という直感に従って踏みとどまったことで、今の俺はどれだけのものを得たか。それはたとえば、すぐに結果が出ない努力を続ける態度だった。あるいは多くの知識であり、高尚で難解とされているが触れてみると面白い多くの娯楽や芸術だった。そして何より、誰よりも尊敬でき、信頼できる一人の親友だった。

同じ高校には行けなかったが、志望校には入れた。大学受験ではもっとはっきり成績を伸ばしてもらえた。二人で短期のバイトをしたり、その金で海外旅行をしたり、初めてバーに入ってみたりもした。いつも会うわけではなかったが、「内倉と一緒にやったこと」は多かった。そして俺は警察官になり、内倉は司法試験に合格して弁護士になった。裁判官にならないのかと訊いたが、裁判官は受け身の仕事しかできない、弁護士の方がもっと積極的に、声を上げられない人のために働ける、という回答だった。

お互いに忙しくはなったが、今でも時々、内倉とは会って飲む。花人に対する差別はどの組織にもあり、彼はそうした問題の相談窓口になるＮＰＯにも参加し、積極的に働いている。立場は違うが、正義のために働く者同士だと、ひそかに思っている。「いつか敵同士の立場になるかも」と冗談を言って笑いあうのがお約束だった。

――いわゆる花人に対する敵意がきっかけとなった今回の事件ですが、年収や社会的地位などに関するいわゆる「花人格差」というものに関してはいかがでしょうか。

テレビの中で、常人のキャスターが常人のコメンテーターにコメントを求めている。左上のワイプには逮捕されてパトカーに乗せられる犯人が映し出されている。

あれは俺だ、と思う。あれはもう一人の俺だ。中学のあの頃、「花人」というフレーズにすべてを押しつけて逃げそうになっていた俺。そのぎりぎりで踏みとどまらなかった方の俺。だが、と思う。これからこういう奴が、また出る。あの時の俺と別の道に進んだ常人。すべてを「花人だから」ということにして、自分の不運を嘆き、恵まれた人間を妬むことしかしない常人。思い通りにならない不満をすべて花人のせいにする差別主義者。それがまた出る。俺たちがその蓋を開けてしまったのかもしれないが、俺たちが開けなくてもいつかどこかで蓋が開いただろう。

これからどうなるのだろうか、と思う。これから何かが始まってしまうのだろうか、と。

画面が国会の会議場面に切り替わる。そこから、別のニュースが流れ始めた。

キャスターが説明していた。二年程前に検討された通称「社会関係調整法」の提出を与党が再検討しているという。

花人と常人の「公平性のため、社会環境を調整する」という名目のこの法案は、「もともと労働を好む花人」に対しては時間外や休日出勤手当の規定を除外すること、各企業は花人と常人の「採用バランスに配慮」することなどが盛り込まれていた。二年前には「差別的」として海外から強い懸念が示され、野党が連日追及し、結局、経産大臣の汚職疑惑が持ち上がったことで一旦、棚上げにされた法案だった。与党はその審議をまた始める方向だという。

やはり、もう始まってしまっている。

これから社会が動く、という予感がした。それも、どうあっても対立と不正義がばら撒かれる方向にだ。

テレビはもう次の話題に移っている。もうすぐ開催予定の東京万博について、見所の解説と万博会場に新設された駅を取材している。テロップが出ている。「TOKYO未来博　テーマは『共生と創造』」。さっきまであんな差別的な報道をしていた局が、あんな法案を通そうとしている国がどの口で言うのだろうかと思うが、それがこの国の水準だった。

第2章

1

「山谷画魂。五十四歳。本名は山谷道雄。東京藝術大学卒」

「おおー。これはなかなか」

「一九九八年『宿痾』シリーズで日展入選。新鮮展特選二回、佳作一回。現新鮮展審査員」

「なるほどー。これもなかなか」

「最後の個展はギャルリータオキ日本橋の『〈闘う抽象〉展』なんだけど……」

「うーん……これはちょっと……迷走感がありますね。具象要素がいけないんでしょうか」

「……分かる？　その画」

「分かる、のかどうかは分かりませんが」助手席の水科さんは携帯の画面をスワイプし、山谷画魂の作品を次々表示させてはあれこれと反応をしている。「『宿痾』が山谷画魂の飛躍作でこの『葬亡』が到達点、対してたとえばこの『全きもの』なんかは新しいアイディアを試そうとしてちょっと迷走している時期の作品なんだろうな、ということは、なんとなく」

「それは完璧に『分かる』って言っていいと思う。すごいね」

対向車が来たので若干スピードを落とす。ちらりと視線を動かし、彼女の携帯に表示されている『宿痾』を見た。向きも大きさも被写体もばらばらで全く脈絡のない白黒写真が何枚か置かれ、その上に極彩色のペンキがぶちまけられた「ぐちゃぐちゃ」である。床に置いたカンヴァスに白黒の写真を何枚か貼り、その上からペンキを叩きつけたり垂らしたりして描くというやり方らしいのだが、写真にもペンキにも何の意味があるのか分からない。友人の内倉から様々な趣味を教えてもらったが、現代アート的なものの良さはついぞ分からないままだ。「もうざっくりと訊いちゃうけど、その画どこがどういいの?」

「迫力ありませんか? アクション・ペインティングならではだと思います。配置された白黒写真が異様な迫力を帯びてきますよね」

「迫力は分かるけど、正直、適当に写真置いてペンキ叩きつけたり塗りたくったりしてるだけに見える」

「まさにそこです。白黒の具象写真とヴィヴィッドカラーのアクション・ペインティングの組み合わせでという手法がこの人の持ち味なわけです」

「でも正直、俺でも……いや俺は無理だけど、センスのある美大生とかなら同じようなものが作れそうな」

「今、同じようなものを他人が描いても、それは『山谷画魂のパクリ』になります」

「つまりその描き方を思いついたからすごい？　ペンキを叩きつける、とか」

「これ自体は誰でも思いつくと思います。それより、この描き方でこういうものを描こうと思いついたこと、でしょうか。それにやっぱり、できたもの自体にインパクトがないと」

「うーむ……分かったような分からんような。じゃあたとえば、カンヴァスにアヒルのおもちゃを貼りつけて、上からホースで絵の具を撒く、っていう描き方をしたらすごい？」

「この系統はやりつくされているので、それだけでは特に誰も驚かないと思います。でも、できたものがよければ付加価値にはなるかもしれません」

「むう……その良し悪しが分かる気がしない」

「実物を見れば分かると思いますよ。今度、美術館に行ってみますか？　新美[*]は今〈青の時代〉展をやってますね。カフェが充実していますけど、でも、そうですね。アートをひととおり体験するなら東京都現代美術館のＭＯＥ展がいいかもしれません」

「いいね。解説してくれたら飯ぐらいは奢る。この件が片付いたらだけど」

＊　国立新美術館。カフェが充実している。

「ですね」

仕事中にデートの約束しちまったぞ、と思うが水科さんは平然としており、単純に美術館に行くのが好きそうでもある。本当に何でもよく知っているし、何を見ても楽しそうな人だ。好奇心旺盛なため何事もよく知っていて、道端の花や走る車の車種を見て驚いたり感心したりできる、という性質はそういえば内倉も持っていた。知的好奇心が旺盛で勉強好き、という性格傾向の結果か、花人には美術や音楽にも造詣が深い人が多く、車内に並んで座っているとかすかに百合の香りがすることもあって「ああ花人だな」と思う。まあ、この分なら聞き込みでアート関連の話が出たら彼女に任せてよさそうである。草津さんはどうせまた働かないのだろうし。

もっとも今日は、はたして俺たちがどの程度捜査に参加するのか分からない。というより、草津さんがなぜ檜原村(ひのはらむら)まで俺たちを呼びつけたのかも分からない。

赤羽の事件から三ヶ月。綾瀬署の捜査本部に戻って通常業務を続けている俺の携帯がまた鳴ったのだった。予定のない電話の着信というのは大抵がろくな用件ではないが、今回も例によっていきなり係長から「本部庁舎で水科を拾って檜原村にいる草津さんの手伝いをしろ」と言われた。またこの三人で組め、ということらしい。だが今回はたまたま草津さんが現場近くにいたため顔を出したというだけで、関係者の中に花人は一人もいないとのことである。それならなぜ俺はともかく水科さんまで呼ばれるのかはよく分からない。もしかして赤羽の事件を手際よく解決したから見込まれたのだろうか、という希望的観測もなくはないが、正直なところ水科さんはともかく俺は特に役に立っておらず、係長の気楽な調子を考えると単に名前が火・水・草で三竦みになっているから面白い、とかいった適当な理由なのではないかと今でも疑っている。なにせ最初に草津班に入れられた時も係長は「よし、ドラゴン。君に決めた」と軽い調子だったのである。余計な期待は抱かない方がよかった。

とはいえ、別に嫌なわけでもなかった。

アクセルを離して減速し、軽くハンドルを切る。こういう場合、警察の慣習に従えば階級が下で後輩で年下の水科さんが運転すべきとされているのだが、今日は俺が車両で迎えにいって彼女を拾ったのだからそのまま運転している。それでいいと思うし彼女も何も言わない。花人一般にわりと共通することだが、水科さんは名刺を相手より下から出せだの就活は黒かグレーのスーツで髪はひっつめにしろだの、無意味なルールをわりと気軽に無視するたちで、こちらとしてもそれが楽だったりするため、仕事相手としては悪くないのだ。また刑事の仕事ができるということで、彼女の方も嬉しそうではある。

それに、今回は滾る要素があった。現場は機捜がざっと洗っただけで、まだ捜査本部も立っていない。つまり自分の手で早期解決のきっかけを作れるかもしれないのだ。

「茅倉の滝はもう通り過ぎてしまいましたね。残念。走りながらでは無理でしたか」水科さんは各方向を見回す。「自殺の可能性もある、という話でしたよね」

「遺書らしきものは残ってたらしいけど、署名もないし、出力したものだったと……何？観光名所？」

「落差十八メートルの小さな滝らしいです。道端から見られるとのことだったので。……死因は縊頸、でしたね。絞殺ではなく」

相変わらず仕事の話と関係ない話を同時にする人だ。テンションが上がると仕事と仕事外のアンテナが無差別に鋭くなるらしい。「ここんとこ雨多かったし、ちょっとくらい停めて見りゃよかったかな。……たとえば薬で眠らせてロープに吊るす、ということもできなくはない。だから自殺か他殺か不明なんだろうね」

通報は今朝の八時過ぎ。現場は檜原村にある山谷画魂のアトリエ内。死亡しているのを発見したのは妻の瑤子（四一）。山谷画魂は制作に熱中するとアトリエに籠もりきりになることもあるが、飯は食べるので、朝食をどうするのか訊きにいって発見した、という。これだけ見ると、特に不審な点はなさそうだが。

「ええと、ここか」カーナビに従って減速し、三叉路で車を右折させる。だいぶ山の中まで来た、と思う。どちらを向いても緑の山肌がそびえ立ち、都内だというのに観光の気分である。周辺は山の斜面にしがみつくように集落が続くが、道の数が少ないので、一ヶ所間違えると延々と違う方向に行ってしまう。「まあ、いつも通り仕事も続けていたそうだし、特に変わったことはなかった、って話らしいけど」

「有楽町での個展の準備中ですね。本人のＳＮＳによると、最近試し始めた手法が好評で嬉しい、とのことです」水科さんはまた作品の画像を見ているらしく「ああー、なるほど」などと言っている。「仕事に悩んでいた様子はなさそうですね。新しい作風がある程度安定し始めていた感じです」

そこが分かる捜査員はなかなかいないのでありがたい。

「金に困っていた様子もないし、まあ銀行預金はあるけど、妻の瑤子は自由に使えたらしいし、もう一人の相続人はまだ十一歳の息子一人。自殺する理由も殺される理由も特になさそうだけどね」斜面に生い茂る木々が作る影に入り、また日差しの中に出る。視界がちらちらする。「ま、『太陽が眩しかったから』かもしれないしな」

「ですね」

水科さんも目を細める。色が白い上に日に焼けたところが想像できない。彼女に関してはこうして隣にいてもなんとなく現実感が乏しく感じることが時折あるが、これもその原因かもしれない。

「ところで、草津さんからは何か連絡が来ましたか？」

「いや。傘買ってこい、だけ」

来る途中、草津さんからＳＮＳで命じられたのだ。「傘を買ってこい。ビニールじゃなくてちゃんとした黒いやつ」。梅雨明け宣言はまだのようだがここ数日ずっと青空だ。日傘が必要なほどの暑さというわけでもない。後部座席を見て、この傘何なんだろうなと思う。

まあ、赤羽の時もそうだった。草津さんがよく分からない指示を出す時は、何か事件解決のために重大な隠された意味があるのかもしれない。

2

現場である山谷邸は山道からさらに急坂の脇道を上って辿り着くペンションのような場所で、柵も何もないためどこまでが敷地なのか分からなかった。車を停め、砂利の敷かれた急斜面を上って屋敷に向かう。生い茂る木々が日差しを遮ってはくれるが、頭上からかすかにぎぃーじじ、ぎぃーじじ、と虫の鳴き声が聞こえてくる。水科さんが「ハルゼミです。*東京でこの時期に聴けるなんて珍しいですよ！」と嬉しそうだったのはまあいいのだが、周りを見回しては「このシラカシ、樹齢百年近いですね」「あっ、シロトラカミキリですよ」といちいち立ち止まるので時間がかかる。興味深いし楽しいのだが、勤務中である。

斜面の先に広い平場があるわけでもなく、山谷邸は斜面の形に沿って這い上がるように建っていた。手前が一階で奥が三階、といったていである。制服警官が出入りしていたが、草津さんは玄関前のポーチのところで腕組みをし、柱にもたれて立ったまま居眠りをしているようだった。俺たちが声をかけると手を出してくる。「おっ。ごくろうさん。傘くれ」

これでよかったですか、と傘を渡すと、草津さんははいありがとよと言ってすぐに開き、日傘にして携帯を見始めた。「いやあ助かった。建物のこっち側じゃねえとうまく電波が入らねえんだけどさ、日差しが眩しくて画面が見えなかったんだ」

「えっ」それだけのために買ってこさせたのか。

「現場はあっちのアトリエな。ひと通り検証は済んでるから今なら立入自由だ。リビングに五日市署の千光寺(せんこうじ)さんがいるから、分からないことはそっちに訊いてくれ」

夕飯は冷蔵庫に入ってるから、のような調子で言われても困る。「いえ、あの。班長」

「俺は忙しい。スポット取り放題で超楽しいんだ。おっ、２００００ゴールドとか溜まってるじゃねえかここ」

「はい？」

「スマートフォンの位置情報ゲームですね。携帯電話の位置情報を利用して、現実の地図上に置かれたスポットを陣取り合戦のように奪いあうゲームです。近くに別のプレイヤーがいる場合、何度もログインして争奪戦をしなければなりませんが、このあたりなら誰もいないでしょうから独占できます」

＊ 鳴き声は「ジイジイ」「ミョーキンミョーキン」「ムゼームゼー」など様々に表記されるが、様々すぎてさっぱり分からない。同じ音を表記しているはずなのにどうしてこうなったのだろうか。

「いや、そこの解説はいいから」

「じゃ、しっかりやっとけよ」

草津さんはより電波の入りやすい場所を求め、傘を差したままフラフラと離れていってしまう。いやあんたもやるんだよ班長、と口から出かかったが、隣の水科さんは穏やかな表情でその背中を見送っている。ただの諦念なのかこういう怒り方なのか（そういえば彼女が怒ったところをまだ見たことがない）、それとも別の何かなのか。いずれにしろあの状態の草津さんは引っぱって連れ戻してもどうせ働かないに決まっているので、さっさと現場に向かうことにした。


田舎にアトリエを建てて籠もるアーティストというのはわりといるが、こういうアトリエは珍しいかもしれない。現場である山谷画魂のアトリエは奇妙なものだった。草むらの中に黒々とした「巨大なコンクリートの塊」が突然でんと置いてあるのである。大きめのプレハブ程度で二メートルほどの高さしかない、平べったい直方体。窓が一つもなく、オートロックの解錠パネルがついたドアがすぐ目に入らなければ人の入れる建物とは思わず、旧日本軍の砲台跡か忘れられた古代遺跡とでも勘違いしていたところである。

「なんか、建てた奴の意図が読めなくて不気味だな。でもこれ自体も現代アートっぽいか」

「それです。その感覚を大事にしてください」水科さんはなぜか指導者の顔になってこちらを指さした。「『奇妙』『珍奇』『びっくり』『不気味』『かわいい』。日常感覚から外れたものを見せて常識を揺さぶること。そうした『異化』こそがアートの王道です」

「ほおお。なるほど」なぜか後ろを歩く五日市署の千光寺巡査長が頷いている。「そういうものなんですね。少し分かった気がします」

「たとえばただの抽象彫刻であっても、『巨大な丸いピンクの石』なんて、アート作品以外では絶対に見ませんよね。美術館へはもっと気軽にそういう、日常では絶対に見ないものを見にいくつもりで来ていただければ」

「分かったけど、それは措いておこう」来て、と言っているあたりがもうおかしい。水科さんを止めて巡査長を見る。「入口はこのドアだけですか」

「そうなんです。窓は一切なし。隅の方に換気扇が一つありますが、まあ、窓がない穴蔵の方が集中できる、という山谷画魂の希望でこうなったそうで」すでにひと通りの現場検証は済んでいるのだろう。巡査長は白手袋をはめ、オートロックがかからないようにかませてあったブロックを足でどけてドアノブを引く。「しかし中で塗料やら溶剤やらも使うわけでしょう。危険ですよこれは。私なら許可しない」

何の許可だ、と思うが、それを受けるべき主はもう死んでいる。この閉めきり方からして生前は山谷画魂の聖域だったのかもしれないアトリエだが、巡査長は躊躇いなくドアを開ける。見かけのわりにドアも壁も薄いようで、ばいん、という軽い音をたてて開き、アトリエの中が見えた。特に小さいドアではないが、建物自体の高さが低いのでなんとなく頸をすくめながら入る。おそらくは絵の具か何かなのだろう。ゴムのような化学臭が湿気とともに顔にまとわりつく。

入ってみると、アトリエは外から見たより高さがあった。斜面に建てられているため入口のドアが高い位置についており、七、八段ほどの階段を下りて床に到達する構造なのだ。壁も床もコンクリート剝き出しで黴臭い印象だが、黄緑、ピンク、紫と、色とりどりの塗料がぱたぱたと飛び散った跡が一面にあり、仕事場、という感じがした。物は少なく、左右の壁際に金属製のラックが置かれ、ペンキの缶などの画材の他に、大量のガラスの破片がざらざらと積もっていた。すべて割られてはいるが、ガラスの水槽か何かのようだ。他には特に何もない。制作中ではなかったようで、ラックから飛び出る形で差し込まれているカンヴァスはいずれも真っ白だった。

「山谷画魂はここで描いていたわけですね」水科さんはそれなりに感銘を受けたようである。「この静かな場所で、おそらくはひたすら自分の内面と向きあいながら」

なるほどそう言われてみると、画家の姿が浮かぶようである。黙ってカンヴァスにペンキを叩きつけていた山谷画魂。孤独に舞うように、あるいは見えない何かと斬り結ぶように。

「そう考えるとなかなかに恰好いいですね、芸術家ってのは。……しかしまあ、我々にとってはただの『現場』ですから。感傷は後にしましょう」千光寺巡査長もうむうむ、と頷きつつ先輩らしさを示す。「死体はそこのマットの上に、綺麗にうつ伏せで寝ていました。白線になっちまうとちょっと説明が難しぃんですが、うつ伏せに寝た状態で頸にロープを引っかけ、肩と頭部だけを浮かせて頸をくくってたわけです。たまに見る死に方ですが、芸術家さんだからそういうのも詳しかったんでしょうね」

　それは偏ったイメージだという気がするが、まあいい。いわゆる首吊りであるところの「縊頸」には、実は様々なやり方があるのである。一番よく知られているのは天井の梁（はり）などにロープをかけてぶら下がる「定型縊死（いし）」だが、別に足が地面についていても首は吊れるのだ。両脚を投げ出していれば身長より低い高さでも死ねるし、ドアノブにロープをくくりつけ、上体だけを起こした状態で首をくくったケースもある。尻が少しでも床から浮いていれば、体重が首にかかるからだ。もちろんこのように、うつ伏せで首を吊ることも可能である。十センチでも頭部と肩が床から浮けば、充分な荷重が首にかかる。もっとも気道が絞まると文字通り死ぬほど苦しいし、舌や眼球が飛び出し、失禁と脱糞でひどい死に様になったりする上、死に損なって脳障害を抱えたまま残りの半生を過ごす可能性も大きいので、あまりお勧めはしないが。

「このラックにロープを引っかけて……ここに頭を突っ込んでうつ伏せに？」

「索痕（さくこん）もロープに一致しましたし、ラックの支柱にも重いものを吊った痕跡がありました。間違いありませんね」

「確かに、可能ですね……」

死体が寝ていたことを示す白線は床に置かれた青いマットの上に張られていたが、そのマットは壁際にある金属製のラックの、一番下の段に差し込むような形で置かれていた。つまり山谷画魂は、ラックの一番下の段に頭を突っ込むような形で死んだのである。一番下の段は八十センチほどの高さがあるから、頭を突っ込んで首をくくるスペースは充分あったわけだが。

「……随分、窮屈な首の吊り方を」

「まあ、他にロープをかけられる場所も少ないですからね」

巡査長が頷く。確かに、コンクリート剝き出しの壁があるだけのここでは、左右の壁際のラック以外にそもそも物がない。天井の蛍光灯まわりでは荷重に耐えきれないだろう。

「……首吊りの実際なんてそんなもんです」

切れない伸びないほどけないロープに、そのロープを引っかける、ぶら下がっても壊れない物。実際に首吊り自殺をしようとすると、この二つの確保が意外と難しいらしい。現に、首吊り自殺が減ったのは現代の室内からロープをかけられる「鴨居」がなくなったせいだとも言われている。

マットレスに歩み寄ると、靴の裏で水がぴちゃり、と弾けた。「床がだいぶ濡れていますね」

「発見時はもっと濡れていたそうです。掃除の都合もあるので水はけはかなりよく造ってあるそうですが」巡査長はラックを指さす。「水槽がみんな割れてますからね」

マットの突っ込まれたラックには大きめの水槽がいくつも置かれていたが、すべて粉々になり、破片が散乱していた。ラックの上に、中にいたであろう熱帯魚の死骸が残っている。魚の目線で見れば、山谷画魂本人の死より余程凄惨な現場だ。だが。

「何か妙ですね、これ。なんで水槽が割れてるんですか？」

首吊りの衝撃で水槽ごと落ちたというなら、床で割れていなければおかしい。だが割れた水槽はいずれもラックの上に載ったままなのだ。それに。

反対側を振り返る。むこう側のラックに並ぶ水槽もすべて割れている。つまり誰かがわざわざ割ったのだ。仮に山谷画魂が自殺だとするなら。

「拡大自殺……？」

自殺する直前に家族やペットを殺害するケースは時折ある。心中などと言われるが、その実は「自分はどうせ死ぬのだから何をやってもいい」という身勝手と、「自分が死ぬのに残されたらかわいそう」という過大な自己評価が起こす、自己中心的な殺人である。アトリエ内にまで置いていたということは、山谷画魂は飼っていた魚にはそれなりに執着していたのだろうし、水槽が一つ残らず割られているところを見れば、拡大自殺という解釈でよさそうにも見えるが。

「わざわざ水槽を割るでしょうか」

少し離れたところから水科さんの声がする。彼女は壁際の排水口のところにしゃがみ、固まって落ちていた熱帯魚の死骸に手を合わせていた。

「……だよな。ポンプの電源を止めるか、そこらにいくらでもある塗料でも入れればいい」

俺が応えると、水科さんも立ち上がって頷いた。「でも仮に他殺だとしても、犯人がわざわざこんなことをした理由が分かりません。壁もドアも薄いですし、派手にガラスを割る音が外に聞こえるかもしれないのに」

そうなのだ。さらにもう一つ言うなら、ラックに載ったまま水槽が割れているのも変だ。割るならラックから落とせばいい。ハンマーか何かで叩き割ったのだろうが、落とす方がはるかに簡単で心理的ハードルも低いはずなのだが。

「おう。まだここにいたのか」草津さんが携帯をいじりながら入ってきた。「熱心でいいな。若い奴はそうでないと」

「年齢は関係ないかと。勤務中ですよ」

「分かった分かった。火を吐くな火を。もったいない」

「吐いてません」

刑事になったばかりの頃、へらへらしてのらりくらりと取調をかわす強盗犯を怒鳴りつけてしまったことがある。どうもそれが余程怖かったらしく、その男はすぐに落ちたのだが。

それ以来俺はドラゴンとかファイヤードラゴンとか言われ、ちょっと強い口調になると先輩たちからすぐ「火を吐いた」とからかわれるようになってしまったが、正味の話この草津さんが一番からかってくる。

「この現場、おかしい点がいろいろあるようですが」

「だろ?」草津さんは手で顔をガードしながら俺の横を抜け、死体の載っていたマットの前にしゃがむ。吐かないというのに。「しかしこれ、いいマットだな。おー、柔らけえ」

「ベルモンド社の『Air Comfort』ですね。少し重いですが丈夫で、こうすれば木の間などに吊るしてハンモックにもできます」水科さんがマットの四隅についているワイヤーをしゅるると引っぱり出す。手を離すとぱちんと収納されるようだが、出しては離しを繰り返す様子は新しい玩具を見つけて遊ぶイヌやカラスに見えなくもなかった。「敷けばこの床でも寝られますね。制作中にこれで寝たりしていたのかもしれません」

草津さんが横から手を伸ばして引っぱり出したワイヤーをいじり、離し、ズボンの尻で指を拭いた。「いいなこれ。買おうかな」

「それより班長。本件が自殺か他殺かというと」

「お前、どっちだと思う」

「他殺かと。自殺する理由がありませんし、この水槽も不可解です。それに」マットに張られた白線を見る。「死体が綺麗に気をつけをしています。これが一番の根拠かと」

さすがに捜査一課ではない水科さんはすぐにはぴんと来なかったらしく、眉をひそめて首をかしげている。「……自然な姿勢ですよね。これはいわゆる『事件にならない手』……あ、そうか」

「うん。死体がうつ伏せになっていたとすると、絞まっていたのは間違いなく気道だからね」

変死体が自殺なのか、自殺に偽装した他殺なのかを見分けるヒントの一つに「事件になる手」「事件にならない手」といった概念がある。人は事切れる時、力が抜けた自然な姿勢になる。だが他殺の場合、犯人が偽装のために死体を動かし、手の位置や脚の形が「自然に倒れたならありえない」状態になったりするのだ。それを指して「事件になる手」とか「事件にならない脚」とか言うことがある。

白線を見る限りでは、うつ伏せで行儀良く倒れている山谷画魂は「事件にならない手や脚」だった。だがこの場合、むしろそれがおかしい。うつ伏せで首を吊って死ぬとなると喉の中心、つまり気道を塞いで窒息死したということになる。通常これはなかなか意識を失わない上に地獄の苦しみなので、死体にはもっと苦しんで暴れた跡があるはずなのだ。それなのに、この死体はこんなに行儀良く死んでいる、となると。

水科さんが言った。「薬物ですか?」

頷く。おそらくは他殺で、犯人は睡眠薬などで山谷画魂を動けなくさせた後、首を吊らせ

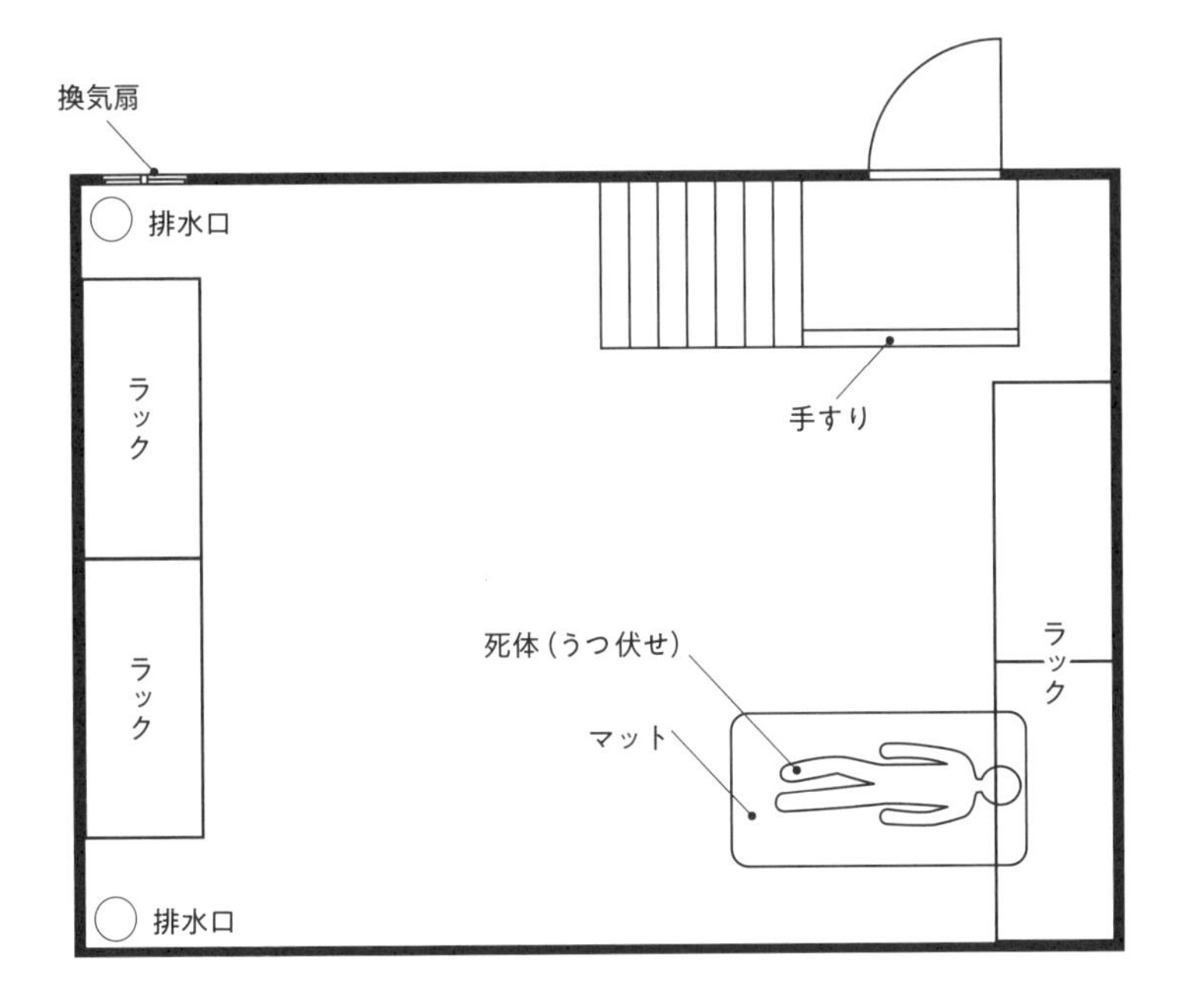
換気扇
排水口
ラック
ラック
手すり
ラック
死体（うつ伏せ）
マット
排水口

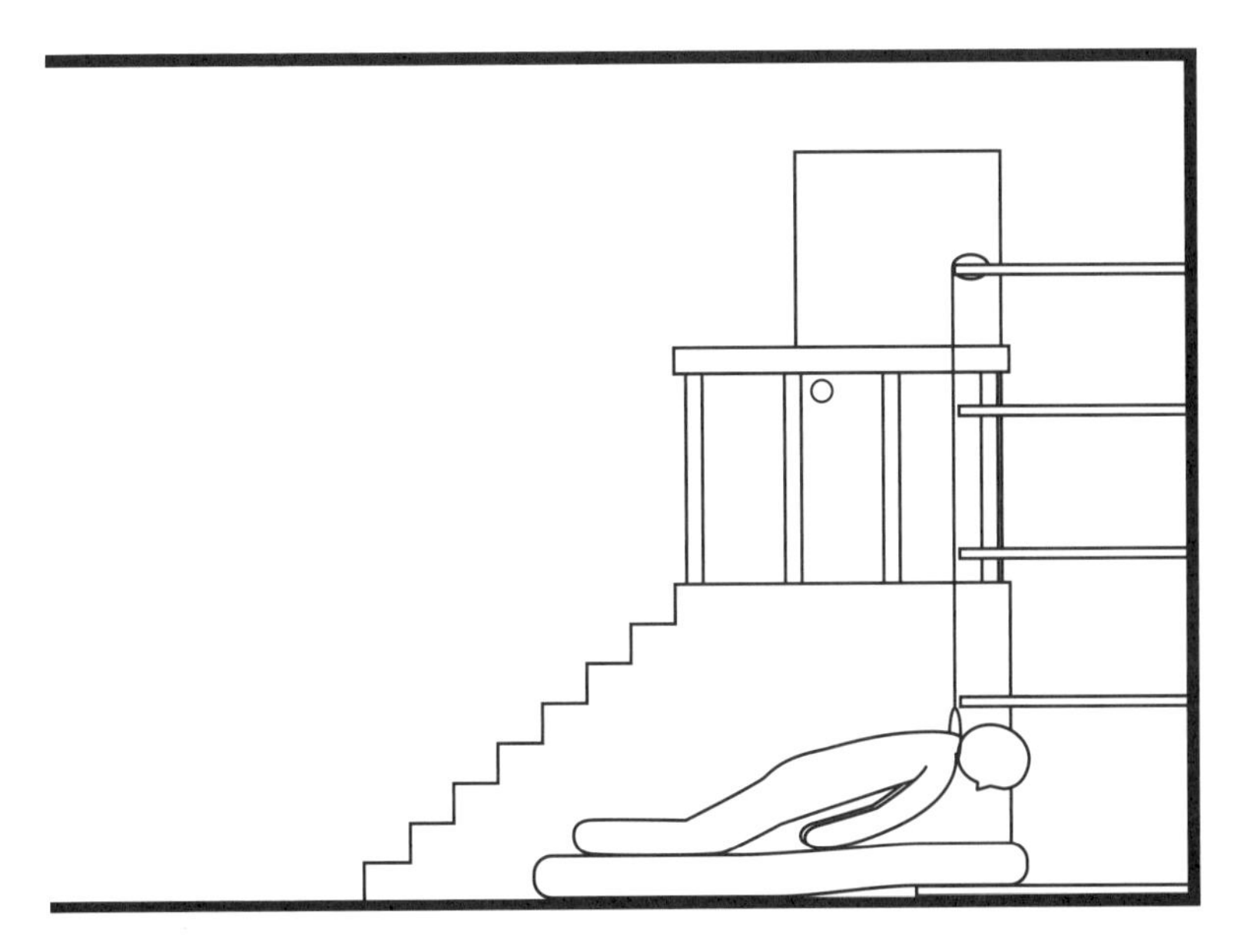

て殺害し、自殺に見せかけた。そして薬物となると。

「第三者の出入りはちょっと考えられませんね」千光寺巡査長が言った。「近所の人間は、ここに山谷画魂が住んでいるということ自体、知らない人間がほとんどだそうで」

「昨夜、この家にいた人間でしょうね」巡査長と頷きあう。「被害者が昨夜、何を口にしたかを確認しないと。第一容疑者は家族です。妻と、あるいは息子も」

十一歳の息子なら犯行は可能だ。水科さんも巡査長も頷いた。

「この家には普段からよく、つきあいのある画商が泊まっていったりしていたようで。むしろそのためにこういう場所にでかい家を建てたのだそうで」巡査長が入口の方を見る。「昨夜も二人、泊まっていました。夕食も振る舞われたようで、その二人も犯行は可能でしょう。ただ……」

「何か？」

「そこの入口、オートロックでしょう。そちらの草津さんに言われて、解錠時刻も確認したんですよ」

前回の事件もそうだった。前回はそれが手がかりになったのだったが。

巡査長は言った。

「死亡推定時刻は今朝五時頃。ですが、最後にドアが開けられたのはその約五時間前、二十四時四分なんです。それ以降は一度も開いていない」

巡査長は薄くなりはじめている頭を掻き、一度も、というところを強調した。

「探偵小説なんかでよくあるでしょう。密室ってやつですよ。二十四時四分からずっと、現場は密室だった。山谷画魂が死んで約三時間後、山谷瑤子がドアを開けるまでは」

あれ一人いないぞ、と思ったら、草津さんはいつの間にか消えていた。

3

いるうちに慣れていた感があるが、「コンクリートの直方体」山谷画魂のアトリエは外に出てみるとやはり窮屈で、あんなところに皆で入っていたのか、と思う建物だった。その窮屈さが不可解を加速させる。天地前後左右すべてコンクリートの壁で、出入口はオートロックのドア一つのみ。「隙間」ということでいいなら換気扇のわずかな隙間と排水口も含まれるのだろうが、いずれも人間一人どころか片手も入らない。換気扇には工作の跡はなく、排水口も出口は外の斜面中腹であり何メートルも曲がりくねっている。出入口としては全く機能せず、現場は密室も密室、という状況だった。

坂を上って母屋に向かう。とにかく昨夜、家にいた四人の誰かが犯人だ。その四人に話を聞かなければならない。機捜がひととおり聴取したのだろうが、誰も何も聞かされていないということは、特に手かがりになるような話は出てこなかったのだろう。だがもう一度、四人の中に犯人がいて、誰かが嘘をついている、という前提で聞かなければならない。

「怪しいのは第一発見者の山谷瑤子ですね。彼女に共犯者がいれば説明がつく。そいつが午前五時に犯行をした後、山谷瑤子がドアを開けてくれるまで現場で待っていればいい」

「たぶんまだ応接室にいるでしょう」千光寺巡査長が母屋の裏口を開ける。「私もご一緒します。こんな重大事件の第一容疑者に生で会えるなんてなかなかない」

アイドルじゃないんだからと思うが、確かに普段、第一容疑者に質問できる捜査員は限られている。気持ちはよく分かった。


だが、応接室で俺たち三人と向きあって座った山谷瑤子は質問に対し、疲れたように息を吐いて首を横に振った。

「アトリエを開けた時には誰もいませんでした。私がまず一人で行ってノックしてみたんですが、反応がなくて。もともと主人があの時間まで出てこないというのは珍しいことで、おかしい、という話になったんです。それでギャルリーミキの竹尾(たけお)さんにも一緒に来ていただいて。……後ろから息子も来ました」挑戦的な雰囲気にとられることを避けてか、山谷瑤子は視線を落としたまま言った。「ドアを開けたのは私ですが、三人で見ています。アトリエには誰もいませんでした」

三人で来た、ということになると、現場でずっと待っていた犯人を開けた時に逃がした、という可能性はなさそうだ。隠れる場所がないことは俺たちも確かめている。三人が三人とも見落とす、というのもまずないだろう。

山谷瑤子は俺の隣でメモを取る水科さんを見た。「……あなたも、刑事さんなんですか?」

「はい。所属は警務ですが」花人の警察官で、しかもいち捜査員というのは珍しい。水科さんもこうした反応には慣れているようで、むしろ積極的に前に出た。「これも形式的な質問なのですが、昨夜から今朝にかけてはどこで何をされていましたか? それと、家にいた他の方についても、ご存じの範囲で」

当然息子も含むのだが、明言は避けたようだ。こと子供のことになると急に神経質になる人間は多い。「うちの子を疑っているのか」と怒らせてしまっては後の捜査にまで支障をきたすから、あまり攻めることはできないのだ。しかしその点をちゃんと考慮しているあたり、臨時配属のわりにしっかりしている。

「犬伏(いぬぶし)さんと竹尾さんが――ギャラリーの方たちが来ていましたから。十一時過ぎまでダイニングで飲んで、主人は一人でアトリエに向かいました。よくあるんです。ギャラリーの方と話すとアイディアが湧く、というのが」すでに機捜に一度、話しているのだろう。言葉に淀みがなかった。「竹尾さんはその後すぐ、メールをしたいというので、用意した二階の部屋に上がりました。犬伏さんはもう少し残っていましたけど、十五分くらいで部屋に引きあげました」

息子さんは、と訊こうか考え、やめた。母親から役に立つ証言が得られるとは思えない。

「あなたと息子さんと竹尾さん……の三人でアトリエに入ったんですか？」水科さんが続けて訊く。花人相手でない以上彼女が質問する必要性はないが、特に遠慮する必要もない。

「いえ、息子はすぐ出しました。見ていない……と思います」

山谷瑤子の様子から見るに多分に希望的観測が含まれているようだったが、息子は自室にいるということで、特に取り乱した様子もないらしい。

「通報後、ずっと現場の入口付近にいましたか？　ドアは開けたままだったようですが」

山谷瑤子ははい、と頷く。横で聞いていて、ああそれもあるか、と思った。現実にはそうありそうもないことだが、もし山谷瑤子が死体発見後、現場のドアを開けたままにして離れたなら、たとえば現場に「かなり作り込んだ偽（にせ）の壁」を置いてその陰に隠れ、第一発見者によって入口が破られた後、その仕掛けごと急いで撤収する――といった方法も一応、可能性としては考えられるのだ。だがそれも否定された。もちろん殺害前、最後に解錠された二十四時四分の時点からずっと開けっぱなしだった、というのもありえない。その場合は警報が鳴るし記録に残る。

結局、密室がやはり密室だったということが分かっただけだった。

「……なかなか、綺麗な方でしたね」

応接室を出ると、千光寺巡査長が抑えた声で言った。水科さんが「それが何か?」という不審げな顔をしたので、俺が付け加えた。「それに落ち着いていていました。夫との仲は冷めていた、という可能性もありますね」

「あ、なるほど」水科さんも頷いた。「お客様が来ているとはいえ、朝からだいぶしっかりお洒落していましたね。あのカーディガン、ロロ・ピアーナでしたよ。メイクもしっかりしてましたし」

「えっ。すっぴんに見えましたが」巡査長は意外そうに言う。

「すっぴんであんな肌の四十代はいません。あれはすっぴん風メイクです」水科さんは講義口調で巡査長を見る。「しかも本気のすっぴん風メイクです。かえって大変なやつですよ、あれ」

「そんなのがあるんですか」巡査長は唸る。「しかしそうなると、かなりちゃんとした恰好をしていたわけですね。……動機はあるわけか」

下衆と言われても仕方がないが、刑事というものはこういう風に考えるのである。夫より十以上若い妻。家には他人が泊まっていて、妻の方は朝一番からかなり頑張ってお洒落をしている。それも男受けのいいメイク、となれば当然そこを疑う。刑事の仕事は基本的に決めつけであり、「この状況なら九割方こうだ」を積み重ねて犯人像を絞っていく。現実に、起こる事件の九割はそれで解決するからだ。

それに、見たところ山谷瑤子は夫が死んで悲しんでいるとか混乱しているとかいった様子ではなく、どちらかというと「疲れた」という感じだった。何か「肩の荷が下りた」かのような。犯人らしい態度ではないが、夫の死が「好都合」になる事情はあるのかもしれない。

結局密室は密室のままなので最終的に行き詰まってしまうのだが、新たな構図が見えてきたことで意気は上がっているのだろう。千光寺巡査長はもう俺たちを置いてずんずん歩き、リビングにいた画商の一人である犬伏宗一に、お話よろしいですかと声をかけて玄関に引っぱっていく。なぜ玄関、と思ったが、狭いところで距離を縮めての立ち話、という雰囲気にもっていくつもりらしい。向かいあってあらたまった会話より、横に並んで目配せをしつつの立ち話、という方が警戒は緩む。

もっとも、犬伏の証言は山谷瑤子のそれと一致していた。十一時十五分頃までダイニングで飲み、シャワーを借り、二階の部屋に泊まらせてもらった。朝八時四分の段階ではまだ寝ていて、警察が到着した八時三十五分頃にようやく起きてきたため死体発見時の様子は見ていないという。飲むとよく寝るたちなのかまだ眠そうにしていたが、俺たちを見ると背筋を伸ばし、水科さんを見て眉根を上げた。「あ、本庁からいらしたんですか」

「はい。ご質問が繰り返しになって恐縮ですが」水科さんは頭を下げる。「それとたとえば、山谷画魂さんと奥様の普段の様子ですとか。……少し歳が離れていらっしゃいますよね」

「奥様、たしか作品のモデルだったたんですよね。写真の方の被写体。……まあ、どうせばれるでしょうから言ってしまいますが、仲睦まじい、という感じはあまり」犬伏は、亡くなっている人のことをあまり言いたくはないんですけどね、と付け加えつつも言う。「まあ保守的というか。先生は愛人もいたようですし、奥様に対しても息子の彩魂君に対しても『おい』で命令口調でしたから、ああこれは普段からこうなんだな、と」

なるほどそれなら、夫が死んで「肩の荷が下りた」になるわけである。構図が明らかになってきたということなのか、巡査長も乗って質問する。「ちなみに、奥さんの方はどうなんでしょうね」

「さあ。少なくとも私は。この腹ですし」犬伏は説明的にぽんと腹を叩いた。「まあ、竹尾さんはイケメンだし、あるいはってところですかね」

どことなく自嘲的に笑っているようでもある。そうするとこの男にも動機がないわけではないようだ。

「にわかに竹尾が重要になってきましたね」巡査長の方は乗っているようで、先にたってずんずん階段を上りだした。「今のうちにどんどんやっちまいましょう」

了解です班長、と心の中で言いながら続く。もうこっちが班長でいい。

だが竹尾のいる部屋に行く前に、手前の部屋から声が聞こえてきた。声というか「歓声」である。殺人事件の直後に聞こえるべき声ではないので思わずノックしつつドアを開けてしいた。
まう。息子の彩魂君の部屋であり、彼は絨毯に胡座をかいてテレビに向かい、ゲームをして
　問題は彼と一緒に歓声をあげつつ格闘ゲームの相手をしているおっさんである。
「……草津さん」
「おっ、やるじゃねえか。じゃ、これはどうだ。下段から起き上がりに上段！　ビシッ！
バシッ！　ぴょーん！　で投げ！」
「班長」
「うわ」草津班長は振り返り、その隙に彩魂君から連続攻撃をくらって敗北した。「あっ、
今のナシだろ！　おいドラゴン、お前は観戦マナーというやつを」
「観戦してません」どの口がマナーを言うのか。
「はい三勝一敗。おっさん次、誰使う？」彩魂君はコントローラーを持ったが、俺たちの視
線に気付いて振り返り、眉根を上げた。さすがに笑ってはいない。「あ、事情聴取？」
「できれば、今朝のことを教えてくれるとありがたいけど」俺は絨毯に膝をついた。「無理
して話さなくてもいいから。すぐ浮かぶことだけで」
　彩魂君は目を細める。「……ガキの証言なんか聞いてどうすんの？」
「今の場合、ガキかどうかは年齢じゃない。その人が自分の見たものを、きちんと言葉で説
明できるかどうかだ。六十前のガキもいるし、小学生の大人もいる」膝をつき、彩魂君の目

を見る。「俺は、君が『大人』だと判断した。だから証言を聞きたい」

彩魂君は目をそらし、呆れました、という仕草で肩をすくめてみせたが、コントローラーの縁を指でいじりつつ、ちゃんと言葉を探して答えてくれた。

「別に、特にないです。……八時頃、母さんがあいつ起こしに行って、起きないっつって戻ってきて、竹尾さんと一緒に鍵を持ってまた出ていきました。俺はなんとなくついてっただけです。……中、もちゃんと見てないし」

「見た限りでいい。誰か人が隠れていた様子はなかった？　それから、竹尾さんにおかしなそぶりはなかったかな」

「正直ちゃんと見てないけど、隠れてた、とかはないと思う。竹尾さんも特に変じゃなかった」そう言って、つい、とテレビの方を向いてしまう。「ついでに、母さんも。……そこ訊かなきゃ駄目じゃないの？」

「確かにそうだ。ありがとう」

「どうも」だが彩魂君はそこで、す、す、と鼻を鳴らし、再び振り返って水科さんを見た。

「……お姉さん、花人ですか」

「はい」嗅がれて「花人ですか」と言われるのはいささか不躾だと思うが、水科さんは気にしていないという顔で微笑んだ。「彩魂君のクラスにもいますか？」

「あー……女子に一人」彩魂君はちらりと画面を見てゲームを操作し、また振り返った。

「ま、別に俺は花人とか常人とか、興味ないんで。あの人と一緒にしないでくださいね」

「あの人？」

「死んだ人」

彩魂君はまた、不機嫌な様子でテレビの方を向き、ゲームをスタートさせてしまう。草津さんは「よし来い」と乗っている。あんたがこっちに来い、と思うのだが。

「彩魂君、あの人が花人と何かあったの？」

水科さんは身を乗り出すが、彩魂君はこちらに後頭部を見せたまま、ゲームの手を止めなかった。「さあ。調べてみれば？　こっちは『サイコ』とか言われていい迷惑だったんで」

水科さんと顔を見合わせる。つまり、山谷画魂は花人差別主義者だったということらしい。小学生が知っているということは、それなりに有名だったのだろう。

巡査長が彩魂君の背中に向かって口を開きかけたが、首を振ってやめた。彩魂君の背中にはもう、はっきり拒絶の意思が浮かんでいる。本当は、今はあらゆることを拒絶したいのかもしれない。

彩魂君の背中が揺れ、たたたたん、とコントローラーのボタンを叩く音がする。彼の操作するキャラクターは波動を纏(まと)った拳で相手を殴り倒し、倒れた相手に馬乗りになってさらに殴り続けていた。

うおっ、ちょっと待て、と楽しそうな草津さんに任せることにして、静かに部屋を出た。

「……迂闊でしたね」水科さんが携帯を操作し、ああ、と溜め息をつく。「せめて被害者の人物評を検索ぐらいはしておくべきでした」

階段の途中で立ち止まり、携帯を見て彼女と一緒にうなだれる。

山谷画魂はウェブ上ではそこそこ名の知れた差別主義者だった。いわく「花人は人間ではないので人権を認める必要はありません」「私の作品は人間以外に売らないでくださいと厳重にお願いしています」「いるだけで害の花人に出ていけと言うのは正当な表現の自由」。過激な発言ゆえに支持者も多く、画家としての知名度から考えればまずありえないのに、時折ネットニュースにも発言がとりあげられていた。差別的な発言をとりあげると一定数の差別主義者層が喜ぶため閲覧数が安易に稼げる。ネットニュースではよくあることで、政治家や学者、お笑い芸人や小説家などの中にも似たような立ち位置でやたらと露出が多い者が数名いる。それが何の利益になるのかは分からないが、山谷画魂は画家という業界でのその立ち位置を狙っているようだった。赤羽の事件が報道されてからはますます調子づいたようで、「社会関係調整法」に関しても「早く法案審議しろ」「反対デモは摘発しろ」それどころか「与党提出の法案は生ぬるい。花人は全員指紋登録するべき」「GPSをつけさせろ」と勢いづいていた。やれやれ、と思う。この男は「偏向マスコミは花人の犯罪を報道しない。もっとやっているはず」と楽しげだが、現実のマスコミはといえば、花人がやったとなると交通違反レベルでも報道される上、必ず「花人の男性」などと強調される。むしろこの男の主張とは逆の方向に偏向しているのである。

「……なるほど。家族が冷淡なわけですね」巡査長は頭を掻いた。「まあ、これが動機に関係しているかどうかは分かりませんが」

「ただ、自殺でない、ということはどうやら分かりましたね」携帯をしまう。「こういう人間は自殺しない。今の時期なんて、楽しくて仕方がないでしょうし」

だが一方で、他殺の方法はますます分からなくなっている。山谷瑤子と竹尾が口裏を合わせ、現場に潜んでいた犯人を逃がした、という可能性すら、なくなったと言ってよさそうなのである。彩魂君はどうしたって小学生であり、口裏合わせの仲間に引き込むのは危険すぎる。「待ってなさい」と言えば現場に来させないことはできるし、「子供はやめてください」「同席させてください」と主張すれば証言をさせないこともできるのに、山谷瑤子はどちらもしていない。それに口裏を合わせているなら、彩魂君はさっきのように「正直ちゃんと見てないけど」という態度はとらないだろう。

つまり彼女らは口裏を合わせて嘘を言っているわけではなく、死体発見時、現場には本当に誰もいなかったのだ。

どういうことなのだろうか。最後に現場のドアが開いたのが二十四時四分で、死亡推定時刻は朝五時頃。だが犯人は遅くとも八時過ぎまでには現場を脱出している。あの、窓一つないコンクリートの箱から。

　巡査長いわく、この点については五日市署も不審に思ったという。だが現場やその周辺を捜索しても、抜け道や不審なものは一切出てこなかったらしい。

　俺も水科さんも不可解さに沈黙したが、巡査長は「竹尾行きましょう。竹尾」と元気だった。確かに、背後関係を明らかにすれば容疑者が絞れるかもしれない。密室の謎などそいつを絞り上げて訊き出せばいい。それが警察というものだ。


「ご苦労様です。こちらは時間もありますので、その点はどうかお気になさらず」

　もう一人の画商・ギャルリーミキの竹尾昌和（まさかず）は丁寧に頭を下げ、自分から応接室のソファに座った。「取調にやたら協力的な奴はかえって怪しい」という常識もあるが、それは「ややあやあどうもどうもご苦労様です。ええもう何でもお話ししますよじゃんじゃん訊いてください。捜査にはね。全面的に協力いたしますんで。市民の義務ですから」といった感じの相手に対して抱く印象であって、押しつけがましさがないながら当然のようにそっとドアを閉めてくれる竹尾の態度は単に丁寧なのだという気がする。なるほど、外見的にも犬伏の言う通りなかなかの「イケメン」である。肌つやがいいので四十代半ばというわりに若く見えるし、顔の骨格そのものが整っている。

　話し方も分かりやすい、という印象があった。昨夜は二十三時過ぎまで被害者と飲み、その後二階に用意してもらった部屋に入ってパソコンで仕事。朝は六時頃から起きて本を読んでいたというが、犬伏と違って快活であり、眠そうな様子は一切ない。

巡査長はさっそく「ここに泊まるのは何度目ですか」「奥さんの瑤子さんとはよく話したりしますか」「ここだけの話、瑤子さんはご主人とうまくいっていなかったようなのですが、ご存じでしたか」と一点集中で質問を重ねたが、竹尾はまっすぐに巡査長を見てすべての質問に丁寧に答え、しかも途中から「あ」と言って訊き返してきた。

「私と先生の奥様が不倫関係にあるのではないか、ということでしょうか?」

不快そうな様子は一切見せず、血液型を訊かれた程度の反応で返してくる。これには巡査長の方がやや面食らったようで、「そういう噂もありましてね」と頭を掻いた。「不倫云々(うんぬん)は警察には関係ないことですし、よそに漏らすことはありえません。必要があればどちらにしろ調べますからじきに分かることなんですが」

それでもさりげなく脅す巡査長に対し、竹尾はあまり表情を変えずに左手の指輪を見せてきた。「まあ、私も既婚者ですので、そういうお誘いはあったとしてもお断りしていますが」

「では、関係はなかった、と」

「全くなかったとは言いきれない気はします。奥様の方からそれとなく誘われるような態度をとられたことは、何度かありました」もてることに慣れているのだろうか。竹尾はあっさりと言った。「ですが、山谷先生の作品は当社としても重要な商品ですし、そもそも職業倫理というものもあります。『買い手』である以上、どうあっても当方が強い立場ということになりますから」

水科さんが頷く。「パトロンとしてアートを支える役目がありますよね」

「まさに」

「ところで、昨夜は遅くまで仕事をされていたんですか？」

「はい。メールの返信などは、夜の方が捗（はかど）るということもありまして」それじゃいつ寝るんだという話だが、竹尾は当然のように言う。「就寝は午前二時半頃だったかと思います」

「メールの内容を見せていただくのは可能ですか？　無理であれば、見出しか発信時刻だけでも」

「……そうですね。取引先のプライバシーもありますので、見出しだけでご容赦願いたいところですが。携帯からのログインでよろしいですか」

竹尾が出す携帯を受け取り、水科さんは頷いている。その横で俺と巡査長は顔を見合わせた。巡査長も「それがなぜ必要なのか分からない」と目で言っている。

だが水科さんは「大変参考になりました。ありがとうございました」と携帯を返した後、巡査長に言った。「千光寺さん。先輩にお使いを頼んでしまうのは申し訳ないんですが、草津さんを呼んできていただけますか。急ぎではないんですが、確認したいことがありますので」

こちらは本庁勤務だし「巡査長」は正式な階級ではないとはいえ、通訳センター所属の若手がヴェテラン刑事を使いに出すのは少々角が立ちかねない。千光寺巡査長はそのあたりを気にする人には見えなかったが、俺も手を合わせて頼むことにした。

だが千光寺巡査長が気軽に退出すると、水科さんは竹尾に向かって口を開いた。口を開いたのに音声がない。そして竹尾がびくりとして彼女を見る。

超話だ。そして竹尾には通じている。つまり。

水科さんは静かに言った。

「……竹尾昌和さん。あなたはいわゆる花人ですね。私と同じ」

沈黙があった。誰かが身じろぎしたのか、ソファがぎゅっ、と鳴る音がかすかにした。

山谷瑤子との関係を訊かれた時すら落ち着いて答えていた竹尾は、そこで初めて動揺を見せたようだった。

「……隠すつもりは」いや、と首を振る。「隠していました。申し訳ない。ただどうか私のプライバシーには配慮していただきたいんです。私の場合、業務上支障がある」

ごまかしをせず、正面から事情を話して理解を求める。確かに花人の行動傾向には合っている。だが水科さんはいつ見抜いたのだろうか。

「犬伏さんは眠そうにしていましたから」水科さんは俺の疑問を察した様子で言った。「さっき拝見したところ、午前二時過ぎまでお仕事をされていましたよね。しかも今朝六時頃に起きて、眠そうな様子一つない」

花人にはショートスリーパーが多い。それでいて健康的だというのは、常人としても最も羨ましい部分かもしれない。

「それに、私が花人の私服警察官という点に反応しなかったので」水科さんは言った。「もちろん、他言する気はありません」

その証拠に巡査長を外させている。竹尾も入口を見て頷く。

関係者に花人は一人もいないという話だったが、いたのだった。彼のような商売人の場合、花人嫌いの顧客も存在する、というだけで充分、隠す理由になる。理不尽な話だが。

「竹尾さん。あなたが花人であることを隠していたからといって、警察はあなたに対して不利益なことはしないと思います。そこはご安心ください」

水科さんは丁寧に言う。相手の目を見てはっきり言う、というやり方で誠意を伝えるのは、花人同士ではわりと成立する、と彼女が言っていた。「ただ、私の上司には報告させてください。それだけです」

竹尾は無言で頷いた。

水科さんはそれ以上のことは言わなかった。山谷画魂がある程度名の知れた差別主義者である以上、竹尾には動機があることになる。普通なら花人はその程度で法など犯さないが。

赤羽の事件の時の、御国管理官の台詞が思い出される。

——「これまでにないこと」が起こり始めている可能性もあります。

4

とはいえ、密室の謎はそのままなのである。あのコンクリートの壁をなんとかしないことには、どうやっても先に進めない。竹尾が花人であることを報告すれば彼が第一容疑者になるかもしれなかったが、「花人である」ことを理由にしつこく取調をすれば問題になるし、そもそも山谷瑤子にも犬伏にも、あるいは彩魂君にも動機はありそうなのだ。竹尾の容疑が他の三人と同等になったに過ぎない。

頭を悩ませつつ彩魂君の部屋を覗いたが、彩魂君も草津さんもいなかった。今度はどこで遊んでいるのだ、と思ったら巡査長が階段を上がってきた。「ああ、どうも」

「ありがとうございました。あの、うちの班長は」

「いえ、実はそれが」

困り顔の巡査長に続いて階段を下り、廊下を進んで一段下った先、離れのようになっている一室に移動する。何やらまた外に声が漏れている。しかも、今度は。

重いドアを開けると、薄暗い部屋の中、シャツの袖をまくった草津警部補の歌声が過剰なリバーブとともに響き渡った。

「そらをかーけーろ！　こころもーやーせ！」

「班長」

「うんめーいーぅをををををを、きぃーりぃーさけぇぇぇぇぇぇぇぇ！」

どう見てもアニメの主題歌であり、画面には恐竜型をしたメカの戦闘シーンが表示されている。「班長！」

「お」草津さんはリバーブのきいた声で反応した。「おうドラゴン。お前も一曲どうだ？なんか今の小学生も知ってるやつ」

ソファに座った彩魂君がやれやれという顔でまた肩をすくめる。さっきよりは明るい表情になっているようだ。

草津さんの肩を摑む。「何やってんですか？」

「いや、カラオケルームあるっつうから、歌ってこうぜ、って話になって」飲み友達か何かのように彩魂君を指さす。「いやしかし参ったよ。『メタリオン』の1st.シリーズ知らねえんだってよ。1st.が一番名作なのに」

「どうでもいいです」俺も知らないのになぜ六十前のおっさんが知っているのだろうか。

「いいマイクですね」水科さんはなぜか関係ないところに興味を示している。「ソニーのC-100ハイレゾ。レコーディング用のコンデンサーマイクじゃないですか」

「どうでもいいからそこも」本当に蚤の市だ。

「ああ」巡査長が手帳をめくる。「泊まってった画商とのカラオケ大会も定番だったらしいですよ。無名のアーティストなども呼んで歌わせてたとか」

「機材を足せば簡単なレコーディングもできるってよ」草津さんがリバーブのかかった声で言う。マイクで喋らなくてよろしい。

「しかしやっぱりいいマイクなんだな、これ」草津さんはマイクを置き、まくっていた袖をくるくると戻す。「……で、お前ら何か分かったか？　ちゃんと仕事してたんだろうな？」

あんたが言うな、と思うが、一応班長である。引っぱって連れ出し、ドアを閉じる。

「山谷家ですが、妻も息子も画魂にはいい感情を持っていませんね」ドアが閉じられているのをちらりと確認し、巡査長がまず囁く。「妻の山谷瑤子は画商の竹尾にコナかけてたようで。もう一人の犬伏の方も山谷瑤子に懸想していたんじゃないか、って感触です。何かありそうですね」

「……相変わらず言い方が古いな。千光寺さん」

どうしようかと思ったが、巡査長が草津さんに報告する間、俺はＳＮＳで「竹尾昌和は花人でした。自分と水科以外は気付いていません」と送った。その途端に草津さんが携帯を出したので、ちゃんとチェックはしてくれるんだな、と思ったが、草津さんは「悪い。アップデートだ。新イベント始まってるかもしんねえから残りは後で」と言ってすたすたと去っていってしまう。

「……イベント？」

「ゲームの話です。すみません」なぜ俺が謝っているんだろう、と思いながらも巡査長に頭を下げる。「いつもあんな感じなんで」

「へえ。じゃ、本当なんだな。あの人が昼行灯って呼ばれてるっていうのは」

「昔は違ったんですか？」

「『氷狼（こおりおおかみ）』って呼ばれてたよ」

「なんですかその大沢在昌みたいなの」

「藤木稟みたいですけど」

俺と水科さんから別々の名前が挙がったが、巡査長はかぶりを振る。「あの人の渾名だよ。氷のように冷たくておっかなくて、獲物はどこまでも追いかけ続けて嚙み殺す」

「ゲームのプレイスタイルが、ですか？」

「いや仕事が」巡査長は笑い、後輩に接する態度になる。「俺が一緒に仕事したのは目黒署の頃だから、もう二十年くらい前だけどね。おっかなかったんだよ。目つきがこう、ギッ、て鋭くてさ。本当に犯人を嚙み殺すんじゃねえかってぐらい、なんていうか殺気みたいなのを出してたな。びっくりするぐらい鋭くて、いろんなことに気付いたし」

俺と水科さんは顔を見合わせるが、巡査長は腰に手を当て、草津さんが上がっていった階段の方を見る。「今はすっかり適当になってて驚いたけどね。……でも、あの殺気はあの人の本質だったと思う。人間のそういう部分っていうのは、そうそうは変わらないと思うよ」

確かに、赤羽の事件は草津さんがほぼ一人で解決に導いたのだ。しかし。

唸っていると草津さんが下りてきた。「悪い悪い。さて、そろそろ五日市署に帰ろうぜ。ぼちぼち捜査本部が立つらしくて、御国さんが先に来てる」

「えっ。いえ、まだ」まだ現場に着いて一時間かそこらである。確かにいろいろ情報は入ったが、わざわざ戻って逐次報告するのは効率が悪い。「招集がかかるか、夜の会議まではまだこちらで」

「そんなんなったら帰りが遅くなるだろ。『バディ ―警視庁最悪の二人―』見逃しちまう」

「私はあのドラマはあまり。柳瀬佳緒理ちゃんの着てるコートが可愛い以外は」

「そこはどうでもいい」観てんのかい、と心の中でつっこむ。「テレビ観たいから早く帰る刑事がどこにいるんですか」

「だって仕事、終わっただろ」

「どこが」

「さっき鑑識から電話があった。被害者の後ろ襟のあたりがびっしょり濡れてたそうだ」草津さんは踵を返し、階段を上がっていってしまう。「なら、あとは御国さんに報告して終わりだ。ドラゴン、書類やっといてくれよ。俺は疲れた」

「えっ。いえ、あの」

「俺もう十五分も働いたんだよ。バッテリー残量ゼロだ」

「持続力なさすぎです」ドローン以下だ。

追いかけつつ振り返ると、巡査長が微苦笑を浮かべて手を振っていた。

5

なるほどこれはいわゆる滝だ、という滝である。案内板に書かれている通りさして大きな幅も落差もないのだが、左右から木々の枝葉が迫る先、苔むした岩の上を何度か跳び跳びしつつ、綺麗なひと筋が滝壺に落ちていく。あまりに典型的な姿なので人工物ではないかという印象すら受ける滝というのは逆に珍しく、道路脇の斜面の狭間に突然現れるためそこだけ切り取られて掛け軸になっているような印象を受ける。橋の欄干（らんかん）に体を預けて眺めても若干距離があるのが残念なところだが、それでもちょっと車を停めて都道上から直接眺められるというのはなかなかに贅沢である。

しかし、まさかここに車を停めることになるとは思わなかった。都道二〇五号上、行きの時は気付かずに通り過ぎた茅倉の滝である。周囲は二車線道路であり斜面が迫って狭いので、俺たちの車と御国管理官の車は少し離れたカーブ上の進入禁止帯にぴったり停車しハザードをつけている。管理官の方は運転してきた五日市署の人が運転席で待っていてくれているようである。草津班三人と御国管理官。狭く短い橋の上に老若男女、スーツの四人組が密集している様は目立ちそうだが、周囲には人の目はなく、通りかかった車から見てもどこかの役所の人たちが移動中に寄ったのかな、と思われるだろう。確かにここなら周囲に話が漏れる心配もない。

もちろん観光が目的なのではなく、現場と五日市署の中間点にあるからここにしたのである。つまり管理官は、草津さんから電話を受けるとすぐに五日市署を出て、一刻も早く話を聞くためここまで来てくれたのだった。この人の階級は警視正であり、いち巡査部長の俺など前を横切っただけで手討ちにされるレベルなのだが。*

「こういう『道端のちょっとしたスポット』みたいなところ、好きなんです。ちょっとした東屋(あずまや)とか、公園まではいかないくらいのちょっとした緑地とか」

水科さんは笑顔で滝を眺めている。そんな話をしている場合ではないと思うのだが、御国管理官は無表情のまま眼鏡を直し、頷いた。「分かります」

まあ俺も分からなくはないのだが、それよりも仕事である。頭を下げる。「わざわざご足労いただきまして」

御国管理官はこちらを見ずに答えた。「一刻でも早く聞いておくべきだと判断しました。場合によっては捜査本部を立ち上げる必要がなくなるかもしれませんので」

捜査本部の設営・運営は費用も人手も所轄が負担することになる。一人で先に聞きにきた、というのは意地悪な見方をすれば「手柄を独り占めできるかもと期待している」ことになるが、それよりも素直に五日市署への配慮ととるべきだろう。

「よし、スポットも取れた。この周辺のエリア、二時間は独占できるな」驚くべきことに管理官を待たせて先にゲームをしていた草津さんがやってくる。「山谷画魂殺害ですが、犯人は竹尾昌和ですね」

「その前に、『殺害』の点は間違いがないのですね？」

草津さんの態度には何も言わないが話の前提はきちんとチェックする。御国管理官の対応に俺は内心驚いた。

「解剖の結果待ちですが、間違いなく殺人でしょう。自殺の動機は見当たらず、遺書も出力されたもの。現場の水槽がすべて割れているという不審点があり、死体もきれいに寝ていた」草津さんは携帯をしまう。「間違いなく夕食か何かに睡眠薬が仕込まれ、眠り込んだところでうつ伏せに吊るされたんです。鑑識から、着衣の後ろ襟がびっしょり濡れていたという報告もあった」

現場を出る前にも言っていたことだが、それが何の意味があるのだろうか。俺たちはまだ草津さんから何も聞いていないのだが、警視正と警部補の会話に割って入るのは染みついた

＊　別にそういうことはない。

縦社会根性が許してくれない。

と思ったら水科さんが割って入った。「それにどういう意味が?」

「水槽の水で濡れてたってことだよ。被害者は後頭部側に水をかぶったんだ」草津さんは水科さんの方に向かって言った。「おかしいだろ? 後頭部に水をかぶっていた、ってことは、被害者は水槽が割れた時点ですでにラックの下に頭、突っ込んでた、ってことになるだろうが」

そういえばそうだ。自殺なら、水槽は被害者自らが叩き割って回らなければならない。割った後にラックの一番下の段に首を突っ込んだとしても、水は滴(したた)る程度だろう。さして濡れない。

つまり、何者かが山谷画魂を吊るした後に水槽を叩き割った、ということになる。そういえば、割ったとみられる道具も現場からは出ていないのだ。

「ですが、そもそも犯人はなぜ水槽を割ったんですか?」水科さんがまた管理官より先に訊く。

「必要だったからさ」草津さんは顎を撫でる。「密室殺人のトリックにな」

大型トラックが通り、全員なんとなく滝の方を向いて欄干に体を寄せる。狭いので引っかけられそうな気がする。

「密室とは、ファンタジックな単語が出てきましたね。まあ、あなたらしいが」御国管理官がようやく口を開いた。「報告は受けていますが、本当に密室で間違いなかったのですか」

「ええ、そこは」草津さんは面倒くさそうに応じる。「発見者たちが口裏を合わせた可能性は極めて低い。八時四分に山谷瑤子がドアを開けるまで現場に隠れていた、というのは無理ですし、ドアが実は開きっぱなしだった、なんてこともない。換気扇だの排水口だのは腕も通らんし、現場からは不審物は何も出なかった。被害者が壁際のラックに引っかけたロープで、うつ伏せに首を吊って死んだのは間違いがない。でもって死亡推定時刻が朝五時頃で、最後にドアが開いた二十四時四分から死体発見の八時四分までの間、一度もドアが開かなかったのは解錠記録ではっきりしています」

草津さんの言葉を吟味しているのか、管理官は指でと、と、と何かを数えるように欄干を叩いている。「……なるほど」

「一見するとこの状況じゃ自殺にしか見えません。午前五時の時点で現場に誰もいなかったなら、被害者を吊るせるはずがない。まさか被害者に催眠術をかけて『五時になったらここに首を突っ込んで死ね』なんてのはありえんですしね」草津さんも欄干を摑んだ。「だが被害者はアウトドア用のエアーマットに寝ていた。隅からワイヤーが出て、ハンモックのように吊るせるタイプのやつに。そして発見時には収納されていたはずのワイヤーが濡れていた」

そういえば、俺も草津さんがワイヤーを出したり引っ込めたりした後、指を拭(ぬぐ)っていたのを見ている。そう。ワイヤーは濡れていたのだ。つまり。

「……水槽が割れた時、マットのワイヤーが引き出された状態だった、ということになりますね」

管理官の顔を見て、草津さんはやれやれと腕を組んだ。「ま、そういうわけです」

「……横着をせず、最後まで説明してください。こちらの二人にも」

管理官は俺と水科さんを指さす。ということはこの人にももう話が見えているということなのだろうか。だが水科さんも一瞬遅れて、あ、と漏らす。

そこからさらに一瞬遅れて、俺も気付いた。そうだ。死体はマットに寝かされていた。そのマットはワイヤーが引き出されていた。つまり、マット自体がどこかに吊るされていた。

口を開きかけたところで軽トラックが走り抜けた。

「なるほど」水科さんが先に口を開いた。「犯人は昏睡状態の被害者を抱えて現場に入り、うつ伏せにマットに寝かせてラックの一番下の段に差し込む。そしてマットごと被害者の体を持ち上げ、マットが浮いたままになるように固定する。それからロープを首にくくりつける」

出遅れて言えなかったが、そういうことになる。すでに被害者の首にはロープが回っているが、マットが体を支えていれば絞まらない。

「そして現場を出てドアを閉め、午前五時頃まで待ち、何らかの方法で外からロープの固定を外す。マットが床に落ち、支えを失った被害者の首が自動的に絞まります」

「問題がありますね」御国管理官が確認するように言う。「ロープを何に固定し、どうやって外したのでしょうか。そここそが問題なのでは？　窓一つないコンクリートの、それこそ密室です」

「だから水槽なんですよ」草津さんはくるりと道路側を向いて欄干にもたれる。「ロープの上に水槽を置いて固定した。あの水槽はそう大型じゃないが、左右二点吊りにすりゃ、被害者の上半身ぐらいの重量は支えられる。その水槽を外から割れば、固定が外れてマットが落ち、被害者の首が絞まる」

そこまで説明されて、やっと気付く。被害者がなぜあんな窮屈な場所で首を吊っていたか。現場は確かに何もないアトリエだったが、ロープをかける場所なら他にもあった。入口から床に下りてくる階段の手すりだ。明らかにやりやすいそちらを使わず、ラックの一番下の段に首を突っ込んでいたのも理由があったのだ。

「ですが」管理官が目を細める。「水槽を外から割る方法は。拳銃弾などの不審物は現場から出ていませんよ」

「音波」草津さんは頭を掻きながら答える。「音ってのは振動です。極めて強い音を当てればガラスは割れるが、共振する周波数を狙えば兵器並みの大音響までは必要ない。水槽のガラスは丈夫なもんですが、もちろん割る予定の水槽にはあらかじめ傷がつけてあった」

「声でワイングラスを割る声楽家、という映像がありましたね。以前」水科さんが携帯を差し出す。「これです」

管理官は特にそちらを見なかった。すでに諒解しているのだろう。

「音波攻撃に使う道具も山谷邸にはちゃんとあった。カラオケセットですよ。あれのスピーカーを現場の壁につけて叫べば、壁越しに音が伝わってガラスが振動する。もちろんその場合、大音響が響き渡っちまうわけですが」

「『静かに大音響を出せる人間』が容疑者の中に一人だけ、いましたね」御国管理官が後を続けた。「なるほど。だから犯人は竹尾昌和ですか。実は花人だそうですね」

「山谷邸にあったマイクはハイレゾのコンデンサーマイクでした。可聴域外の音も拾って増幅できます」

水科さんが言う。そういえば、草津さんもマイクのことを気にしていた。

材料は出揃った。そして動機もある。山谷画魂は差別主義者だ。

御国管理官が確かめるように水科さんを見る。水科さんは小さく頷いただけだった。

花人による殺人。しかも花人ならではの「超話」を用いた不可能犯罪。被害者は常人で、そして犯行動機はおそらく、花人差別への反撃。当然ながら、「反撃」は「反撃に対する反撃」を生む。

五味丘記者の顔が浮かんだ。彼は今も警視庁を嗅ぎ回っているかもしれなかった。今回は被害者の差別主義が知れ渡っている。赤羽の時のように犯行動機を隠し通すことはできない。今度は駄目だ。戦争が始まってしまう。

きっとまだ大丈夫だ、と考えてみる。今回のこれもきっと個人的な犯罪だ。竹尾昌和は個人的な怨恨か何かで、個人的に山谷画魂を殺害しただけだ。個人の問題に決まっている。だがそれは、あまりに無理のある見方だった。仮に動機が花人常人と全く関係のない個人的なものだったとしても、世間は、大衆はそう見做さない。

水科さんの顔を窺う。彼女はただ、こめかみに指を当てて瞑目している。弁護士をやっている内倉のことを紹介した方がいいかもしれないと思った。警察は常人ばかり男ばかりの組織だ。当てにならないかもしれない。それに仕事外でも、花人であることがばれるだけで危険な目に遭うかもしれない。警察官だと知られれば尚更、ヘイトにさらされる可能性は大きい。

忘れていた滝の音が耳に蘇ってくる。さあああ、とだんだん大きく。俺の不安と共鳴でもしているかのように、滝の音はどんどん大きくなり続けた。

6

大塚登志夫のニューバラ！

(コメンテーター) ですからね。私は以前から何度も申し上げてきました。この数字がそもそもおかしいんですよ。全国の検挙者における花人の割合。常人が99・8%で花人がたったの0・2%。こんなわけないじゃないですか。

ボード・割合グラフ「検挙者総数に対する常人と花人の割合」
「常人」99・8%「花人」0・2%

(大塚) これ大事なとこなんですが、この数字は「犯罪者の割合」ではなくてあくまで「検挙者の割合」だということですよね。つまり警察が捕まえた人だけで計算している。

(コメンテーター) そうなんです。捕まらないで逃げてる奴の割合が多ければ話が違ってくる。今回の事件も危うくその「花人だから捕まらないで逃げられた」になるところだったわけですよね。

でもねもっと大きな問題があるんです。そもそも警察は常人と花人を平等に捕まえようとしているのか? っていう話ですね。

(大塚) 俗に言う「花人無罪」というものが、本当にあるのではないか、という問題ですね。

(女性アシスタント) ではここで、警察の花人に対する対応についてのインタビューをご覧ください。

映像・路上カット

(ナレーション) 昨年十月、東京都内のあるスーパーマーケットで、レジから現金十万円あまりが消えた事件。当時レジに入っていたのは常人のアルバイト三名と、二十代の花人女性一名だった。だが実際に取り調べを受けた常人女性はこう語る。

映像・常人女性インタビュー(顔モザイク)

テロップ「実際に取り調べを受けた女性」

(女性) ちょっとおかしいな、っていうのはありました。なんだかもう、最初から扱いが違うんですよ。私たち常人は何分頃どこで何やってましたかーとか、いろいろ訊かれたんですね。でも花人の子は「あ、あなた花人ね。じゃあもういいです」って。最初からなんていうか、除外しちゃってる感じで。

テロップ「――どう感じましたか?」

(女性) えっ、花人だとあれだけでいいんだ、って。ちょっとおかしいんじゃないか、って思いましたね。

スタジオ・憤然とした大塚登志夫とコメンテーター麦満彦の顔が映される。

（大塚）えー、花人だと警察の対応が甘くなるという、いわゆる「花人無罪」の事例というのが、どうもたくさんあるんじゃないかと言われてるんですね。

（女性アシスタント）ここで、番組が独自に行ったアンケート結果をご覧ください。

ボード・円グラフ「警察の態度が常人と花人で違うと感じましたか？」
「とても感じた」31・8％「ある程度感じた」37・7％「まったく感じなかった」9・1％「その他・無回答」21・4％

（女性アシスタント）これを見るとですね。約七割の人が「警察の態度が常人と花人で違う」と回答してるんですね。違わない、と答えた人は一割もいないんです。

（コメンテーター）明らかですよね。警察は花人だと最初から捜査しないんです。これ、大問題ですよ。花人なら犯罪やり放題。泥棒しても人殺ししても、警察は捜査しないんですから。それともう一つ問題がありましてね。これだけ警察が差別的だということになりますと、これまで常人の犯罪とされてきたもののかなりの部分、二割とか三割が実は花人がやっていて、常人がやったことにされていたんではないか、という。現に今回の事件のように、花人は人間にはできない方法で犯罪を実行することがいくらでもできるわけですから。

（大塚）警察の対応がどうしてこう違うんでしょうね。

（コメンテーター）それはもう。花人はほとんどが富裕層ですから。日本の警察はね、富裕層には遠慮するんですよ。

　今の日本ではね、これあまり表だっては言われないけど、花人の力がすごく強いんです。だってお金持ってるから。今年になってようやく社会関係調整法の審議が始まったくらいでしょ。これ、油断してると潰されますよ。花人が一斉に反発したら、議員さんたちだって怖いから。

　それに僕はね。議員の中にもかなりの割合で花人がいると思ってる。これ問題ですよ。花人であることを隠して当選する議員がいる。香水とかで隠せるんですよ花人は。だから出生時に登録を義務付けろって言ってるの。顔写真と指紋データとか採ってさあ。


　テレビの画面にはずっと麦満彦（ばくみつひこ）が映り、ずっと麦満彦が喋っている。

　もともと大塚登志夫のこの番組は内容に科学的根拠のないデマがあったり女性蔑視があったりと批判が多かったが、今回のこれは輪をかけてひどいものだった。だが「花人は犯罪者」で「実は日本を支配しており」「様々な優遇措置を受け」「警察も追及できない」という、あまりに現実離れした主張をするこうした番組は他にもあり、なぜかＢＰＯは何も言わない。

　そしてコメンテーターの麦満彦。解説役という立ち位置で出演してはいるが、この男は学者でも識者でもなく、特に何の専門家でもなく、単にある有名焼き肉店チェーンの社長だった。社長の顔が大写しにされた看板や社長がタキシードで出てきてなぜかサックスを吹くという（しかも音はプロに吹かせた音声を当てた文字通りの「吹き替え」である）奇抜なテレビCMで知られた存在で、テレビのバラエティ番組などでもよくその派手な金遣いや麻布の豪邸が登場する。局側にとってはこのご時世にあって派手に金を出してくれる太いスポンサーであり、目立ちたがり屋であるためタレント気取りでよく番組に出るのだ。視聴者にとっては「お金があってもあれじゃあね」と思わせ優越感を与える「珍獣」であると同時に「何か面白いおっさん」という程度の存在だったが、発言がしばしば女性蔑視、アジア人差別、花人差別的であるため、良識ある層からは眉をひそめられる存在であった。

それが最近、急に露出が増えていた。経営学も食品業界も全く関係ない文脈でまで出てきて御意見番扱いされ、「花人は人間でないのだから人権を認める必要はない」だの「花人の選挙権を制限しないと日本は花人に支配される」だのといった滅茶苦茶な言説が毎日のように何かのメディアに載るようになった。

きっかけは間違いない。先週、解決した通称「山谷画魂殺害事件」の報道だ。

なんとか事件の詳細を隠したまま過ぎ去ってくれれば、という俺の期待はあっさりと崩された。山谷画魂殺害事件では、殺された山谷画魂が花人差別主義者であること、犯人が花人であることだけでなく、犯人が用いたとされる犯行方法が「まるで推理小説」とセンセーショナルに紹介されてしまった。捜査員のどこかから漏れたか、もともと隠し通すことができない話だったか。

さすがにもう観ていられなくなり、テレビを消した。せっかくの非番だというのにこれでは休まらない。テレビをつければどこかでこの事件をやっており、その報道姿勢に腹が立ったり不安になったりさせられる。

テレビは連日、これ以外に事件など起こっていないかのように取り上げ続けている。与党幹事長の公選法違反疑惑もあったはずだが、そちらはもう、どこもやっていない。無理もないことかもしれなかった。有名人の殺害。わずか数ヶ月の間に次々と発生した、花人による殺人事件。しかも花人がその能力を存分に活かし、推理小説のような派手なやり方で隠蔽工作をしている。これで騒ぎにならないはずがなかった。「花人は犯罪者」「今までもたくさんやっていたのではないか」「花人特有の能力で逮捕を免(まぬが)れていたのではないか」――そうした言説は赤羽の事件以降加速していたが、今回の事件でさらに過熱し、もはや狂騒状態になっている。連日「花人による犯罪の危険性」が報道され、ウェブ上でも、麦と似たような言説をふりまいて一部から熱狂的な支持を集める人間が次々と出てきていた。「花人は全員指紋を採るべき」と主張する衆議院議員の秋吉修一郎(あきよししゅういちろう)。「花人税を創設しろ」と主張するお笑い芸人の石橋(いしばし)パンダ。「マスコミは花人有利に偏向している」と繰り返す小説家の城崎彰久(きざきあきひさ)。「花人から日本を取り戻しましょう」と叫ぶ八王子市議の大月(おおつき)えつこ。彼らの非論理的で攻撃的な主張はＳＮＳでさかんに拡散され、ネットニュースに不自然なほど頻出し、それに賛同するフォロワーたちがコメント欄を埋め尽くす、という状態だった。

＞放送中のニューバラひどい。まるで花人の犯罪が隠蔽されているかのような印象操作（👍12）
　＞隠蔽がバレて焦ってますね（👍29）
＞今週のニューバラすごい攻めてる。えらい
偏向報道ばかりの中この勇気に感動した（👍409）
＞極めて差別的な内容でした。この番組の方が偏向しているのでは？（👍101）
　＞気に入らない報道は何でも偏向だ！　偏向だ！
　　いつもの草（👍166）
＞花人の総人口はたったの2%。総検挙数の0.2%でもおかしくはない（👍55）
＞おかしいでしょ算数できますかー？（👍119）
＞「花人はほとんど富裕層」は事実と違います
↑平均年収　花人652万　常人550万
　年収1000万以上の割合　花人9.9%　常人4.8%（👍2538）
＞その統計はどこが取ったのでしょうか（👍110）

＞総務省です　URL→http://www.stat.go.jp/data/kakei/***********/2.html#new（👍221）

＞総務省て時点で捏造って言ってるようなもん
　官僚の四割が花人
　花人が統計作ってる（👍6789）

＞隠れ花人が国会議員に多数存在することは以前から問題視されている。最低でも衆議院で七十議席、参議院でも三十五議席程度おり、彼らが花人優遇法案を次々通しているがマスコミは忖度で報道しない（👍19075）

＞花人の議員は衆参合わせて四人しかいません。しかも全員野党です。国会での影響力などありません。花人だということを隠している議員というのも聞いたことがありません。ソースは何ですか？（👍78）

　放送中の番組に対する反応もこんなものだ。きちんと統計を出して反論する書き込みより、根拠も示さず垂れ流すデマの方が何倍も賛同を集めている。「花人は全員犯罪者ではないか」とすら見られている現在、ＳＮＳ上で花人に好意的なことを書き込むだけで「草」「パヨク」といった攻撃的な返信がどこからともなく殺到するという状況が、少し前から続いていた。匿名のウェブは自由な議論ができるなどと言っていたのはどこの誰だろうか。攻撃は対象が女性や子供だと過激化し、以前から花人であることを隠さず「差別反対」を訴えていたある女性俳優などは「あの映画の主演は枕営業でとった」「昔、風俗で働いていた」などと二重に差別的な書き込みを繰り返され、自宅に下着を送りつけられたりしたため、脅迫と名誉毀損でプロバイダに発信者情報開示命令が出る、という事件にまでなっていた。

立ち上がり、カーテンを開けて網戸越しに外の道を見る。ベビーカーを押した女性が通り、郵便配達のバイクがその横を慎重に追い抜いていく。

もちろん、現実世界は穏やかだ。警視庁管内では三月のマンション放火以来、目立ったヘイトクライムの話は聞いていない。だが見えないところで、見えない形で、「戦争」はすでに始まっているのかもしれなかった。それとも、すでに勝負はついているのか。

……いや、これが一時的な流行で済めばいいのだが。

携帯のブラウザアプリを閉じ、どうしても開いてしまうSNSアプリを見る。昨日、草津さんから届いたメッセージだ。

（草津　佳久）

竹尾の家宅捜索。手帳から出たらしい

極秘だが共有しておく

画像が添付されており、証拠品として押収された手帳のページを携帯のカメラで撮影したものらしいと分かる。スケジュール表の「3月」のページに書き込みがある。

22日　神田

これだけ見れば、なんということもない書き込みだった。だが日付も場所も、須賀明菜のそれと一致している。これが偶然の筈がない。赤羽の事件の須賀明菜と、山谷画魂殺害事件の竹尾昌和は、同じ三月二十二日に、同じ神田に行っている。そして何より不気味なのが、二人揃ってなぜかこの書き込みだけは具体的な時刻も場所も、用件も書いていないことだった。

まだ分からない、と思う。花人のコミュニティは狭いし、二人とも東京在住だ。花人同士の何かの集まりがあって、そこにたまたま二人とも参加していたのかもしれない。もちろん、そこで話をし、その内容が差別に対する愚痴などであった場合、お互いにそこで殺意を固めてしまった可能性はある。

いや、そもそもこれは、俺が悩むべき問題ではないのだ。俺はいち捜査員に過ぎない。指示された場所に行って割り振られた作業をし、担当する事件を解決すればそれで乾杯。そして赤羽も山谷画魂殺害もすでに解決している。忘れて次の仕事のことを考える、というのが正しい捜査員の態度だし、次の仕事のために非番の今日は体を休める、というのが正しい勤め人の態度だ。

時計を見る。朝、トーストを食べただけでもう二時半になっている。腹が減っているわけだ。キッチンの棚の中に何もないことは把握しているので、近くのコンビニまで行かなければならない。寝癖はついていないし、髭(ひげ)もまあ、いいだろう。

だがその前に、と思った。さっき観た番組でまた花人差別が過激化する可能性がある。やはり今のうちにやっておくべきだと判断し、水科さんから聞いたSNSのIDにメッセージを送った。小学校時代からの友人に内倉という弁護士がいて、花人の人権団体なども支援し、たしか社会関係調整法の反対運動にも関わっている。もし困ったことがあるなら必ず助けてくれるし、単に俺の友人なので会ってつながりを作っておくこともできる。そういうメッセージを、長いので三つに分けて送った。彼女は同僚ではないし、普段は会わない。いきなりこんな長文が送られてきたら面食らうかもしれないが。

だが、着替えて家を出るちょうどそのタイミングで携帯が鳴った。水科さんからの返信だったが、意外なことが書いてあった。

（水科　此花）

内倉修司先生ですね。私もお会いしたことがありますが、驚きました。火口さんの親友だったとは。

まさかそう来るとは思っていなかった。意外なところで知りあい同士がつながった。内倉は花人のコミュニティ内ではかなり有名人で、手広く活動しているというから、ありえないことではないのだが。

ならばいいのか、という拍子抜けの感覚と、小さな驚きがあった。花人のコミュニティは本当に狭いのだ。いや、つながりが強いのだろうか。少数派、被差別者としての。考えてみれば俺たち常人は、そうした花人のコミュニティについて実態をほとんど知らない。内倉から断片的に聞くことがある程度だ。花人同士はつながっている。常人が知らないところで。まるで超話のように。

あまり良くない想像だな、と反省し、ドアを開けて外に出た。

だが、自宅から百メートルほどの角にある、いつも行くローソンの前に人影があった。こちらがおや、と思った時には人影はもうこちらを視認して近寄ってくる。「おっとこれは奇遇。火口さん、その恰好ということは近くにお住まいですか」

五味丘だった。火口刑事、などと呼ばれなかっただけましだが、降ってわいた災難だ。まさか家が近所なのか、と一瞬ぞっとしたが、無論違う。むこうは鞄を持って明らかによそ行きの恰好である。こんなに素早く俺を視認したということは、俺の住所をどうにかして摑んで待ち伏せをしていたということなのだろう。それもそれでぞっとするので「わざわざこんなところまでいらしたんですか」と嫌みをぶつけてやる。「話すことなんて何もありませんよ」

「いやいや。大騒ぎになってますから心配で。まあ火口さんのせいじゃないですけどね」

「なぜ私が?」自分が担当したということについても言質をとられるわけにはいかない。

「こないだの山谷画魂の件ですか。なら警視庁本部に行った方がいいのでは?」

「や、もちろんそちらにも伺いましたけどね。やっぱりこう、独自の着眼点がないとよそと差をつけられないわけです。おたくの草津さんのように」

「ご苦労様です」

頭を下げて店内に入ろうとするが、五味丘はする、と前に出て微妙に進路を塞いだ。「あ、せっかくだからちょっと伺いたいんですけど」

「ですから、私に訊いたって仕方がないですって」

「そうですか」五味丘は自動ドアを開けて出てくる男性に道を譲り、また俺の前に立って見上げてきた。「僕は、あなたが何かご存じなんじゃないかと思っていまして」

「ただのいち公務員ですから」五味丘をよけて自動ドアを開ける。

「いち公務員以上の何かを摑んでませんか。あなたはこの件について特別な立場にいる」

「そんな。刑事ドラマじゃないんですから」

これ以上露骨に立ちはだかったら案件にしてやろうと思ったが、五味丘は笑顔でどいた。

「そうですか。では何かありましたら忖度なし！　タブーなし！　正義と真実の記者、週刊春秋の五味丘まで」

五味丘は店内までは追ってはこず、閉じた自動ドアのむこうで頭を下げて小走りで去っていった。入口で待っていて帰りもつきまとわれるのか、家までついて来られるのか、と危惧したが、そこまではしないようだ。単に俺にかまをかけて反応を窺うためだけに来たのだろうが、それもかなり嫌だった。能面で追い返したつもりでも、何かの「感触」をつかまれたのではないか、という疑念がつきまとうし、その疑念の存在自体も顔に出せない。

そしてむしろ、五味丘にそこまで摑まれている、ということ自体が問題だった。「22日神田」の件がばれたら本当に日本が分断されかねない。正直、いち警察官が抱え込むには重すぎる秘密だった。マスコミがそれをどこまで摑んでいるか。とりあえず係長、いや御国管理官に報告すべきだと思った。

水科此花

駅前の人の流れがいつもと違った。通行人たちが足を止め、同じ方向を見ている。仕事上の癖か、反射的に「もめごとか」とそちらに向かい、事情を理解した。駅前通りのむこうから、ゆっくりとデモ隊が歩いてくる。「社会関係調整法」の制定に反対する、今話題の「えんどう豆デモ」だ。

それが分かってほっとする。「えんどう豆デモ」は外から見ると極めて静かで大人しいデモだった。「平等」を表す白地に「同胞」の象徴として選ばれたえんどう豆を描いたロゴ。それを掲げて静かに行進する。声は出さず、しかし毅然と胸を張って。要求するメッセージは「平等を」だけで、だからデモ隊の外見も非常にすっきりしている。デモ隊の中には常人の姿も交じっていたが、それでもこのご時世だから、露骨で激烈な敵意に晒される。罵声を浴びせられ、進路妨害をされることもしばしばらしい。だが彼らは静かに行進する。「平等を」。ただそれだけを求めて。

私はデモ隊に荒れた様子がなく、逆にデモ隊が危険に晒されるおそれも今のところないことを確かめ、静かにその場を去った。

物心つく前から、母には「あなたは優秀なんだから」と言われてきた。あなたは優秀なんだから、他の人の役に立たないとだめ。ぐっと我慢して、みんなのために頑張りなさい。自分のことは一番最後にしなさい。そう言われてきた。だが今になって思うに、あれは母の愛情などではなかった。本当に我が子を想っているなら、まず我が子の幸せを願うものではないだろうか。自分のことは後回しにしてみんなの役に立ちなさい、よりも、いざとなったら他人を蹴落としていいから自分のことを第一に考えなさい、と言う方が、真に子供のことを想っている気がする。私が自分を犠牲にして他人の役に立ったところで、得をするのは自分の株が上がる母自身だ。

お母さんは自分の手柄が欲しいだけなんだよ。妹も、いつだったかそんなことを言っていた。それを時々思い出す。その断定の仕方が妹らしいと思う。妹は私より活発で、なんというか、直接的である。褒められたらにっこり笑ってありがとうと言う。お菓子をもらえばお菓子を返す。悪口を言われれば悪口を言い返すし、叩かれれば叩き返す。小学校の頃、同じ学年の意地悪な男子に脚を蹴られた妹が、ほぼノータイムで相手の脚を蹴り返すのを見た。相手の男子はいてえ、と叫んで飛び上がり、それはまるで自分が蹴った力で自分の脚を痛くしたようで、一個の新しいパフォーマンス芸術に見えた。ちなみに明らかに妹の方が強く蹴っていたのでそう言ったら、妹は「これで平等」と答えた。私は何もしていないのに蹴られた。相手は何もしていない相手を蹴ったから蹴られる。ならば「罰」の分、私より痛い思いをするのが平等だ、と。

あるいは、妹のようになれた方が私も幸せだったかもしれない。私は妹のように直接の人間ではなく、そもそも自分にぶつかった善意や悪意をその場で即、返せるほどの反射神経がなく、私に向けられたエネルギーは私の中に一旦ぎゅっと貯蔵され、あとになってから出たり出なかったりするのだった。隣の席の子に給食のりんごをもらったら、その場ではにかむことしかできず、外遊びの時間になってから、急いでキープした人気のくまさんシャベルを貸してあげた。クラスの乱暴な男子が私の絵の具セットに落書きをした時は、とっさに何て言えばいいか分からず、結局「ひどい、ひどい」と思いながら、廊下の手洗い場で絵の具セットを洗った。妹を見習ってやり返さなくちゃと思ったが、他人の絵の具セットに落書きをする気はどうしても起こらず、結局何もしなかった。

結果どうなったかというと、私は優等生に、妹は問題児になった。母はやられてもやり返せない私を褒め、迅速にしかるべくやり返せる妹を叱った。私はいつも不思議だった。理科も算数も好きだったから、「エネルギー保存の法則」とか「交換の法則」を知っていた。あらゆるものはイコールになるはずなのに、人のすることだけがイコールにならないのだった。

助けられて助け返せば褒められるのに、叩かれて叩き返したら叱られるのだった。しかも最初に叩いた方は叱られず、叩かれたから仕方なく叩き返した方が叱られるのだった。この不均衡に私はずっと納得がいかなかったが、それより腑に落ちないのは母のよく分からない叱り方だった。「あなたは花人なんだから」「問題を起こしちゃいけないの」。なぜ花人だと問題を起こしちゃいけないのか、と訊くと、花人は恵まれているんだからそのくらい当たり前なの、と言われた。やられてもやり返せないことのどこが恵まれているのか、全く分からなかった。

そう。子供の頃から、最大の不均衡はこれだった。

常人の子は頑張れば褒めてもらえるのに、花人は褒めてもらえない。常人の子がお手伝いをすると「〇〇ちゃんはえらいね」と言われるのに、私がお手伝いしても「花人はいいですね」と、母が言われるのだった。実際にお手伝いをした私は褒められず、「花人」とかいうよその誰かが褒められる。母と相手の間だけで勝手に私の評判がやりとりされ、私はそれをただ見上げているだけなのだった。それどころか、母はいつも「いいえー。家ではほんと愚図で」と、笑いながら私の悪口を吹聴するのだった。私のことをよく知っている人ならまだしも、知らない人にこれをやるのはやめてほしい。第一印象が大事なのに、と思っていた。もっともこれはさすがにおかしいと父が言ってくれたらしく、母は褒められたお返しに私の悪口を言うのはやめてくれた。

だが、私は母自身から褒められた記憶があまりない。全くないわけではないが、明らかに不均衡なほど、ない。

テストで百点を取っても母は満足げに「うん。いつも通りね」と言うだけだった。なのに七十五点を取ると「どうしたの？　真剣にやったの？」と疑われるのだった。クラスには、百点のご褒美におもちゃを買ってもらった、という子がたくさんいた。七十五点で買ってもらった子すらいた。百点でも特に褒めてもらえない子は私以外にもいたが、そういう子は七十五点でも叱られはしなかった。母からは「みんなが嫌がる係を進んでやりなさい」と言われたから、手を挙げて学級委員にもなった。だけど面倒くさい学級委員の仕事をちゃんとやっても誰も褒めてくれず、大人たちは「さすが花人の子は」と言った。褒め言葉はいつも私の頭上を素通りして、その場にいない、何もしていない「花人」がそれを受け取るのだった。それなのに、私が適当にやったり失敗したりすると、怒られるのは私だった。褒められる役だけ取っていって、怒られる役は私に押しつける「花人」を、一時期は本気で恨んでいた。どうして私だけが、花人だけが、こんな目に遭わなくてはならないのか。

それを「不均衡」ではなく「不平等」と言うのだと知ったのは、いくつの時だっただろうか。

花人なんだから。

花人なのに。

子供の頃からずっと言われてきた。同じく花人の父は私に同情してくれた。僕が子供の頃はそんなふうに言われなかった。まだ花人という存在があまり知られていなかったから。此花や言葉はとても大変だと思う。

大人になってから知ったことだが、父と母が結婚した当時、花人は結婚相手として憧れの存在だったらしい。母も以前「当時の基準だけど芸能人はまあ別格として弁護士とかパイロットとか、そのへんのランクだったの。もっとも花人の弁護士も多かったけど」と言っていた。パイロットというのが今ひとつよく分からなかったが、要するにトップクラスということらしい。ちょうど花人という存在が一般にも認知され始めていて、「高収入で背が高くて美男子で、臭くなくて花の香りがし、上品で品行方正な花人男性を射止める」ことが女性にとって最高のステータス、という考え方を、テレビなどでも当たり前のように扱っていたようだ。女性たちは競って着飾り、男を喜ばせるトーク術を学び、料理を作った。もっとも花人の男性はそういう露骨な女性をあまり好まなかったようで、「私みたいに自然体の人間がころっと射止めちゃったりすることもよくあったけどね」「まわりからはだいぶ妬まれたなあ」と、母は今でも嬉しそうに言う。たぶん、それが母の人生で一番の栄光なのだろう。今でもまだのろけていられることから明らかな通り、母は父にべったりで、しばしば甘え、特に父が行かなくてもいいはずの自分のつきあいに、「運転できないから」とか「夫婦一緒でもいいって言われたから」と父を同伴させた。その様は服を着せリボンを付けた大型犬を連れ歩く飼い主を思わせた。

母の理想は花人と結婚し、花人の子供を作ることだったようである。その希望は叶ったのだった。花人には遺伝性がある。両親とも常人の場合、生まれてくる子供が花人である確率は2%ほどだが、片親が花人だと25%、両親とも花人だと50%程度になる。もっとも、母いわく本当は息子がよかったのだそうだが。

最近は減ったらしいが、それでも数年前までは、産院で生まれてくる子供にラポール腺が確認されると、看護師などから「おめでとうございます。いいですねえ。花人ちゃんですよ」と言われたりしたのだそうである。常人の赤ちゃんはめでたくないのか、という揚げ足取りではなく、「花人だからめでたい」と決めつけられるのが困る。花人にだって色々いる。常人に比べれば多いというだけで美男美女でない人もたくさんいるし、常人より少ないというだけで、怠け者だったり、理解力がなかったり、暴力的な花人だっている。だがどうも、常人たちの間ではそうは思われていないらしいのである。花人の赤ちゃんを連れていると、まだ何も分からない赤ちゃんなのに「将来安泰ですね」「美人ちゃんになりますよ」と言われたりする。

だから親は思い込む。親自身も花人ならそんなことはないのだが、親が常人の場合は大抵思い込む。うちの子は美男美女で、優等生で、将来、高い社会的地位につくはずだ、と。そしてそうでない場合は「こんなはずじゃない」「自分の育て方が悪かったんだ」「うちの子供が真剣にやっていないんだ」と思い込む。実際そういう被害は花人の間ではわりとありふれていて、匿名掲示板の「花人の悩み」などの話題では必ず出てくるもののようだ。もっともこうした掲示板は花人に対する妬み僻み嫌み、中傷、税金を優遇されているだの生活保護が無審査で通るだのといったデマが必ず殺到するので、一度見ただけで吐き気がして二度と見る気がなくなったが。

母もまさにそうだった。うちの場合、父が花人で分かってくれていたからまだましかもしれないが、母は私が何か失敗したり、いい成績を残せなかったりすると、それをすべて私が「わざとやっている」のだと決めつけた。自分の教育に不満があり、当てつけをしているのだと思い込んで「ねえ何が不満なの」「できるでしょうこのくらい」と恨みがましく言った。本当にできないのだ、と言ってもなかなか信じてもらえず、ピアノも体操教室も、父が口添えして「花人にも得手不得手がある」「何でもできる必要はないよ」と説得してくれていなければやめられなかっただろう。

幼稚園の頃はまだよかったが、小学校に入ると同級生や担任の教師もそんな感じになった。友達の大部分は好意的だったけど、嫌みな子はどこにでもいて、勉強も運動も図画工作も「此花ちゃんは花人だから簡単だろうけど」「水科さんなら余裕でしょ？」と、やる前からできて当然だと決めつけられる（男子の花人は友達から普通にすごい人扱いをされていて、羨ましかった）。できても「まあね」「花人はね」と、どこかお仕着せの拍手しかもらえないのに、できなかった時は「水科さんが間違えるなんて」「力抜きすぎじゃない？」と言われた。なかでも辛かったのは、失敗した時に「ウケ狙いでわざと失敗した」と嫌みにとられることだった。

一番よく覚えているのは、小学四年生の頃の水泳である。私はカナヅチだったのだ。水に顔をつけるとか、水の中で目を開けるとかは、勇気と気合があればすぐにできた。でもどんなに頑張って手足を動かしても前に進まない。息継ぎがうまくできない。一年生の時はそれでもよかったが、四年生にもなると、泳げない子はクラスでも数人になっていて、水泳の授業が始まるとそういう子はプールの隅っこに集められ、ビート板や謎の浮き輪のようなものを持たせられるからとても目立った。そして三年生の時も四年生の時も言われた。「えっ。水科さん、花人なのに泳げないの？」

私はそれが嫌で一念発起した。友達数人に頼んで夏休みにプールに行き、泳げるようになるまで徹底的に教えてもらうことにしたのだ。もともと運動は嫌いではなかった。練習すればするほどうまくなっていくし、逆上がりでも跳び箱でも、できなかったものが初めてできた時のあの、目の前がぱーっと開けるような感覚は好きだった。

私は可能な限り集中した。今日中にこつを摑むのだと決め、友達のアドバイスを一言一句漏らさず覚え、意識しながら練習した。一緒に行った四人のうち他の三人はすぐに三人で遊び始めてしまったけど、一番仲のいい梨香（りか）ちゃんはずっとつきあってくれて、よくなってきたよ、もう少し、と励ましてくれた。その日は結局、完璧にはできなかったけど、登校日の水泳の授業中、突然できるようになった。私はぐんぐん進んだ。息に余裕あるのがわかった。これならいつまでも続けられる、それならいつかは絶対に二十五メートル進む、と分かった。そして水を掻いた手が不意に硬いものに当たった。プールの壁だった。

手の甲をすりむいていた。水から上がると、プールサイドのこちら側に来ていた梨香ちゃんたちが飛び上がって拍手してくれていた。「すごい!」「できたね!」と褒められ、担任の先生も褒めてくれて、私は表彰台にいる気分だった。

その時、後ろを通った誰かの低い声が聞こえた。

「はいはい演技演技。最初からできてたんでしょ?」

私にしか聞こえない音量で言われたので、まわりの友達たちは誰一人気付いていなかった。私は振り返り、おそらくクラスの篠田(しのだ)さんか誰かであろう背中が離れていくのを見ていた。全身が痺れたような感覚だった。

たぶん私はあの時、生まれて初めて他人の悪意というものをまともに浴びせられたのだ。

そして結局、そういうことなのだった。花人であるというだけで、どんなに努力しても常人には絶対に認めてもらえない。最も身近で最も分かりやすいのが母だった。中学の頃、模試で満点を取ったことがある。前回、成績が悪かった歴史を猛勉強したのだ。だがそれを褒めてくれたのは父だけで、母は当たり前、という顔をしていた。だからつい言った。私が頑張っても一言も褒めてくれないんだね、と。すると母は言った。

「あなたには分からないだろうけど、常人の人たちの方がもっとずっと努力してるの。あなたの努力なんて、常人の人たちに比べれば遊びみたいなものでしかないの。あなたには分からないだろうけど」

妹ならその場で蹴りの一発も入れていたと思う。だが私はまたあの、全身が痺れるような感覚を受けて黙ってしまった。母は間違いなく嫌みを言っていた。「あんたは恵まれてていいね。こっちは大変なんだけど」と。ちょうどその頃、妹が学校で喧嘩をして母が呼び出されたりしていたから、虫の居所も悪かったのだろう。

花人に生まれてよかったことなんて、一つもない。

妹ははっきりそう言った。直接的でない私はそこまではっきりは言えなかった。現に私は、客観的には恵まれていると言える状況だった。区でトップの進学校に行き、リーダーとして期待され、中学二年の時に当時学校のアイドルだったバスケ部のキャプテンからこっそり告白された。話したこともない人で怖かったし、ばれたらいじめられるかもしれないと思うとそれも怖かったし、正直されない方がましだった気はするが、他人から見ればそれは恵まれているのかもしれなかった。そして何より、この世界には面白いことが山ほどあり、私にはそれが分かった。数式がつながると「絶対の正解」がぱっと開ける数学。どこまでも発想が自由な海外文学。夢中になれるたくさんのスポーツ。極限まで洗練されたセンスが競い合うファッション。遠いヨーロッパの城塞都市にはいつか行きたかったし、オーロラも見たかった。ホオジロのさえずりは美しかったし、夕焼け空の微妙なピンク色が好きだった。もし自分が常人に生まれていたとして、これらの素晴らしいものを今と同じだけ楽しめていただろうか、と思う。だからこれは不平等ではないのかもしれない。その分、結果を求められても仕方がないのかもしれない。

妹はそれを即座に否定した。他の部分で幸せだからって、いじめられても黙ってなきゃいけないなんていうのはおかしい。生まれつき能力に恵まれているんだからその分不平等に耐えろ、なんていう考え方はおかしい。不平等は不平等だ。

確かにそうだった。だが私の生きる指針は決まった。楽しくやるのだ。可能な限り。

そこで私はまず考えた。花人だということを隠せばいい。私は高校に入ると香水をつけた。花人特有の体臭を消す香水というのが口コミで広がって知られており、「不快な思いをする人もいるのだから、花人は人前ではこういう香水をつけるのがマナーではないだろうか」と主張する常人もいた。それについては色々言いたかったが、とにかくつけてみた。超話も聞こえないふりをし、友達が花人について妬むコメントをすると、一緒になって妬んでみた。

だが最初こそうまくいったものの、夏の体育の後、更衣室でばれた。汗をかきすぎて香水が落ちていたのだ。私は友達から非難を浴びせられ、校則違反で生徒指導室に呼ばれた。香水使用の方は「トラブルを起こさないためだから例外的にＯＫすべきでは」と「温情」により不問に付されたが、友達からの非難はやまなかった。あいつは花人だということを隠していた。自分たちを騙していた。やましいことがないならなぜ堂々と花人だと言わないのか。

これは私だけのことではなく、その頃はテレビでも、花人だということが「ばれた」国会議員が同じような言葉で責められていた。テレビもネットも、卑怯者だと大合唱だった。彼女はぼんくらな首相や問題発言ばかりの大臣よりよっぽど熱心に仕事をしていたのに、花人への利益誘導をしたことなど一度もないのに、「隠していた」というだけで連日責められた。花人だと分かったら分かったで差別するのだから、理不尽なことこの上ない。マスコミや国会の常人たちは「なぜ俺たちに差別させないのか」と腹を立てているのだろうか。そう思うとぞっとしたが、俳優や芸人などでも「花人バレ」して袋叩きにされる人は常にいた。

その頃、隣のクラスの小埜木(おのぎ)さんという人から、彼女のグループに誘われた。小埜木さんは花人であり、そのグループは全員、花人だった。学年もばらばらだし男女も交じっていて計十人。花人の生徒の四分の一がいる計算になる。「活動場所」というかいつもメンバーが集まっている場所は中庭にある円形のベンチで、私はリーダー格の一人らしき小埜木さんに連れられて皆に紹介された。私は歓迎された。これまで妹にしか言えなかった愚痴や不満を、皆「分かる分かる」と笑顔で聞いてくれた。話を聞いてみると、小埜木さんはもちろん、他の全員のメンバーが、私と同じような目に遭っていた。親の期待が過剰。少しでも成績が下がるとサボりまくっていたかのように言われる。努力を認めてもらえない。私はオアシスを見つけたと思った。その時は。

　だが二日目、三日目とそのグループに顔を出すようになって、違和感を覚えた。彼らは揃って寛容で、聞き上手で、皆、他人の言葉を否定しなかったし、教養があって当意即妙の返しをしてくれ、私が難しいことを言っても嫌みにとったりはしなかった。だが一方で、話題の八割が「常人の悪口」だった。小埜木さんは積極的に喋る人だったが、彼女の話題は九割方、その日耳にした常人の無能さ、論理的誤り、理解力のなさなどを示すエピソードだった。他人の話に途中から参加しても気がつくと話がそちらの方向になっていた。身のまわりの常人たちの無教養さ、常人タレントの差別的な発言、そういったものを次々取り上げては「まあ常人っていうか肉人はね」と差別用語で締める小埜木さんは早口で声が大きく、目は活き活きとしていた。喋る彼女を見ている時より、自分が彼女に乗って常人の悪口を言っている時の方が違和感があった。これは違う、と思った。妹なら「これまでさんざん差別されてきたんだから、多少の逆差別は仕方がない」と言うかもしれないのだが。

　私は小埜木さんのグループと徐々に嚙みあわなくなっていき、じきにそのグループから離れた。小埜木さんは誘いを断り続ける私に何も言わず、「ふうん」と単に興味をなくしたようだった。「ふうん」の後に「あんたは常人にごま擂って生きてくんだね」という言葉が続くような気がして、私は誘いを断ると、いつも急ぐふりをして小走りで離れた。

　私は再び居場所をなくした。常人たちの間にはいられないけど、花人のグループとも合わない。

結局、それで私が出した結論は、「一人で好きなことをやろう」だった。学校に友達なんていらない。世の中には一人でできる楽しいことがいくらでもある。小埜木さんたちのように常人への恨みを吐いて怒り続けるのも、あるいは幸せかもしれない。でも私には合わなかった。だから私は、私のやり方で勝手に楽しむ方が好きだ。どうせ差別はなくならないのだ。人間とは愚かで醜いものなのだということは歴史が、現在の世界情勢がいやというほど証明している。そのことに怒り、正義のために尽くす一生もいいかもしれない。だが私は、この人生を楽しみたいのだ。選挙には必ず行こう。署名にもデモにも、必要と思ったら参加しよう。だけど、差別と闘うことだけに一生を捧げるほど、私には根気がない。それよりも、怒るだけ怒ったらすぱっと切り替えて、楽しくやった方が絶対、得に決まっている。

私はほどほどに勉強して大学に行き、高校のそれよりだいぶ専門的で楽しい大学の授業で単位をとりまくり、慣れてくると楽しいバイトでお金をかせぎ、外国語を勉強して海外旅行に行った。もちろん防犯と護身術も学んだ。武道は人間の肉体をいかに合理的に使うかをつきつめた一種の科学で、やってみるとこれも楽しかった。

そして大学二年の時、その心得がたまたま通りかかった店で暴れている男を取り押さえるのに役立った。店の人からは感謝され、通行人から拍手され、駆けつけてきた警察官にも褒められて、単純な私は「警察官も悪くないな」と思った。花人の警察官は少なく、だからこそできることもあるかもしれないと思ったのだ。

妹とは時折、電話で話す。差別禁止条約をいつまで経っても批准せず、テレビを始めメディアは差別を助長し、国会で差別を合法化する法案が審議されている。妹はそんな日本にとっくに愛想を尽かし、一昨年からカナダに移住している。差別はないし、あってもすぐに糾弾され正されるし、何より個人を個人として尊重してくれる。こっちは天国だよ、お姉ちゃんも早く来なよ、と妹はいつも言う。花人を差別して重要なポストに就かせなければ、その分だけ経営陣の能力が落ちる。差別に嫌気がさして優秀な花人が海外に逃げていく。日本の常人たちは自ら首を絞め、日本の国際競争力はどんどん下がっている。あんな国に未来はないよ、と妹は言う。

確かにそうなのかもしれなかった。だが私はこの国で警察官になることを選んだ。愛国心とか愛郷精神ではないし、その場に留まって闘うことを選んだというのでもない。差別を理由に日本を出る方が、かえって差別の存在をずっと意識し続けることになる気がしたのだ。あと、単に面倒だった。結局、ただそれだけの理由で私は日本に残っている。

もっともこんな状況じゃ、いずれ出るかもしれない。私は駅に向かって歩く。一度立ち止まって振り返ったが、デモ隊の姿はもう見えなかった。

第3章

1

（水科　此花）

ごめんなさい！　急遽別の仕事が入ってしまいまして、二十分程遅れます。先に電車に乗っててください！

（自分）

了解です。バラバラに行っても逆に面倒っぽいし、改札で待ってます。

（水科　此花）

急ぎます！　ちなみに「妙ちくりん」はショコラと抹茶とティラミスどれがいいですか？

（自分）　状況説明を＊

（水科　此花）　課長が群馬帰りで、伊勢崎土産です。あ、宇治金時もあるそうです。二つまでどうぞ。

（自分）　じゃあ抹茶と宇治金時で。ありがとうございます。

携帯をしまって地下鉄桜田門駅の階段を下りる。何やねんこのやりとりは、というつっこみがどこかから聞こえてきそうでもある。警察官同士の業務連絡のはずなのだが、気軽に個

＊　群馬県銘菓。「妙ちくりん」は店名であり、商品名は「〇〇大福」。シンプルな大福だが定番の「おぐら大福」「黒ごま大福」から「マンゴー」「ラムレーズン」はては「モンブラン」「濃厚レアチーズ」まで十数種類があり、チロルチョコのように楽しい。

人の携帯でSNSをしている。山谷画魂殺害事件後のごたごたでまだ美術館には行けていないが、なんだか仲良くはなっている。だが理由は最近たて続けに組むことになっているからで、その結果生じている現在の社会状況を思えば、素直に喜ぶこともできない。

事態は明らかに進んでいた。これまで史上一件もなかった花人による殺人事件が、たった数ヶ月の間に二件、たて続けに起こった。これが偶然のはずがない。「22日　神田」の記述。あれまで偶然かもしれないなどと考えていては刑事失格だ。

そして今、それどころではなくなっているのだった。のんびりしたSNSのやりとりの裏で、俺たちは時代の濁流を感じている。ああここまで進んでしまった、という感覚。災害や大事件の報道を見ている時にも感じる、とりかえしのつかないことになっている、という無力感だ。

三件目の事件が発生した。これからその現場に行く。

現場は品川区立会川にある歯科医院「牧デンタルクリニック」の前庭内。だが被害者はこの医院の関係者ではなく、与党系の品川区議である林結香（四三）。美人区議としてSNSなどで一部人気を博していた一方、「わたしたちの勇気で違法花人を日本から追い出しましょう」などと発信してしばしば問題となっていた人物だ。こんな人物が区議をやっていられることの方が問題だと考えるべきなのだろうが、殺された今ではそれどころではない。

とうとう政治家が殺されたのだ。前回の山谷画魂も有名人であるため社会的影響は大きかったが、いち区議とはいえ政治家となると桁違いだ。それに自分が関わる。正直、それでもいつも通りの水科さんに驚嘆している。

死体発見は今日の午前九時二十五分で、第一発見者はこのクリニックによく来るという患者だった。死因は脳挫傷で凶器はハンマーのような鈍器。この時点で死後一時間から三時間程度とされたが、被害者はジョギングウェアを身につけており、夫の証言から午前七時過ぎに日課のジョギングに出たということが分かっているため、ジョギング中、少なくとも八時二十五分頃までの間に何者かに襲われ、クリニックの前庭に運び込まれたものとみられる。

当然、なぜ牧デンタルクリニックに、という点が気になるところだが、問題はこの歯科医院のスタッフ構成だった。牧デンタルクリニックのスタッフは総勢六人で全員女性、この日出勤しておらずアリバイも確認された二人を除く四人が容疑者になるのだが、院長で口腔外科医の牧志保（しほ）（四一）、歯科医師の廿浦美波（つづうらみなみ）（四四）、歯科助手の多和田聡子（たわださとこ）（五一）、医療事務員の山村愛美璃（やまむらえみる）（二六）のうち、事務員の山村愛美璃を除く三人が花人なのである。どうか無関係の外部犯、または山村の犯行であってくれ、という、これから捜査に当たる刑事としては有害無益そのものの祈りが出そうになるのをこらえている。殺されたのは政治家だ。意味合いが違う。

そしてそろそろ昼だが、捜査本部はまだ立っていない。上は今頃、重大な判断を迫られているだろう。マスコミにどう発表するか。区議殺害というだけでニュース速報が出るレベルだが、それが花人差別の急先鋒で、現場が花人ばかりの歯科医院となれば、日本犯罪史上に残る政治的テロという言い方すらできる。牧デンタルクリニックの名前を出せば、そこのスタッフが花人ばかりであることは早晩、気付かれて知れ渡る。現場の詳細については厳重に箝口令（かんこうれい）が敷かれていたが、明かさずに発表ができるものだろうか。なぜ隠している、と追及されれば、ばれた時に逆効果になりかねない。一番いいのは容疑者が花人差別問題と無関係で、牧デンタルクリニックの前庭に死体が運び込まれたのはただの偶然だとはっきりすることだ。だがおそらく現在のところ、そうはなっていない。騒ぎを大きくしないためにどこまで、どう発表するか。考えているだけで胃がぎりぎりと締まる感覚があるが、むろん俺たち現場が考えることではない。俺たちにできるのは、せいぜい早く見通しを立て、上の助けになる情報を一つでも多く上げてやることだ。

　だがなあ、と思い、誰も下りてこない階段を見上げる。こっちは例によっての草津班だ。捜査本部が立っていない以上、本部の人員はまだ現場に入っていない。機捜と所轄、それに俺たち草津班だけでなんとかするには、少々荷が重い。

　階段の上にスーツの人影が現れたので水科さんかと思ったが、違った。だが壁際に背中をつけて道を空けようとしたら、人影は俺に声をかけてきた。

「あ……すみません。あなた火口巡査部長ですよね。一課の」

　五十がらみの男。警察官だろうか。だとすれば上司かもしれないが、マスコミ関係者の可能性もある以上、こちらからは答えられなかった。「あなたは」

「あ、失礼」男は手を振りながら下りてきた。笑顔である。「警務部、通訳センター二係長の福島(ふくしま)です。うちの水科がいつもお世話になっています」

「あ、どうも」上席だ。脚を揃えて敬礼する。「強行犯捜査五係、火口竜牙であります」

「水科君から聞いた通りですね。信用できそうだ」福島係長はうんうんと頷く。「ところでうちの水科、どうですか？　真面目なので、ちゃんと働こうとしているとは思うんですが」

「ええ、優秀ですよ」胸ポケットに手を入れる。名刺を出すかどうか悩んだが、やめた。

「いい人を寄越してくれてありがたい、とうちの班長も言っています」

「班長、草津さんですよね。うーむ……」俺の手元を見て福島係長も名刺を出そうとするのをやめたようだった。「草津さんの噂は聞いていますが。……頼れる方ですか？」

「確かにあまり……積極的に動くタイプの人ではありませんが」どうもなあ、と言いたげだったので、この人もある程度のことは知っているらしい。「ただ、素晴らしい洞察力でいつも助けられている、というか、あの人が一番活躍しています。頼りになりますよ」

「へえ。それはよかった」福島係長は少し声を低くした。「ところでうちの水科、ちゃんとやっていますか？」

目の色が変わったな、と思う。こちらが本題のようだ。「ええ、それはもう」

福島係長はすっと視線を外し、何もないはずの階段の壁を見る。「いえ、なにしろ花人絡みがこんなことになってしまっています。あの子も花人だ。何か辛そうな様子はないか、と心配でして」

「特にないかと思います。割り切っているように見えますが……」

「ならいいんですがね」福島係長は肩のあたりを掻いた。「私も心配でしてね。もし何か、少しでも気になるようなことがありましたら連絡をください。上司としてご相談には乗れますので」

結局お互い頭を下げて名刺を交換し、では、と別れる。福島係長が階段を下りて踊り場の先に消えるまで見送ったが、そこから視線をそらす気にはなれなかった。

……今のは何だ？

明らかに探りを入れられていた。いきなり話しかけられたことに違和感があったので、あえて胸ポケットに手を入れてみたのだが、福島の目は俺の手をしっかり追っていた。録音を警戒していたのだ。ただ単に自分の部下の働きぶりをちょっと聞いてみたかった、というだけの人間が、録音など警戒するはずがない。

通りかかったこと自体はさすがに偶然だろう。俺を見つけてちょっと話を聞いてみた、というだけだ。だが福島は何かを調べている。

「公安、監察室、公調……は、ないか」

小声で呟き、渡された名刺を見る。偽者ということはないだろうが念のため確認が必要だ。

偽者だったとしたらただのマスコミ関係者ということになり、そちらの方が楽だ。だが警視庁自体が水科さんを調べているとなると、その理由が気になる。単に花人だというだけで人を動かすだろうか。

それとも、彼女にはもともと何か、マークされるような要素があるのだろうか。

火口さん、と呼ばれたので振り返ると、小さな紙袋を提げた水科さんが下りてきた。

「お待たせしました。宇治金時は先輩に取られてしまったので、かわりにレアチーズです。本当は箱に納まっている状態が可愛いんですけど、それはまた今度で」

宇治金時とレアチーズの互換性は不明だが、水科さんはいつも通りの笑顔である。

2

京急立会川駅付近にある現場は建て込んで狭い路地の一角にあるわりにはすぐに見つかった。周囲はトラックが曲がれないレベルの路地に肩を押しつけあうように戸建てが密集する区画の中で、一ヶ所だけ敷地が広く、薔薇の蔓の絡んだ優雅な門構えがあるため、そこだけひどく異質で目立っていた。通常なら華麗さが良いイメージで印象に残るだろうが、今では逆効果になっているだろう。門の奥にあるクリニックの前庭も芝生がきちんと整えられ、英国庭園風な優雅さを見せているが、さすがにこの状況となると、水科さんは植えられた薔薇やプランターのパンジーにはさして反応せず、まっすぐに門に向かった。マスコミや野次馬が殺到していたら厄介だと思ったが、前の路地ごと黄色い規制線で封鎖されていることもあって通行人はいない。現場周辺は静かなもので、向こう側のテープの外に学生らしき男性が一人いたが、俺たちがテープをくぐるといなくなった。都心の住民は田舎と違って物見高くないのがありがたい。他人に興味がなく目撃証言などが得にくいという部分もあるが。

草津さんは門柱にもたれかかり、例によって携帯をいじっていた。本来なら死体のあった場所を観察しているか中で関係者に話を聞いているかしていなければならないはずなのに、使えないバイトみたいな人だ。

「いや歯医者って苦手なんだよ。分かるだろ」草津さんは肩をすくめて柵越しに前庭を覗き、中に猛獣でもいるかのようにすぐに目をそらした。「あいつら他人の歯を削るのが趣味なんてサディストだろ。お前らも聞き込みの時、油断するなよ。少しでも油断すると歯、削られるかもしれん」

「んなわけないでしょうが」全国の歯科医師に謝るべきだと思う。

「いや絶対サディストだ。あの機械のギュイイイン、って音だって絶対わざと鳴らしてる。現代の技術がありゃ、もっとサイレントにやれるだろ」

「俺に文句言わんでください」

「硬いエナメル質*を削る関係上、回転切削器具にはある程度のパワーが必要になるんです。

一方で片手で扱えて口腔内に入るサイズにしなければならないため、どうしても小型で高速回転、しかも駆動部近くにタービンを付けなくてはならないということに」水科さんはなぜか申し訳なさそうに目を伏せる。「でも最近は静かなマイクロモーター駆動で、しかもタービン並みにパワーのある五倍速コントラが普及してきていますから」

「ほほおう」

「へええ。いや水科さんそこの解説はいいから」つい感心して聞き入ってしまう。どこでこういうことを覚えたのだろうと思う。

「詳しいじゃねえか。なら歯医者と話も合うだろう。任せた」草津さんは門の中を親指で指す。「あと、そこに第一発見者がいるからあれにも話、聞いとけ。常連の患者だ」

「『常連』？」

「なんでもここで歯石を取ってもらうのが大好きで、月に一度は通ってくるんだとよ。歯医者が好きなんて信じられるか？　変態だ変態」

「そこまで言わなくても」

「仕事が好きなお前らも変態だから話は合うだろう。頼んだぞ」草津さんは携帯を見ながら

＊　歯の一番外側の硬い層。う蝕（虫歯）がここまでならあまり痛くない治療が可能で、歯磨きやキシリトールなどである程度修復も可能。自覚症状はあまりないが、冷たいものがしみることはあるので、冷たいものでしみるようになったらすぐ歯医者さんに。

歩き出す。「俺はミュウツーを育てなきゃいかん」

「仕事中にポケモン育てないでください」

「あっ、草津さん。『妙ちくりん』の大福、どれがいいですか」

「チョコ」

「子供か。ていうか水科さん、手土産渡して送り出してどうすんですか」

「あっ、つい」言いながらも紙袋を探り、抹茶と宇治金時を出す。「火口さんの分はこちらです。宇治金時、先輩と交渉して取り戻しましたよ」

「……ありがとう」

親指を立てられても困るしポケットに大福を突っ込んで聞き込みをする刑事というのもどうかと思うが、それ以外に手がない。ちょうど蒸し暑くて汗ばんできたところだ。ジャケットは脱いで腕にかけた。ついでにさっと門の中に入り、草津さんの指した男に暑いですね、と話しかける。

「あんたらも刑事さん？　ご苦労さん」第一発見者だという門馬正一（六二）はなるほど歯科医院通いをしているだけのことはある、という白い歯を見せ、上司のような口調で俺たちを労う。「まあ現場百遍って言うしな、結局、最後にものを言うのは基本だと思うよ」

「ありがとうございます。まさにそれでして。何度も同じようなご質問をして恐縮ですが」

「いいってことよ。えっ、何。こっちの綺麗なお姉ちゃんも刑事？」門馬は鼻を鳴らして水科さんを見上げる。背がだいぶ小さいので遊んでもらいたがっているイヌに見えなくもない。

「しかも花人か。へぇえ。やっぱ花人のお姉ちゃんはみんな綺麗だねえ」

水科さんはすっと営業スマイルになり「ありがとうございます」と微笑んだ。

なんとなくやりとりをさせたくないので俺が前に出る。「門馬正一さんですね？　こちらの『常連』とのことでしたが」

「おう。常連も常連。月に一度は通ってるよ」門馬は白い歯を見せてにやついた。「へへ。だってよ、ここの先生会ったかい？　どっちもすげえ美人だろ。あんな美人が俺の口の中に指を入れていろいろしてくれるわけよ。へへ」

変態だった。「今日は九時頃にここにいらして、その時は死体はなかった。だが診察後の九時二十五分頃、帰る際に死体を見つけた――で、間違いありませんね？」

前庭の隅を指す。すでに死体は搬出され白線になっているが、膝程度の高さの植え込みと背後のブロック塀の間から両脚部分が覗いているのが見える。

「おお、びっくりしたよ。どう見ても脚だからさ」門馬は頷く。「病人かもしれねえっつんで駆け寄って見たらさ、いい体した女が血、出して倒れてるだろ？　どう見ても死んでて、まあ、こう、脚を投げ出してる感じとかわりと色っぽかったけど、やっぱりびっくりしたし、可哀想だったね」

不謹慎極まる変態ぶりだったが、病人かもしれない、と思って急いで覗いてみたというのだから悪人とは言いきれない。

前庭を見回す。証言にも不自然なところはなかった。確かに俺たちが立っている飛び石の上を通って門から玄関まで出入りした場合、携帯に夢中にでもなっていない限り、見落とすことはまずない。

死体が運び込まれたのが九時から九時二十五分までの間だとすると、その時間医院内にいた門馬が何か見ていそうなものだったが、質問しても門馬は首を振った。確かに医院の窓はすべてブラインドが下がっており、入ってしまうと前庭の様子は分からない。

門馬にくれぐれも本件のことは他言しないように、と頼んで頭を下げる。他の捜査員からも毎回言われているらしくああ、と手を振っているが、黙っていてくれそうなタイプには見えなかった。マスコミが彼を嗅ぎ当てたら終わりで、それはほんの二、三時間後のことかもしれない。日本中に激震が走り、急流が滝になる。だが綺麗に整えられた前庭の芝生や建物の外壁タイルはあくまで静かで、今の状況に実感がもてなかった。

周囲を見回したため、入口ドアの上部についているものに気付いた。監視カメラがある。こちらを向いている。

同じタイミングで水科さんも気付いたらしくこちらをつついてくる。位置的に、犯人が被害者の死体を引きずって植え込みの陰に置くとなると、あのカメラに必ず映るはずだった。

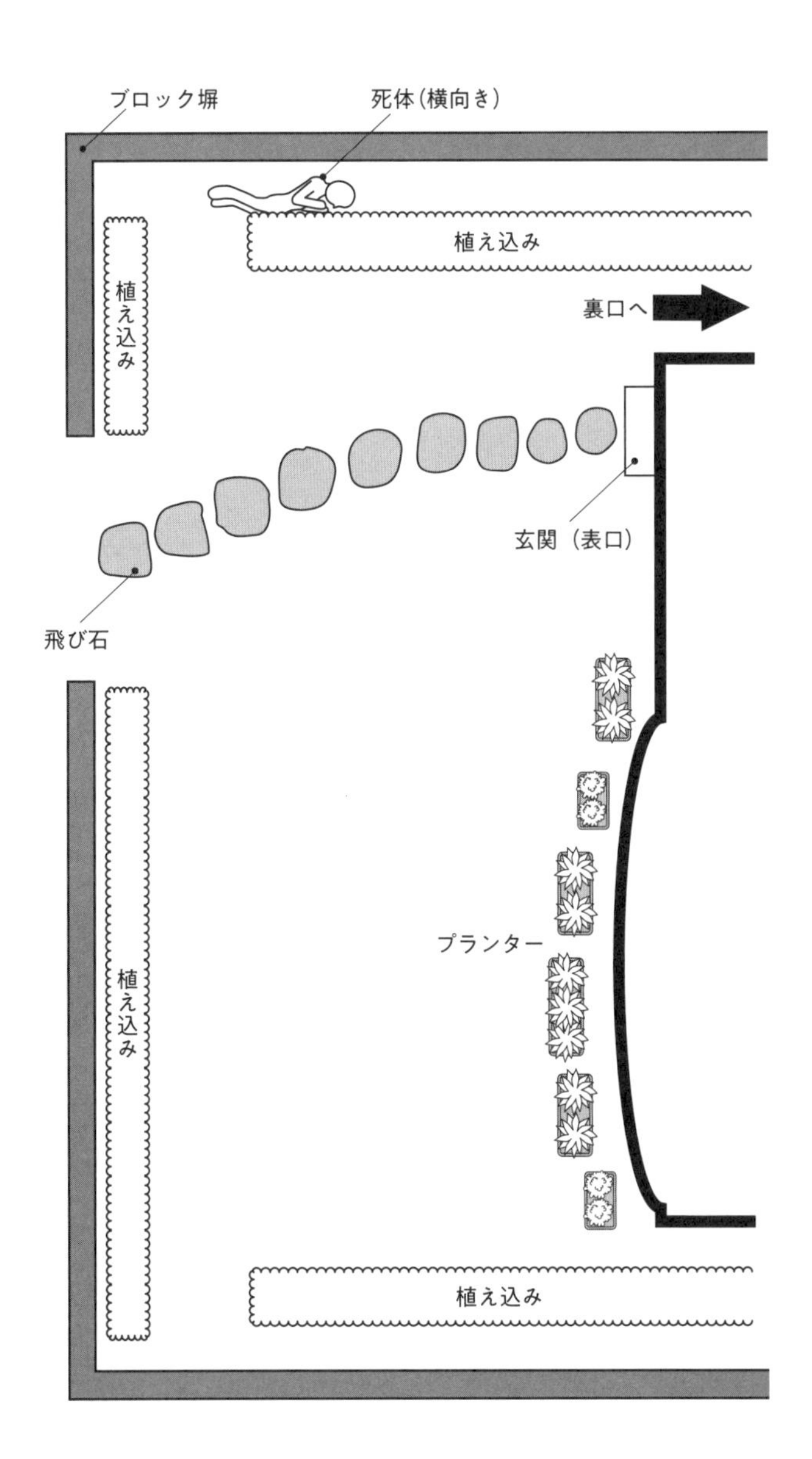
ブロック塀
死体（横向き）
植え込み
植え込み
裏口へ
玄関（表口）
飛び石
プランター
植え込み
植え込み

「……はい。申し訳ありません。あのカメラは故障しているんです。たまたま修理業者が空かず、修理は来週頭の予定で」待合室のソファに座っていた歯科助手の多和田聡子は、その必要はないのに立ち上がり、頭を下げた。「なので、映像は」

「いえ、その点については結構です」水科さんが手で多和田を制する。「ちなみに、その話を患者さんなどにしたことは」

多和田は首を振る。防犯上も、わざわざ外部の者にする話とは思えない。水科さんと視線を交わす。彼女も当然分かっている。カメラの存在は外からもすぐ分かるにもかかわらず、犯人は前庭に死体を運び込んでいる。つまり、このことを知っていたのだ。

かちり、と音がして、窓の上にある壁掛け時計が電子音のメロディを奏で始めた。エルガーの〈愛のあいさつ〉。

牧デンタルクリニックの関係者が犯人であることはもう間違いがない。だがそうなると奇妙な点があった。死体が運び込まれたのが「九時から九時二十五分の間」だとすると、すでに診療が開始され、待合室、または治療室に門馬正一がいたことになる。

「門馬さんの治療の間、みなさんがどこにいたかはご記憶ですか」

水科さんも同じことに気付いた様子で質問した。その後に二言三言、超話を入れたようだ。他言しないので心配ありません、とでも付け加えたのだろう。多和田聡子はかすかに眉を上げ、それから頷く。

「院長と廿浦先生が施術に当たりました。山村さんは受付のカウンターに。私は倉庫に入ったり、治療室内で次の患者さんのための用意をしたりしていました」

多和田聡子の視線を追ってカウンターと、その向こうに見える治療室を見渡す。確かに院内は見通しがよく、特にカウンターからは待合室と治療室が見渡せる。四人の位置はお互いから見えていたわけで、表口はもちろん、治療室の奥にあるドアからロッカールームを通って裏口に出ていくことも不可能だろう。つまり。

嫌な予感がした。もはや予感という不確定のものではなく、はっきりとした確信だった。犯行可能な人間がいない。これまでもそうだった。水科さんと、草津さんがいて。そしてこうして壁にぶつかるのだ。つまり、犯人は。

身が竦むような不吉な波動を全身に感じる。だが立ち止まってしまうわけにはいかない。俺はつとめて何もないふうを装い、多和田の動向を訊いた。出勤してきたのは八時十五分頃。裏口から入ったので前庭の様子は見ていない。他の三人はすでにいて最後だった。それから九時までの間は基本的に院内にいたが、廿浦から頼まれ、一度だけ表口から外に出た。

「八時二十分頃、ポストに郵便を。すぐそこなので二、三分でカウンターに戻りましたし、山村さんも見ていると思います」多和田はやや緊張した様子で証言した。「前庭を通りましたが、倒れている人は見ていません」

大井署の捜査員は手際よく関係者四人をばらばらにしているようで、事務員の山村愛美璃は裏口を出たところに立っていた。ちょうど他の捜査員が話を聞いている最中だったので同席させてもらったが、多和田聡子の証言と食い違う話は出てこなかった。八時十分頃に廿浦と一緒に裏口から入り、その後はずっとカウンターで診察の準備をしたり電話を受けたりしていた。場所的に表口のすぐ前なので、八時二十分頃、多和田聡子が郵便を出すと言って出ていき二、三分後に戻ってきたことと、その少し後に歯科医師の廿浦美波が庭にいるボーダー・コリー（牧志保の愛犬）の世話のため、「三、四分」外に出ていたのは見たが、九時から九時二十五分までの間では、外に出た関係者はいないとはっきりと証言した。

「横からすみません」大井署の捜査員に手で詫び、裏口のドアを指さして山村に質問する。「職員は全員、いつもここから出入りしているんですか？」

「はい。こっちの方がちょっとだけ駅に近いし、表から入るとたまに患者さんに鉢合わせしたりで気まずいとか、あるんで」

よく通る声質だということもあり、山村はどことなく軽やかな調子で答える。楽しげ、というほどではないが、刑事に事情聴取されるという状況に高揚しているようにも見受けられた。体型がふっくらしているせいで陽気に見える、という偏見も手伝っているのかもしれなかったが、さっきの多和田と比べて深刻度がないのは、やはり常人だからだろう。おそらく彼女は、このご時世に花人ばかりのクリニックで死体が発見された、ということの重大さが分かっていない。

隣の水科さんがかすかに肩を落としたのもそのためかもしれない。だが彼女は内面を顔に出すことなくかすかに口を開けた。山村に向けて超話をしているようだ。

おそらく山谷画魂の件同様、「隠れ花人」の存在を疑ったのだろうが、質問を続けている大井署員はもとより山村も、超高周波で話しかけられているとは全く気付かない様子で水科さんの方を見もしなかった。

続けて質問しようとした大井署員がさっと手を上げ、山村を裏口から中に案内する。「続きはあちらで」

大井署員がちらりと振り返った方を見ると、裏の路地の反対側、規制線のむこうにカメラを構えた男がいた。記者だ。警察発表はまだだというのにもう嗅ぎつけてきている。

急いで目をそらし、腕を上げて水科さんを隠すようにしながら裏口に入った。彼女は目立つし、容貌から花人であることもすぐに分かる。ドアをくぐったところで背中にシャッターを浴びせられたようだ。振り返って怒鳴りたいがそれはできない。

包囲されている感覚があった。隠せない。それまでに解決の目処を立てたいが、与えられた時間はとても少ないようだ。

院長の牧志保は治療室の奥に立ち、捜査員の質問を受けていた。さすがに治療台に座るわけにはいかないのだろう。衛生第一のはずの治療室に、スリッパに履き替えているとはいえ何人もの捜査員が出入りしている状況を見ると申し訳なく思う気持ちもある。飾り気のない眼鏡をかけて真面目な印象の牧志保は、もちろん草津さんが言うような恐ろしい印象は全くなく、おそらく医院の今後のことを考えてだろう、質問にはてきぱきと答えているものの、かなり憔悴した顔を見せていた。

「……被害者のことは何も知りません。当院に来院されたこともありませんし、従業員の知りあいとも思えません」

捜査員の横に立って話を聞いていると、時折ふと百合の香りがする。おそらくさっきの多和田聡子もそうだったが、院長の牧志保も花人であることを隠していない。むしろ前庭の華やかさと同様、あえてアピールする方向で営業していたのかもしれない。そうであるならば、患者も皆、ここが「花人のやっている歯医者」だと知っている、ということになる。

ということは……理不尽な話だが、すでに牧デンタルクリニックは破綻が決定していると言えた。院長及び従業員の大部分が花人で、おそらく患者も多くが花人。そこで花人へイトの急先鋒が殺害されたとなれば、それだけで常人の差別主義者からは激しい攻撃にさらされる。仮に事件の背景に牧デンタルクリニックが全く関わっていなかったとしても関係がない。差別主義者はデマでも陰謀論でも持ち出してこの院長をテロリスト扱いするだろう。彼らの目的は少数派だったりすでにターゲットにされていたりして立場の弱い者を「叩いて気持ちよくなること」自体だからだ。

人のいない治療台が三つ、同じ方向を向いて沈黙している。事実の如何に関わらず、ここが使用される日はもう来ないかもしれなかった。そしてその補償は誰もしてくれない。

「私は八時に来ました。裏口から入ったので、前庭の様子は分かりません」牧は溜め息を交えて言う。「八時半頃、プランターに水をやるのを忘れていたことに気付いてざっと外をひと回りし、裏口から戻りました。前庭の様子は見ていますが、死体はなかったはずです」

大井署の捜査員が、そのことを証言できる人は、と訊く。

「裏口から出て裏口から入ったので、もしかしたら誰も見ていないかもしれません。皆、朝はばらばらに動き回っていますし」牧は首を振った。花人は総じて、自分に不利な発言でも正直にする。「ですが三、四分のことです。うちはこの通り狭いですし、それこそ皆がばらばらに動き回っているので、五分も十分もいなくなっていれば誰かが気付くはずです」

証言されるまでもないことではあった。そしてその事実が、もしかしたら、と考え始めていた最後の可能性までも否定する。つまり、門馬正一が何らかの理由で、九時に来院した時に死体を見落としていた可能性だ。もしそうであるならば、死体が運び込まれたのは九時より前で、牧志保がプランターに水をやっていた八時三十分より後、ということになる。この時間帯ならまだ門馬正一は来ていないし、そっと医院を抜け出し、どこかに隠しておいた死体を前庭に置き、何食わぬ顔で院内に戻って開院準備を続けることも可能かもしれないと思ったのだが。

外に出ていられるのがせいぜい三、四分では、裏口のすぐ近くに死体を置いておかなくてはならない。そしてそれらの痕跡はすでに機捜と大井署が調べているだろう。何も出ないということは、この推理は外れなのだ。そしてやはり、犯行可能な人間が一人もいなくなる。

携帯が震えた。一歩下がって画面を見ると、草津さんからＳＮＳの着信があった。

伝説のポケモンゲット
（草津　佳久）

こんな時に何を、と思ったが、添付されている画像を見て驚いた。アスファルトの路面と、運河沿いのフェンス。その土台になるコンクリートに、赤黒い点が散っている。画素は粗いが、はっきりと分かる。血痕だ。

「水科さん」

彼女をつついて下がらせ、携帯を見せる。地図も添付されていた。ここから少し離れた運河沿い。どうやら、そこが現場のようだった。

3

「今、大井署の方が鑑識を連れてくるそうです」水科さんは電話のマイクを手で塞いで俺たちに言い、牧デンタルクリニックの方角を振り返った。「急いで来たとして、五分程度、ですね」

「ま、そういうことだ。ほら、すごいだろ?」

「いえ、それはいいですけど」ポケモンが表示されている草津さんの携帯から目をそらす。

「草津さん、これを探していたんですね」

「んなわけねえだろ。たまたまだ、たまたま。ジョガーって連中は川沿いに集まるからな」

草津さんはまた携帯をいじり始めた。「前世がアオサギか何かなのかね? 俺からしてみりゃ、わざわざ暇を見つけて疲れにいく、っていう時点でよく分からん。変態だな」

「川沿いの道は人通りも交差点も少ないですから」変態とまで言われた。俺も休日の朝か夜には走っているのだが。「しかし、ここから現場まで死体を運ぶとなると……車を使っても、五分やそこらではききませんね」

周囲を見回す。運河沿いの路地は道幅が狭く、並ぶ家々の鼻先を通っている。現在でも人通りがないくらいなので朝七時過ぎなら尚更だろうが、車を入れるとなると目立つ。それに。

水科さんが電話のマイクを押さえて振り返る。「現場周辺の不審車両は大井署の方ですでに捜索したそうですが、二輪も含め、出ていないとのことです。これは午前八時頃から医院にいた牧デンタルクリニックの関係者も揃ってそう証言しています。周辺のコインパーキングも照会中ですが、どれも少し離れた位置にあるので、そこに停めてもあまり意味がないかもしれません」

そうなのである。ここから徒歩で現場まで死体を持っていくとなると、台車を使っても時間がかかりすぎるし、目立ちすぎる。となれば犯人はあらかじめ下調べした被害者のジョギングコースに車を停めて待ち伏せ、被害者を殺害して車に乗せ、現場付近に路上駐車したまま裏口から出勤、八時以降のどこかで外に出たついでに死体を前庭に置き、何食わぬ顔で勤務に戻った、ということになる。これ自体は急げば可能に思えるが、路上駐車したままの車両を片付ける時間はない。出勤後、医院の外に出たのはポストに郵便を出すため「二、三分」出た多和田聡子に、犬の世話のため「三、四分」前庭に出ていた廿浦美波。そしてプランターに水をやって回り「三、四分」で戻った牧志保。その三人ともが一度は外に出ているが、外の車両に乗り込み、近くのどこかに車両を隠して徒歩で駆け戻る時間はとてもない。

地面の赤黒い染みを見る。新しさからして間違いないだろうが、この血痕が本当に被害者のものだったとして、結局、事件がより不可解になっただけだ。死体は少なくとも八時三十分頃までは現場になかった。そして九時二十五分に出現した。容疑者は関係者の四人だけ。

なのに皆、最大で四分程度しか外に出ていない。車両を片付けて戻るどころか、死体を前庭に運び込んで戻るだけでも困難だ。

ばたばたと足音がし、ロープやテープなどを肩に巻き、手に取り、いかにも押っ取り刀で駆けつけた、という様子の若い制服警官が二人来た。とにかくすぐ現場保存だけしとけ、と走らされたのだろう。血痕の位置を示し、一応本庁から来た巡査部長という立場なので、「通行人から血痕だと分からないように、広めに規制線を取ってください」と指示してそこを離れた。

あとは鑑識の仕事だ。こちらは残った歯科医師の廿浦美波に話を聞かなくてはならない。もっとも、この状況を一発でひっくり返すような新事実など、想定すらできないのだが。


予想していたことだが、廿浦美波と一緒にいたボーダー・コリーのブリギッド君に、うちの捜査員が舐められ続けている。ただし草津さんである。意外なことに犬が好きらしく、「おお、よしよし」と初孫を抱くような猫撫で声で接している。水科さんの方はブリギッド君の背中を撫でつつ話す廿浦に質問しながら、ブリギッド君をちらちら見たり時折小さく手を振ったりしてもじもじしながら耐えている。仕事に関しては真面目なのである。

ブリギッド君に関する話は廿浦から聞けた。院長である牧志保の愛犬で、普段は彼女の家にいるが、診療時間中は敷地内で放し飼いにされているらしい。前庭も裏口側も自由に移動するが、敷地外に出てはいけないということはちゃんと理解しているようで、これまで脱走したことはないらしい。人が好きで大人しいので患者たちにも可愛がられ、とりわけ歯医者を怖がる子供の患者の助けになっている一方、不審者に吠えかかって追い払った実績もあるとのことである。

「か、賢い犬種ですもんね」水科さんは触りたくてうずうずしている様子で、声が震えている。「研究結果も出ています。最も賢い犬として」

水科さんをつついて囁く。「花人の体臭に反応するか見たいから、ちょっと触ってきて」

「はいっ」水科さんは目を輝かせて敬礼し、ブリギッド君に挑みかかっていった。「ブリ様ー。わおーん」

「八時二十五分より少し後、このブリギッド君の世話のため一度、前庭に出たそうですが」ふわふわの首に抱きついて頬ずりをする水科さんを横目で見る。「その時には何も見ませんでしたか？　たとえば死体でなくとも周囲の、いつもはない場所に停まっていた車など」

「何も見ていません。ブリギッドもいつも通りでしたし」廿浦は記憶を喚起しようとしてから前庭を見回し、門の外を見た。「ただ、考えてみればおかしいですよね。ブリギッドは九時から九時二十五分までの間、おそらく一回も吠えていないと思います。やたらに吠える子ではありませんが、死体を運び込もうとする人間などがいれば吠えているはずです」

「確かに」

そう言うに留める。それこそがつまり、犯人がブリギッドに吠えられないような——つまり彼がよく馴れているここの関係者だというもう一つの証拠である。

だが驚くべきことに、甘浦は自分からそう言った。

「犯人がうちの関係者なら、ブリギッドも馴れていますから、吠えないのも分かるんです。でも運び込んだ後はどうでしょうか。『倒れている人間』です。この子なら絶対に、人を呼んでこようとして吠えるはずです。でも門馬さんはブリギッドに教えられたわけじゃなくて、自分で死体を見つけたんですよね？」甘浦はブリギッドを見て目を細める。「じゃあその時、この子は何をしていたんでしょうか」

「事件後に見た時、様子がおかしいところはありませんでしたか」

「いいえ、何も」

薬物で大人しくさせられていた可能性もないようだ。もっともすぐに効いて犯行後にすぐ解ける麻酔など存在しないから、この線はもともと薄い。

だがそこで、下方から声がした。「分かっただろ、これで」

草津さんだった。しゃがんで芝生に膝をつき、ブリギッド君に自由に顔を舐めさせながら、しかし視線は植え込みの陰の白線を見ている。「死体はあの位置にあったわけだからな」

草津さんはブリギッド君の頭を撫でながらゆっくりと立ち上がり、ポケットに手をつっこんで門の方に行ってしまう。

「草津さん」

「腹減ったからアイス買う」草津さんはつまらなそうな顔で手をひらひらと振る。「ついでに大井署だ。御国管理官がそろそろ着くだろ」

「しかし、ここは」

「ここにゃもう何もねえし、あっても要らねえ……が、そうだな」草津さんはそれでも立ち止まり、俺の横に来て囁いた。「お前、大井署の連中に指示して調べさせろ」

草津さんからの指示はやはり意味不明ではあったが、今回はいつもと違い、もう少し考えれば「つながりそう」だという感覚があった。草津さんが去った後、植え込みの陰に行く。死体が倒れていた位置の白線。門馬正一が歩いていたであろう飛び石の方を振り返る。

植え込みの奥、ブロック塀に手をかけると、じゃりじゃりという感触があった。指に土がついている。

「草津さん……」

草津さんの姿はすでになかった。こういう時は素早いのだ。

指の土を払い落とし、ついでにブリギッド君から水科さんを引き剝がし、廿浦に挨拶をして門に向かう。この現場の監督者に話をしなければならない。鑑識は運河沿いの血痕の方に出払っているだろうが、一部を呼び戻す必要もあった。

だが俺が見た限りでも、草津さんの推理は間違いないようだった。方法はあったのだ。アリバイトリックを用いれば。

水科さんとの別れを惜しむブリギッド君が、おん、とひと声、吠えた。

4

五人乗りとされている車の大部分は「ぎゅうぎゅうに詰め込めば後部座席に三人並んで座れる」というだけの話であり、実質四人乗りである。だから仕方ないのである。そうでないと申し訳なさで辛い。御国管理官を駐車場で出迎えたはいいが、声が漏れない場所というとその車の中しかなく、結果、管理官を乗せて運転してきた本部の係員を降ろして俺たち三人が乗り込み、運転席も助手席も占領してしまっているのである。大変申し訳ない。

車体は細かく振動し、時折身じろぎをするように大きくぶるんと鳴る。なんせこの蒸し暑い日に、大の大人が四人も乗り込んで話をするのだからエンジンはかけたままで、冷房が頼みである。職務上も後部座席の御国管理官に暑い思いをさせるわけにはいかないわけだが、実のところ冷房が充分に効くまでの間も管理官が一番平然としていた。一番暑がっていたのは後部座席で管理官の隣に座る草津さんだった。

「連絡がありました」運転席に乗り込んでいる水科さんが体を捻り、後部座席を見る。「たった今、ツツジの断片を現場付近の側溝から発見したようです」

俺も付け加えた。「前庭の土が一部、掘り返された跡も見つかってます。完璧です」

腕組みをして座席に背中を預ける草津さんに視線だけをやり、御国管理官は眼鏡を押し上げる。「そろそろ説明していただきたいんですが」

草津さんは無言で顎をしゃくる。また俺か、と思う。名探偵なら自分でさてと言えばよさそうなものなのに、それすら面倒ということらしい。

「草津班、火口巡査部長です。説明させていただきます」いいから早く言えという無言の圧を感じたため少し早口になる。「結論から申しますと、犯行は牧デンタルクリニックに牧志保が出勤してくる八時より以前、被害者・林結香がジョギングに出てしばらく後の、七時半頃と思量します。殺害の方の現場は牧デンタルクリニックより少し離れた運河沿いの路上。血痕が残っており、鑑定により被害者のものだとすでに判明しています。犯人はジョギングコース上に停めた車両内で被害者を待ち伏せし、犯行。殺害後にすぐ被害者を車両内に収容し、現場を離れました」

管理官は黙って次を促す顔をしている。確かに次が重要だ。

「そして犯人は八時前の時点ですでに前庭に死体を置いていました。八時前ですから、作業の時間も、車両を遠くに隠して医院に行く時間も充分にあります」

「報告では」管理官が口を開く。「八時二十分と同二十五分、さらに同三十分と、三度にわたって関係者が前庭に出ているはずです。三人とも死体は見ていないということでしたが」

細かく報告がいっているようだ。やりやすい。「は。その時点では死体はある方法で隠されており、第一発見者である門馬正一が来院した九時から、帰る九時二十五分までの間のどこかで『覆い』が外されたものと思量します」

「『覆い』？」

「ツツジの低木です。前庭の左右にはツツジの植え込みがありますが、これと同じ高さ、同じ形に栽植された、いわば偽物の植え込みです」俺は携帯を出し、用意しておいた画像を出した。前庭の見取図だ。「発見時、死体は脚だけがこの植え込みから出ていました。つまり九時の時点では死体の脚も隠す位置まで植え込みがあり、その後、その部分の木が抜かれ、移動して脚が見えるようになったと推察します。だから門馬正一は、入る時には死体に気付かず、出ていく時になって初めて気付いた」

つまり、死体を隠していた植え込みの方が形を変えたのである。

関係者の誰かが前庭をもっとよく見ていれば、この偽装にはすぐ気付いただろう。だが開院前で忙しい牧デンタルクリニックで、ゆっくりと前庭に出ていた者はいなかった。

御国管理官は携帯の見取図をじっと観察し、目を細めた。「犯人は九時から九時二十五分までの間に、植え込みの一部を取り払った……」

「はい」体を捻り続けるのが辛く、一旦前を向いてからまた捻る。「死体を運び込むのではなく、偽の植え込みを抜いて捨てただけです。これなら院内にいても任意の時間に可能です。

犬を使えば」

「……吠えなかったというボーダー・コリーですか」

「はい。犯人はあらかじめ庭にいるボーダー・コリーのブリギッドを調教しておき、院内から声の合図だけで『偽の植え込みを抜いて、外に捨ててくる』という命令を出せるようにしておいたものと思われます」

草津さんがブリギッドにこだわっていた理由はそこだったのだ。そして牧志保と廿浦美波に確かめている。始業前や休憩時、関係者のいずれにも、医院の敷地内でブリギッドと二人になる時間はあったという。賢い犬なので、調教にはそう手間はかからなかっただろう。

この方法なら犯人は九時以降、院内にいながらにして死体を露出させることができる。

「ですが、どう指示しますか?」御国管理官は指でとん、と自分の膝を叩く。「ブラインドが下りており、院内から外は見えなかったはずです。外に出て大声で指示をすれば、建て込んだ地域です、治療室の中ならともかく、周辺の住民には確実に聞かれる。犬笛のようなものを使えば可能ですが、関係者は事件発生後すぐに監視下に置かれたはずです。処分する時間はない」

「だから、花人なわけです」草津さんが言った。「花人なら犬笛なんて面倒なものはいらない。超話で調教し、超話で指示したんですよ。ブリギッドにはあらかじめ裏口前で待つように指示をしておき、裏口からちょいと顔を出して超話で一言。これだけなら誰でも可能ですが、幸いなことに九時から、牧と廿浦は診療中だ。院内で目を光らせているのは常人の山村だけです」

「つまり、犯人は多和田聡子……ですか」御国管理官はふむ、と頷く。

おそらくは身柄拘束できるだけの根拠があるかを検討しているのだろう。確かにこれまでの話はすべて推測で、これだけで令状がとれるかというと怪しい。

「うちの水科は超話ができる。ブリギッドが反応するかどうか色々試しゃ、証拠になるでしょうが」草津さんは面倒くさそうに水科さんを指す。「論拠が足りないってんならこれはどうです。犯人は花人三人のうち誰かだが、牧志保と廿浦美波はいずれも犯人じゃない」

管理官が顔を上げる。日差しが当たって眼鏡のつるが光った。「根拠は」

「八時から九時までの間、三人とも一度は前庭に出ている。だがこの二人はいずれも自発的に出ている」

確かにそうだった。このトリックのメリットは「院内から一歩も出ずに死体を出現させられる」ことだ。そうやって容疑を免れるはずのトリックなのに、自分から外に出てしまうのはおかしい。プランターの水にしろブリギッドの世話にしろ、この二人なら多和田か山村に頼むか「忘れていた」と言えば済む。

「いずれも時間的には『二、三分』か『三、四分』です。だがそれは、カウンターにいた山村らが正確に記憶していてくれたからだ。記憶が曖昧なら五分にもなるし十分にもなる。加えて牧志保は裏口から出て裏口に戻っている。『外に出たが、犯行の余裕はないようなごく短時間だった』と証言してもらいたいなら、出る直前と出た直後、大急ぎで自分の存在を他人にアピールするのが普通です」草津さんはウインドウの枠に肘を当てて頬杖をついた。「だが多和田聡子だけは、カウンターの山村に話しかけてから外に出て、戻ってすぐにカウンターについている。廿浦から郵便物のことを言いつけられたのは予定外だったんでしょう。だから、外出したのはほんの短い時間なんだと山村に覚えてもらう必要があった」

御国管理官が沈黙した。エンジンの低音とエアコンの風音が続く。

やがて管理官は、すっ、と腕を伸ばすと、後部座席のドアを開けた。

「多和田聡子を死体遺棄容疑で拘束します。同時に家宅捜索。何か出るでしょう」ドアが開き、管理官は音もなく降車する。「極秘です。事件に個人的な背景があるといいのですが」

ぱたん、とドアが閉じられ、車内に再び沈黙が走る。俺は運転席の水科さんを横目で窺った。彼女は唇を引き結び、まっすぐに前を見ている。

「……くそっ。胸糞悪い」

草津さんがぼそりと言い、ドアを開けて出ていった後も、水科さんは前を見たまま動かなかった。運転してきた係員に車を返さなければならないが、俺も動けない。

管理官の言葉がただの「思いやり」であることは、俺にも分かっていた。本件にはおそらく、個人的な動機などない。花人が、差別主義者の政治家を粛清した。それ以外の何物でもない。つまり、テロだ。社会にインパクトを与えることを目的とした。そうでなければ多和田聡子はわざわざ自分に容疑が向くリスクを冒してまで「花人が集まる歯科医院」を現場にするはずがない。「花人側」の誰かが差別主義者の常人を殺した、と疑われる状況にして争いを起こし、しかし自分は容疑を免れる。あるいは牧デンタルクリニックが中傷されることを計算に入れ、差別主義者との紛争に持ち込むつもりだったのかもしれない。「疑わしきは罰せず」を堅守する花人及び常人の良識派と、まだ確定していないのにテロと見做して差別や攻撃を過熱させる差別主義者側。そういう対立の構図に間違いなく、なる。そして差別主義者はどこかで必ず、関係者の自宅に石を投げ込むなど「行き過ぎた」ことをし、非難されるだろう。それも予想してのことかもしれない。

だが、それは犯人がはっきりしない場合だ。御国管理官はすでに動いている。家宅捜索などをすれば、証拠は間違いなく出るだろう。多和田聡子はただの卑劣なテロリストになり、彼女の計画は崩れる。

そして、何もしていない大部分の花人が、苛烈な差別と攻撃の対象になる。

フロントガラス越しに、私服の係員が歩いてくるのが見えた。運転してきた人だ。車を降りなければならない。だが水科さんは沈黙している。

「水科さん。今後、困ったことがあったらすぐ相談してくれ。花人、常人、どっちも頼れる相手を知っているし……」前を見たまま言う。「……俺もできる限りのことをする。友人として言っておく」

気休めにしかならないだろう、ということは分かっていた。だが彼女と、内倉たち。せめて自分たちの周囲の数人に対してだけでも、なんとか力になれないか。無力感に胸中を軋ませながらそう思った。仮にそれができたとしても、日本全国で数十万人と言われている他の花人たちは、理不尽な暴力に晒されるだろう。それも女性や子供といった「抵抗できなそうな層」がまずターゲットにされる。差別主義者たちは海外から何を言われても聞く耳をもたないだろうし、現政権の振る舞いを見れば、ヘイトクライムを諫めるどころか煽りかねない。日本に、魔女狩りの時代が来る。

だが暗いその予感の奥に、もっと暗い漆黒の領域も垣間見える。

日本中にヘイトの嵐が吹き荒れた時、花人たちは大人しくやられるだけになるだろうか？現に、多和田聡子は殺人という犯罪でもって報復した。おそらくは竹尾昌和も、須賀明菜も。

そしてもし、彼らの間に何か繋がりがあるのだとしたら。

22日　神田

その日にその場所で、何が行われたのだろうか。多和田聡子もいたのだろうか。他に何人がそこにいたのだろうか。

これから、何が始まるのだろうか。

そして、最悪の報せはすぐにやってきた。草津さんが御国管理官から訊き出したのだという。警察発表より早かった。

家宅捜索の結果、犬を飼っていないはずの多和田聡子のマンションから、ドッグフードの箱が発見された。つまり林結香殺害の物証が出たわけだ。だが本題はそちらではなかった。彼女の携帯のスケジュール帳アプリには、今年の三月二十二日のところに予定が書き込まれていた。予定の詳しい内容は不明だが、備考欄に最低限の記述があった。

14:00　神田

そして警視総監の記者会見が開かれ、多和田聡子逮捕の発表がされた。この発表は地上波のいくつかの局が緊急生中継をし、そうでない局もニュース速報で流した。

品川区議殺害　犯人を逮捕　犯人は花人女性

その時には俺と水科さんはすでに本部に引き揚げていたが、大井署と牧デンタルクリニックには取材陣が殺到していたらしい。
そしてそれと同時に、ウェブ上のある書き込みが、密かに注目を集めていた。時事問題を扱う匿名掲示板の、品川区議殺害事件についてのスレッドだった。

草は全員犯罪者予備軍。指紋登録はよ

さすがに言い訳できないだろ　隠蔽も限界のはず

テロなのにテレビは頑なにそう言いませんね。草議員の圧力がある証拠。報道トップの名前晒せよ

花人全体に対する感情的な罵倒。陰謀論。デマ。冷静なふうを装った暴言。あらゆる形で花人に対するヘイトが吹き荒れる中、その書き込みはぽつりと、しかし異様な存在感を持って記録されていた。

解放軍グッジョブ　次のターゲットは

草津佳久

　この程度では緊張も高揚もしない。そのはずだと思っていても、自分が普段と違っていることは認めざるを得ないようだった。ハンドルを握る手が妙にぬらつく気がする。いつもより手汗をかいているのか、それともいつもより神経質になっているせいで、普段なら気にならないような感触に気付いているだけなのか。

　……何が「氷狼」なんだかな。

　運転席の草津は自分をそう呼ぶ連中を笑う。大物の逮捕となった途端にこれだ。班内で一番若いとはいえ刑事歴十一年、じきに不惑のおっさんだというのに。もっとも、助手席の花形警部は俺より五年先輩だというのに明らかに緊張し、貧乏揺すりをしては止め、を繰り返しているのだが。

　草津たちが路地に停めた捜査車両から窺っているのは、ある研究者の邸宅である。新英大学大学院経済学研究科教授、木積健一郎。研究者というだけなら何でもないが、内閣と太いパイプを持ち、経済財政諮問会議に名を連ねる大物だ。現首相の同窓生でもあり、経済関連の有識者会議には必ずと言っていいほど呼ばれ、政府の方針に沿った「専門家の見解」を出す。御用学者だ首相のロボットだと批判されても蛙の面に小便という図太さでのし上がり、政府から斡旋(あっせん)された団体の顧問や名誉会長におさまって毎月多額の報酬を受け取り、こうして成城に大きな邸宅を建てている。国民の税金と企業の資金を吸い上げて肥え太る吸血鬼の一人だった。

そういう人間に対しては通常、草津ら強行犯係は関わりがないものだ。権力者は強盗などしないし、殺人も傷害もしない。必要がないからだ。だがそういった人種でも唯一あり得るのが準強姦罪だった。これだけの地位にいながらなぜ、という人物でもレイプや痴漢、盗撮といった性犯罪を犯すし、政治家もしばしばハニートラップにかかるのは、どんなに大物になろうと、自らの手では運転も買い物もしないような生活を送ろうと、下半身に関しては一人の男に過ぎないという証左だった。むしろ自分は何をしてもいいのだという傲慢さと、それを実感したいという権勢欲と、他人を利用価値でしか見ない酷薄さが欲望のブレーキを壊す。ただし権力者は強姦はしない。暴力ではなく権力を用いて断らせなくする。酒などを飲ませ、拒絶の意思を封じ、立場の弱い女性を強姦する。木積の場合は学生だった。二十二歳の大学院生を、就職を世話してやると言って連れ回し、レイプドラッグを入れた酒で意識不明にさせホテルに連れ込んだ。犯人は被害者の知りあいであり、勇気ある被害者が警察に直行したため指紋も体液も採れた。ホテルの防犯カメラもボーイの証言も押さえている。犯人の素性が判明した時、成城署はざわついた。だが証拠は揃っている。本社も必要もない。完璧だった。

逮捕状はすでにある。あとは木積の在宅を確認するだけ。

そして、まだか――と思った瞬間、別班から無線が入った。

――在宅を確認しました。裏口も固めました。完了です。

花形が無線機を取り、答える。「了解。これより被疑者を確保します」

草津は勢いよくドアを開けた。ようやくだ、と思う。ここで待機を始めてから随分待たされた。いや、今日のここに至るまでの方が待たされた。大物とあって、いつもより何倍も時間をかけて証拠を集めさせられたのだ。それもこれで報われる。

だが、花形がなぜか車を降りてこなかった。

草津は再びドアを開け、助手席を覗いた。何をやっているのか。「花形さん」

花形は助手席に座ったままだった。手に持った携帯電話をじっと見ている。

「花形さん」

草津が苛ついて強く呼ぶと、花形はゆっくりと首を回して草津を見た。それまでの張りつめた感じがいきなり消え、静かな顔になっていた。その急激な変化に草津はぎょっとした。

何か、尋常でないことが起こったらしいとは理解していた。

「木積の逮捕は中止だ」

事態を飲み込めない草津に対し、花形は静かな声で繰り返した。「本部に戻る。木積の逮捕はなしだ」

一体何を言っているのか、と理解できない草津をよそに、花形は無線で、別班も撤収するように指示している。

「……何があったんです。どういうことですか」本当にやらないつもりなのか、と分かってくるにつれ、草津の声が震え始めた。「なぜです。もう配置している。令状もある。証拠もある。あとは身柄を押さえるだけです」

あるいはこの時まだ、草津はどこかで考えていたのかもしれない。ここまでやったのだから、この場でもう少し頑張れば逮捕を強行できるのではないかと。

だが、そんなことはなかった。花形は言った。

「上から連絡が来た。署長に直接だ」携帯をぐっと内ポケットに押し込み、花形はかすれた声で宣言する。「木積の逮捕はなし。俺たちは本部に戻る。命令だ」

木積健一郎に対する逮捕状の執行は「上」からの指示により直前で中止。検察も不起訴を決め、後に弁護士らの要請で開かれた検察審査会でも、体液のDNA鑑定書やボーイの証言など重要な証拠をほとんど出さなかったため、審査員からすれば「ある女性がこう主張している」以上の印象はなく、不起訴処分は覆らなかった。民事訴訟も検討されたが、被害者家族は示談に応じた。数年後になってある週刊誌が報じたところによれば、被害者家族の元には脅迫電話や投書が相次いでいた上、木積側の弁護人が高額の示談金を積んだ上で「就職を控えた今、あくまで争う気ですか」と脅迫したらしい。

この後、木積は何事もなく勤めを続け、瑞宝中綬章を受章し、十五年後に老衰で死亡する。警視庁内でもつきあいの長い数名は、冷たい判断力と不尽の熱意で「氷狼」と呼ばれていた草津佳久刑事がいつ、どういう理由で「昼行灯」になってしまったかを知っている。知っているが口にしない。警察にも検察にも、昔からよくあることだった。

最終章

1

新宿駅は一日の乗降客数が世界一だという。乗り入れ路線は五社十一路線。乗降客数は平均で一日当たり三百七十万人以上。ロサンゼルスの総人口とそう変わらない数の人間が毎日ここを出入りしているのである。

それゆえ、人の数が多いことを当て込んで様々な人種が寄ってくる。特にある程度スペースのある西口と南口前は、常に複数の何者かがいる。ティッシュ配り、スカウト、まっとうな募金、そう見せかけた詐欺、まっとうなアンケート、そう見せかけた詐欺、カルトの勧誘、弾き語り、自らの政治的妄想を拡声器でがなりたてる男。とにかく手っ取り早く目立ちたい、という人間たちがそれぞれの思惑で好き勝手な方向に闊歩している。

そういう性質を知っていたのだから、待ち合わせをここにすべきではなかったのだ。人が集まるということはそれだけ、ろくでもないものを見る可能性も大きいということである。

——花人の犯罪を許すな！

——花人は日本から出ていけ！

——花人無罪をやめろ！　警察は公平に捜査しろ！

その警察に周囲を守られながら、歩道を占領する規模の集団が新大久保駅方面から近付いてくる。先頭には旭日旗柄の鉢巻きをし、拡声器でシュプレヒコールをあげ続けている中年男性。そのすぐ後ろに巨大な横断幕を掲げる四人。「花人無罪を許すな」の文字。

ここのところ、毎週のように報道されている。花人排斥デモだ。

品川区議殺害事件の報道で日本の社会は変わった。決壊した、と言うのが一番近い。花人は人を殺す。花人は危険である。花人の犯罪はこれまで隠蔽されていたに違いない。そういう陰謀論を、特に政治や社会に興味がなく、選挙にすら行かないようなぼんやりした層まで口にするようになった。以前から、ウェブ上で差別主義者が時折使っていただけの「花人無罪」——つまり花人だから何をやっても警察は逮捕しない、という意味のデマが、まことしやかに囁かれるようになった。まずいことに、警察の側も思い当たることがないわけでもないのだ。花人の犯罪は極めて稀だからという理由で、最初からシロだろうと決めてかかっていた。それが「職質された時、常人と花人で警察の態度が違った」という「体験談」として拡散され、この差別的な陰謀論の根拠にされてしまっていた。

それと同時にもう一つ、恐るべき単語が拡散されていた。

花人解放軍。

拡散された大本はあの匿名掲示板の「解放軍グッジョブ」という書き込みだった。その後、あちこちの掲示板に「解放軍」という単語が現れ始め、ウェブ上ではすでにかなり広まっていた。三月の須賀明菜。先月の竹尾昌和と今回の多和田聡子。彼らは「組織」なのではないか。報道されないだけで、花人たちの間に、差別主義者を殺すテロ組織が存在するのではないか。

差別主義者たちの間では、それはすでに「周知の事実」となっているようで、彼らは「解放軍に目をつけられるとまずい」「怪しい花人を見た。メンバーかもしれない」と警戒を強めていた。彼らの怖がり方は尋常ではなく、「花人に後をつけられた」だの「花人の店員がこちらをじっと見ていた」だの、追跡妄想のレベルでパニックになっている者も多かった。花人に対して少しでも気に食わない発言をすると殺されるかもしれない。目をつけられたら殺されるかもしれない。「警察は当てにならない」と決めつけ、引っ越しをしたり防犯用品を買い込む者も現れた。

そして差別主義者たちの恐慌状態が、一般の人間たちにもじわじわと浸透してきている。つまり彼らにも何かしら「思い当たるふし」があるのだろう。テレビなどでの花人の扱い。

花人が常人を批判すると、たとえ合理的な理由があっても袋叩きにされるのに、常人が花人をひとくくりに批判しても「まあ確かにね」と苦笑で受け容れられる空気。何十年にもわたって彼らの間で鬱積していただろう怨恨。何もしなかった自分。「花人たちがやり始めてもおかしくない」という認識は皆、持っていた。

Q：社会関係調整法の制定に
A：賛成（22％）
　どちらかといえば賛成（39％）
　どちらかといえば反対（20％）
　反対（9％）
　無回答・わからない（10％）

世論調査はおおむねこのような結果だった。花人であることを理由に常人より給料を下げたり、労使協定を結べば花人に限り時間外手当をゼロにしたり、企業・団体が「構成員が花人かどうか」を一人一人確認することを認めるという社会関係調整法に対しては、この一ヶ月程で国民の意見ががらりと変わった。それまでは「差別的」「歯止めがきかなくなる」という反対意見に賛同者も多かったのだが、現在では反対しただけで「反日」「テロリスト」

と罵倒が集まる状況で、野党内ですら「やむを得ない」という趨勢になっていた。「花人であることを理由に扱いを変えることは憲法一四条一項の差別にあたる」とはっきり発言する人間は一部の文化人や法学者だけである。野党には一人だけはっきりと「差別は許されない」と発信している女性議員がいたが、彼女に対しては党代表ですら「党の方針とすり合わせてもらいたい」と苦言を呈するという状況であり、ウェブ上では辞職どころか逮捕を求める署名が電子・紙双方で何十万と集まるなど、袋叩きだった。そして現在、与党は社会関係調整法とは別に、花人に出生時の指紋登録を義務付け、住民票に花人であることを表示し、過去に重大犯罪を犯した花人にGPS端末の装着を義務付けることなどを盛り込んだ「特定群該当者の保護に関する法律（通称・花人保護法）」の作成も進めている。

俺自身も非番の時、カフェの隣のテーブルでこの法案を話題にしている女性二人組の会話を聞いたことがある。

――まあ必要なんじゃない。

――あんなことがあっちゃ、ねえ。

おそらく国民の大部分が抱いている感覚を代弁するやりとりだろう。たった――とは言いにくいが、しかし日本国内で殺人事件が毎年九百件以上起こっていることを考えればやはり「たった」である――三件の殺人で、社会ががらりと変わってしまった。

周囲を見回す。無数の通行人が東京特有の速さでそれぞれの方向に歩いているが、花人ではないか、と見える人間は一人もいない。これだけ人がいるのだから一人ぐらいは見つかるはずではないか、と思ってもう少し念入りに見回してみたが、全人口の2％弱いるはずの花人の姿は、新宿駅西口には一つもなかった。

街から花人が消えた。

それはすなわち現在、花人は外出すら困難になっている、ということだった。実際に花人が経営していることでテレビに取り上げられたりしていた店舗は脅迫電話や「テロリストノアジト」と書かれた貼り紙をされるなど犯罪被害を受けており、花人は知らない相手から「テロリスト」「犯罪者」と罵声を浴びせられたり、学校で子供がいじめに遭ったりするなどのヘイトクライムが報告されている。だがそうしたことを報じているのは一部地方紙やウェブメディア程度で、在京キー局などは全く取り上げていない。政府にしても、何の見解も出さずに座視している。

——だからね、私は前から言っていたでしょう！　危険な連中なんです。人間とは考え方が違う。彼ら同士でこっそり連絡を取りあうこともできるし、彼らだけのネットワークがある。今もどこで何、計画してるか分かったもんじゃないですよ！

——遅まきながら日本でもようやく花人無罪の状況が知られるようになった。これからどんどん対策していかなきゃ手遅れになりますよ。亡くなった林先生たちの死を無駄にしちゃいけない。

コメンテーターの麦満彦は以前よりさらにテレビの露出が増え、「花人問題」とは関係ない文脈でも出てくるようになった。お笑い芸人や映画監督などにも麦のフォロワーが増え、俳優の岸本新生(きしもとしんせい)、ミュージシャンのAOSOLA、漫画家の葉禰川惣一(はねがわそういち)など、それまでは特に政治的発言をしていなかった者が急に花人叩きを始めるケースが増えている。

そしておそらく、今、最も勢いに乗っているのが衆議院議員の秋吉修一郎だった。街から花人の姿が消えたのは何割か、この男が原因だろう。

もともと排外主義と全体主義、女性蔑視などで定期的に問題を起こし「またあいつか」と思われていた男だが、以前から「持ちネタにしていた」花人差別発言で一気に知名度が上がった。「花人は人間と遺伝子構造が違うのだから人権を認めるのは科学的に誤り。DNAの一致率を見れば花人よりチンパンジーの方が人間に近い」というデマがSNSで百万人以上に拡散されたことを皮切りに過激な発言がさらに増えた。その一つが「隠れ花人をあぶり出せ」というものだった。つまり、香水などを使ってラポール腺臭を消している花人を探し出して晒せ、というのである。

あなたの近所に、職場に、行きつけの店に、テロリスト予備軍である花人が隠れてはい

ないか。あなたの大切な家族を花人から守るために、どこに何人花人が潜んでいるかという情報を共有しよう。

彼は自身のＳＮＳを用いて「花人発見情報」を募集し、どこそこの店に花人がいた、どこそこのマンションには花人が多い、といった情報が、現地の写真付きで集まっていた。

そしてそれだけでは不充分と思ったのか、彼らはもう一つの「運動」を始めた。特定の化粧品会社に対する抗議と不買運動である。つまり、花人がラポール腺臭を消すためによく使っていた香水の銘柄は限られており、それらを製造・販売している数社が槍玉にあがったのである。

――偽装のための商品を売って金をもうけるというのはやっぱり、どうなんやろ、と思う。

あるお笑い芸人がＳＮＳでこう発信したことも手伝い、これら数社は「犯罪の手伝いをしている」「テロリストの潜伏に手を貸している」と叩かれ、会社の代表電話やＨＰにはクレームが殺到して回線がパンクする騒ぎになった。大部分の会社は「混乱を避けるため」といった理由でこれらの商品の販売を停止し、取り扱っていたネットスーパーなどもそれに追随したため、これら「テロリスト御用達」香水は一気に入手困難になっていた。実際のところ、花人にとって最も痛手となったのはこの運動だっただろう。ラポール腺臭は、香水なしでは抑えるのが難しい。だが他の香水でまかなおうとすればやや強いにおいをつけることになり、そのことでかえって疑われる。秋吉の求める通り、一部の「良心的国民」の手で「花人の洗い出し」が進んでいるのである。

そして花人は、外出を控えるようになった。先週あたりからもう、街を歩いていても顕著にそれが分かるようになった。香水なしで外出すれば花人だと特定され嫌がらせを受けるかもしれないし、自宅まで尾行されるかもしれない。特定されればウェブ上に晒される。自宅だけでなく、行きつけの店や友人宅にまで迷惑がかかることになりかねない。花人は外出そのものを避けざるを得なかった。

駅構内を振り返ると開催中の万博の宣伝が目につく。二頭身の可愛らしいキャラクターと一緒に謳われる「共生と創造」。万博の賑わいは連日報道されるが、そこに花人の姿がないという事実はほとんどの局が無視していた。

携帯を見る。俺は数日前から何度か水科さんに電話をかけているのだが、まだつながっていなかった。彼女はしばらく前から有休を取っているという。花人に好意的な一部企業などでは送迎やテレワークで対応したり、特別に休暇を与えたりという対応をしているようだが、それ以外の大部分の勤め先では花人に有休を取らせることが一般的だった。窓口や営業はもちろん来客への対応もさせられない。それどころか通勤時にトラブルに遭った場合、安全配慮義務違反にも問われかねない。どこの企業も役所も頭を抱えているはずだった。

……仕事はまだそれで凌げる。だが日常生活は。買い物はどうするのか。

それを心配して何度かSNSでやりとりをしたが、彼女からは「配達とかでなんとかしてますよー」という返信があるのみで、実際にどういう状況なのかは分からない。応援物資の一つも送りたかったが住所は知らない。内倉にも同様の連絡をしたが、こちらからの返答も似たようなものだった。

デモ隊は方向を変えたようだ。おそらく大ガード下から歌舞伎町方面に向かうのだろう。今、気付いたことだが、彼らは全員が、顔を可能な限り隠していた。眼鏡やサングラスをかけ、頭を帽子やタオルなどで覆い、マスクをしている。よく見るとすべて同じマスクなので、主催者から配られたものなのかもしれない。

俺はデモ隊の周囲を守りながら一緒に歩いている警官たちを見て苦い気分になる。新宿署の連中だろうか。デモ隊の中には「花人を殺せ」と叫ぶ者もいたし、「花人は日本にいらない」というのぼりを堂々と立てている者もいる。明らかなヘイトスピーチであるし、道の反対側にはカメラを構え、欧米系のテレビスタッフとみられる数名の姿もある。デモ隊が目の前で日本の恥を撒き散らしていても、こちらは何もできない。それを警備する姿を世界に放送されて、どんな気分だろうか。花人側のカウンターデモは最初の頃こそあったが、参加者は極めて少数で、「まっとうなデモ。参加者三万人←」「テロリストのデモ。参加者十人（笑）

←」と画像が比較され、それを嘲笑う投稿が俺のアカウントにも回ってきた。現在ではその規模のカウンターデモすらも消滅している。何をされるか分からないからだ。

　だが逆方向の心配もあった。花人へのヘイトクライムは犯罪として粛々と対処すればいいが、花人側が――「花人解放軍」が今後、何をするかが分からない。あの三件だけで終わるわけがないし、「22日　神田」の記述が五味丘のような記者にいつ嗅ぎつけられ、いつ流出するかも分からない。そうなれば本当に、関東大震災時の朝鮮人狩りのごとき状況になりかねない。そしてそれを止める警察も悪役ということにされる。

　これからどうなるのか。こんな生活はいつまでも続けられない。花人たちが安心して外を歩ける日は来るのだろうか。それとも、日本にいる限りはもう永久に来ないのだろうか。

　俺は想像する。花人保護法が成立すれば、花人は常に所在を把握されることになる。トラブルを避けようとする組織は公営・民営を問わず、花人を採用しなくなるだろう。花人は就職先がなくなる。いや、大学や専門学校ですら花人の入学を拒否するかもしれない。もちろん花人は花人同士で集まって企業を興そうとするだろう。だが「花人企業」とばれた時点で商売が立ちゆかなくなる。つまり、低学歴で収入の途がない花人が街に溢れる。そうなればおそらく役所も水際作戦を始めるだろう。生活保護すらも申請できなくなる。彼らが進む道は国外逃亡か、犯罪組織しかない。「花人は犯罪者」が事実になり、花人はナチス政権下のユダヤ人のように、庶民が虐めてガス抜きをする対象になるだろう。そしてその前に、力のある花人は国外へ流出する。この時代に、優秀な人材を進んで国外に流出させているような国家がやっていけるはずがない。経済は停滞し、常人はそれを花人のせいにして叩くことで将来の不安を誤魔化すことを選ぶだろう。問題の本質と誰一人向きあわないまま、日本人の生活水準はずるずると下がり続ける。そうなるまで何十年か、それとも数年か。

動かないでいることはできなかった。今、この流れを止めなければ、花人たちが普通に暮らせる社会は今後半世紀、戻らない。そしてその間に日本は経済競争に負けて沈没する。

だから今、俺はここで待ち合わせをしている。

そして、待ち合わせの相手が来た。土曜だが、オフィスカジュアルと同程度の恰好をしている。すらりと背が高く肩幅もあるのでジャケットがよく似合った。

「よう」

内倉、と名前を呼ぼうとしてやめた。すでに尾行されていた場合、尾行者に名前を教えてしまうことになりかねない。久しぶり、と笑顔で挨拶を交わし、ついでに囁く。「すまん。こんな急速にやばくなるとは思ってなかったんだ。出て大丈夫だったか？」

「心配ないよ。警察官と一緒だし」

内倉は俺を見て笑う。シトラス系の香りがした。「なんとなく用件は分かったから、穴場的なとこ取ってある。仕事柄、密談が多いからたくさん知ってるんだ」

俺は礼を言って内倉に続いたが、彼の目元がかすかにくすんでいるのも見た。

南新宿のその店は、古そうなビルの外観に反して中は随分と綺麗だった。入口すぐの石と掛け軸、壁の一部を飾る木彫り。エレベーターを降りた瞬間から外の世界と隔絶された静けさと高級感があり、高そうだな、と反射的に思ってしまうが、内倉によると「俺も稼ぎはそんなに変わらない」とのことで、そこまで高い店ではないらしい。水科さんを連れてきたら喜びそうだ、と思い、それから「いや、彼女はすでにこの店を知っているかもしれない」と思う。どの程度かは知らないが、内倉とはすでに懇意のようだったからだ。

そこも訊かなくてはならない。訊くべきことがたくさんある。個室に案内され座布団にあぐらをかくや質問を始めようとした俺に対し、内倉はのんびりと世間話をした。同級生のあいつは結婚したらしい。巡査部長にはいつなったのか。最近の昼飯が牛丼ばかりでカロリーがやばい。なぜだ、と一瞬思ったが、その途端に店員が引き戸を開けて注文を取りにきたので、俺は自分の前のめりを自覚した。

注文をし、ジンジャーエールとウーロン茶が届き、お通しの和え物三種に加えて梅たたき胡瓜と海月(くらげ)の酢の物が来たところで、内倉は「さて」と背筋を伸ばした。真面目な話を始める時の声であり、俺も箸をテーブルに置く。

「ひょっとして、今回の三件のどれかに関わったの？　強行犯捜査担当だったもんね」

内倉は察しがいい。隠したところで意味がないのである。俺は答えた。「全部」

「花人捜査班ってやつか」刑事弁護もよくやるという内倉は、警察内部の事情もよく知っていた。「大騒ぎになっちゃってるけど、気にしないでいいと思うよ？　火口は組織人として自分の仕事をしただけだし、いつかはこうなるだろうって気もしていた」

「いや、その先の話だ」

さすがにそこには思い当たるものがなかったらしく、内倉は無言でこちらを窺い、窺いながら箸を取って酢の物をひとつまみ口に入れた。こちらも決心がいるので梅たたき胡瓜をひとつまみ口に入れる。舌にきゅっとくる軽やかな酸味で、これからする話に丁度いい。

よし、と座り直す。

「……『花人解放軍』って知ってるか」

俺が訊くと、内倉はコリコリと海月を噛んだ。「もちろん知ってるよ。昔からあった陰謀論だけど、今回は常識人の間にも広まり始めててたちが悪い」

「……それがデマでないとしたら？」

内倉はジンジャーエールをひと口、飲んだ。最初に来るのが酢の物なのにジンジャーエールは甘口を頼んでいたな、と思うが、こいつはわりとそういうところは平気である。

「……まずはそこの検証からかな。火口が『デマでない』と判断した根拠は何？　まあ、どうしても言えない部分もあるだろうけど」

内倉の口の固さは信用している。迷いなくこういう店を選んだという時点で、話の重要度も予想しているのだろう。

「三件の犯人、いずれも花人だが」ウーロン茶のグラスに手を伸ばすが、どうも喉を通りそうもない。持ち上げずに手を戻した。「スケジュール帳に三人とも同じ記述があった。三月の二十二日に『神田』」

「それだけ？　……心当たりはないな」内倉は記憶を探っているようだ。「……うん。少なくとも主だったところの会合なんかは、なかった」

全国で数十万人しかいないのだ。花人のコミュニティは狭い。反差別運動などにも積極的に関わっており、運動家の間でも顔が広いはずの内倉なら、花人の政治運動に関しては色々と耳に入っていると思ったのだが。

「完全に非合法、というよりテロ組織だ。そういうのと関わった人間を弁護したことは？」

「ないなあ。海外で噂を聞いたことはあるけど、あくまで噂レベルだね」内倉は残った海月をすべて箸ですくって食った。「弁護士として言わせてもらうと、犯罪ほど損なやり方はないんだ。犯罪という手段を選んでしまった人っていうのは、よほど頭に血が上っていて一時的に損得勘定ができない状態になっていたか、成育環境のせいで損得勘定をしようという思考回路をそもそも持てなかったか、極度の貧困や暴力にさらされているため失うものが何一つないか、まあ、そのどれかだよ」

「そうか」

いつも、もっともすぎるほどもっともな話し方をするのが内倉だ。小学生の頃から変わっていない、と思う。俺は再び背筋を伸ばす。

「じゃあ、最後にもう一度、はっきり訊く。花人解放軍のことを何か知っているか？」

内倉は俺の目を見て、はっきり答えた。

「知らないよ。そもそも、そんなものは存在しない」

真夜中の住宅街。路地の暗闇の底に身を隠すように息を潜めていると、それまで聞こえていなかった音が湧き上がってくる。自分の呼吸音。心臓の鼓動音。遠くで通奏低音のようにうねり続けている、車の走行音。一定間隔で聞こえていた電車の通過音はなくなったが、時折迸る救急車のサイレンが、地の底から湧き上がるそれらの音をまとめて押し流す。そしてかすかに背後から、ぴしゃり、という水音。一度フェンス越しに見下ろしてみても何も見えなかったが、運河にも生き物がいるらしい。

京急立会川駅付近。午前二時二十四分。

周囲に人はいない。監視カメラの位置も確かめている。歩いて現場に接近する過程でどうしても一度、映りはするが、自然に顔を隠したまま通り過ぎることはできる角度だ。俺は手袋をはめた。仕事用の白ではなく、闇夜に紛れる黒。そのことに気付いて苦笑する。だが別に犯罪をやろうというわけではない。おおっぴらに言いたくないこと、というだけだ。

もうこれ以外に手段がなかった。昼間、内倉がはっきり言ったからだ。花人解放軍など知らない、と。花人のコミュニティは狭い。内倉は様々な政治運動やＮＰＯの社会活動に関わっており、政治活動的なものがあれば彼の耳に入らないはずがない。なのに「知らない」と答えた。それで確信した。つまり、そういうことだ。

だから、やるしかなかった。

周囲を窺い、車を降りた。俺の服装も黒基調で、普段なら職質しているだろう。だが、と思う。黒ずくめが悪だと誰が決めた。黒い正義も、白い悪もある。

現場を見上げる。牧デンタルクリニック。規制線はまだそのままだが、現場保存の警官は表に二人だけだった。裏から容易に侵入できる。

2

たった数年だが社会人をやってきて痛感するのは、最後にものをいうのは体力だし、体力を回復させる唯一の手段は睡眠である、ということだ。先輩たちからは何度も言われてきたことであり、あらゆる仕事の基本だった。

それが分かっていても、昨夜はよく眠れなかった。今日これからすることではたして自分が、そして日本社会がどうなるのかという想像がつかなかったし、単純に恐怖が強かった。

だが、やはりやめておこうか、と逃げそうになる自分を必死で鼓舞した。ここでやめたら何のために警察官になったのか分からなくなる。それに数日前の深夜すでに、現場に勝手に侵入して証拠採取をするという問題行動をやってしまっている。ばれれば最低でも停職、場合によっては懲戒免職だった。すでに一線は越えてしまっているのだ。

それに時間がなかった。だから朝一番に水科さんに電話をした。会って話したいことがあるから家まで迎えにいく、と伝えて住所を訊き出した。本来は十時頃まで待とうと思っていたが、九時に早めて家を出た。実のところ一刻の時間的猶予もなかったし、決断した状態のまま行動だけ待たされるのも限界だった。

ＳＮＳでアパートの駐車場に着いた旨を伝えると、彼女はすぐに出てきた。とっさに服装を確認する。グレーのデニムに、目の覚めるような蛍光オレンジのパーカー。足元はスニーカーで、肩にはボストンバッグをかけている。そんな恰好でもさまになるのだな、とつい口許が緩み、こちらに向かってきていた彼女の表情もそれで緩む。助手席のドアが開いた。

「お待たせしました。……ダイハツ・トール、広いですね」

「カボチャの馬車で来たかったとこだけど、馬車は軽車両だから。高速が使えないのは困る」

「ガラスの靴なんて履いてたら仕事になりませんから」水科さんは微笑み、まず自分が助手席に滑り込むと、膝の上にどかりとボストンバッグを抱えた。がしゃり、と音がする。「フエラガモやジミーチュウが実際に出してますけど、あれ履いてちゃんと歩ける自信ないです」

「なんかプロポーズ用に買う人が多いっての聞いたことあるな」* 彼女がシートベルトをしたのを確認してエンジンをかける。「とりあえずはどこかの駐車場に行く。ひと気のないとこはいくつか調べてあるから」

「了解」

　ハンドルを回してアクセルを踏む。彼女の服装を見て安心した部分はあったが、後部座席に置いたら、と勧めても首を振るボストンバッグの中身は気になった。手ぶらでくるかと思ったのだ。

　車で話をするメリットの一つが、お互いに前を向いていることである。正対を強制されないし、相手の顔をこっそり窺うこともできる。特に今のように運転しながらの場合は黙り込んでも意味ありげにとられないし、街を走っていれば適度に会話をするネタもある。

　とはいえ、そう話が弾むものでもなかった。そこは水科さんなので走りながらも「こんなところに『洋麺屋五右衛門』が」「あそこ歩いてる子の帽子のかぶり方、可愛いですね」とあちこちに反応してはいたが、いつもよりは控えめである。車なので彼女が歩きながらあれこれに反応するたび立ち止まる必要がない、というのは助かるが、物足りないとも言える。いずれにしろ、これからする話の重要性を考えれば随分とのんびりしたことだ。

予想通り、目をつけていた公園の駐車場は空きがあった。休日の昼前。千駄ヶ谷ではアイドルのコンサートが、府中では焼肉フェスが、そして埋め立て地では万博が開かれており、お出かけ先は多い。そのおかげもあるのかもしれなかった。車を停めて周囲を窺う。いずれも子供連れか犬の散歩とみられる車ばかりで、駐車場内にテントを広げたりして長居する様子の人間もいなかった。一番奥の、日なたになって誰も停めていない区画にトールを入れる。外は爽やかな快晴だが、窓は開けられない。

アイドリングし続けるのも落ち着かない。エンジンは切った。しばらくは涼しいだろう。

「……さて。大事な話だけど」

「はい」

「例の三件についていくつか確認した。鑑識、水道料金、現場の屋根」後部座席に置いてある自分のバッグを指さす。「現場の屋根から土が回収できた。鑑識に出したけど、残りはそこに採ってある」

水科さんは後部座席を振り返り、それから前を向いた。

「私も、あります。ずっと調べていたんです。SNS、筆跡、それに担当弁護士」

＊「本当に履けるガラスの靴エマ」なかむら硝子工房株式会社。フェラガモ等のブランドが出しているのは「ガラス素材のお洒落なハイヒール」だが、こちらは『シンデレラ』などに出てくるいわゆる「ガラスの靴」そのもの。

そして膝の上のボストンバッグをぽん、と叩く。

「……答え合わせ、ですね」

俸給からいえば俺や水科さんよりだいぶ上だと思うのだが、草津さんの住むアパートは明らかに安普請で、帰って寝られりゃいい、という程度の建物だった。郵便受けには一ヶ所も名札がついていないのでどれが草津さんの部屋のものか分からなかったが、どの郵便受けも突っ込まれたままのチラシがびろん、と尻を出しているような状態だったから、どれであっても大差ないとも言えた。

出てこないかとも思ったが、草津さんは二十分ほど待ったらちゃんとドアを開けてのっそり出てきた。なぜかいつものスーツであるが、ノーネクタイなのでかっちりした雰囲気は全くない。こちらに気付いてがしがし頭を掻き、十一時前なのにこれ見よがしに欠伸をしてみせるのに苦笑しつつ後部座席のドアを開ける。

「すみません。いきなりで」

「眠い」草津さんはどっかりと後部座席に座り、シートベルトをする様子もない。

そこで突然反対側のドアが開き、外で待機していた水科さんが、その隣にすっと乗り込んだ。「こんにちは」

草津さんの表情が変わった。「おい」

「本当は天馬でお迎えにきたかったんですけど」水科さんはそっぽを向いたまま言った。「天馬は軽車両になるはずで、高速を使えないので」

「くそっ、油断した」草津さんはシートに背を預けて顔に掌を乗せた。「とんだ『新米ヴァルキリー』だな。このままヴァルハラにでも連れてくつもりか？」

いきなり隣に乗り込まれたことで、自分が「拉致」されたことにはすぐ気付いたようだ。そしてそれは、この人が今でも単なる昼行灯でないことの証明でもあった。

「そんなとこには連れていきませんよ。そこらの駐車場です。長い話になりそうなんで」

路地だと違法駐車になってしまうし、草津さんの自宅周囲は監視がある可能性もある。俺はすぐに車を出した。

草津さん宅の周囲でも駐車場は目星をつけてあった。今度は大型店舗の立体駐車場である。予想通り、下のフロアは埋まっていたが、屋上まで出るとほぼ貸し切り状態だった。監視カメラも遠く、車の中は映らない。

つまり、たとえば車内で誰かを射殺したとしても誰も見ていないわけだ。草津さんもそれを理解したのか、周囲を見回して舌打ちした。

今度は、エンジンはかけたままがいいだろう。俺はシートベルトを外し、さて、と言って振り返った。

「話を聞かせてもらいます。それとも、こちらから話しましょうか？」

草津さんは不機嫌な様子で目をそらす。「何の話だ」

「仕事の話です。赤羽の大学生殺害事件。檜原村の山谷画魂殺害事件。それから立会川の、品川区議殺害事件」後部座席を振り返る。「どこの指示ですか？」

草津さんは沈黙している。車内温度が下がったのか、エアコンが少し風を弱めた。

「警視庁内でのあなたの評判は『昼行灯』です。失礼ながら、正直なところ俺も、最初はその印象を受けました」前を向く。ハンドルに手を乗せ、赤羽署の時の第一印象を思い出す。

「でもそれは違った。あなたは名探偵でした。いずれも不可能犯罪に見えたのに、あなたは三件とも見事にトリックを解き明かし、花人なら犯行可能である、という証拠を見せて事件を解決した。正直、警視総監賞ものだと思います」

赤羽の大学生殺害事件の時は、一見、全員にアリバイがあるように見えた。だが花人の超話を使えば持ち主に気付かれずに他人の携帯からSNS投稿をすることが可能であり、したがって犯行時刻はSNS投稿のあった九時五十八分ではなく、もっと後だった。

檜原村の山谷画魂殺害事件では、現場は密室だった。だが花人の超話を使って外からガラス水槽を割ることで、鍵がかかったままの現場に入らずに山谷画魂を殺害することは可能だった。

そしてこの間の品川区議殺害事件もそうだ。こっそり調教していた犬に超話で指示をすれば、誰にも気付かれずに死体を隠していた植え込みを取り払い、都合のいい時刻に死体を発見させることができた。

いずれも鮮やかだった。花人であれば犯行が可能ということで、犯人もすぐに「判明」した。捜査本部が、あるいは所轄や機捜が手こずっていた事件を、草津さん一人であっという間に解決してしまったのだ。

もっと言うなら、鮮やかすぎた。

「……俺は、ふと疑問に思いました。どうして草津さんはいつもこんなに鮮やかに、たった一人で警察の上を行けるんだろう、と」

エンジンの振動がハンドルから伝わる。屋上の日差しの中、土鳩が二羽、並んで歩いている。

「私も、疑問に思っていました」

水科さんはそこで言葉を切り、ふ、と息を吐いた。

「……私は、刑事に憧れていました。国家公務員試験を通っても、花人の女が警察庁に入れるかは分からなかったし、入れても出世コースには乗れないだろう、というのも分かっていました。そういう差別があると分かっていても、でもやっぱりこの仕事がしたい、と思ったから警察に入りました」

あまり話題にならないだけで、花人に対する就職差別は厳然として存在する。同時に女性差別も存在する。官民問わず、優秀なら出世はできる。だがトップには絶対になれない。たとえば経団連のメンバーなど、未だに全員が常人の男性だ。

そんな国で水科さんが警察官僚を目指しても、周囲の妨害で潰されただろう。だから彼女はいち警察官として現場に入ることを選んだ。警察学校では優秀だった、という評判は聞いている。だが彼女は刑事部ではなく、通訳センター勤務になった。仕事に貴賤はない。通訳センターは昨今、全検挙数の2〜3%を占める外国人犯罪への対応のために必要不可欠な部署だ。だがそのことと、彼女が外国語能力しか見てもらえなかった、ということは別問題だ。

そうしたことを、水科さんは言わない。ここまでの人生のどこかで、「考えないことにする」と決めたに違いなかった。いつか、酒でも飲みながら吐き出してくれる時が来るだろうか。

「……ですから、最初に花人捜査班の話が来た時は嬉しかったんです。憧れの刑事の仕事ができる、と思いましたから」

実際に、彼女は嬉しそうだった。「捜査一課刑事」に憧れて警察官になった人、というのは珍しくないし、俺の先輩にもそういう人がいる。

「……だからこそ、不審に思ったんです」水科さんは顔を上げた。「私が憧れた刑事は、本当にこんなに無能なんだろうか、と」

「おい」

草津さんの声が低くなった。「無能」という言葉にはやはり、問答無用の棘（とげ）がある。

だが、水科さんは怯（ひる）まなかった。座席の間から前方を見て言う。

「推理のきっかけになる証拠は、すべて草津さんが一人で、たちどころに見つけていました。赤羽の時は一回多い解錠記録。檜原村では死体の姿勢が綺麗だったこと。立会川の時は血痕。……ですが、どうして草津さん以外の捜査員は、これらを一つも見つけられなかったんでしょうか。ヴェテランの刑事さんもいたのに、気道を圧迫されて死んだ人間の姿勢が綺麗なことに誰も不審を抱かないものでしょうか？　現場の解錠記録、それどころか真っ先に確認されてよさそうな被害者の携帯のＧＰＳ情報ですら、草津さんが言うまで誰も確認しないものでしょうか？　逆に立会川の時は、少し離れた場所の血痕を、草津さんはなぜすぐに見つけられたのでしょうか？　草津さんが見つけられるなら、機動捜査隊と大井署がすでに見つけている気がするんです」

草津さんは窓枠に肘を引っかけ、頬杖をついて外を見ている。「そこが俺の、名探偵たる所以だ。名探偵は『持ってる』ことも大事なんだ」

「これはフィクションではありません。現実です。フィクションなら、シリーズキャラクターを印象づけるための『名探偵補正』で済みますが」水科さんは首を巡らせ、外を見ている草津さんをじっと見た。「現実では『不審な点』になります」

エアコンの風がまた強くなった。外の真っ白な日差しが車体を熱している。

「捜査の結果もできすぎていました。三件とも犯人は花人で、しかも花人特有の超話を活かした犯行です。それが明らかになると、すぐに『動機』らしきものも判明する。全く同じ展開です。私は思いました」水科さんは草津さんから視線を外し、前の座席の一点を見た。「……シナリオがあったのではないか。この結論は、最初から決まっていたのではないかと」

水科さんの発言に対しどういう反応をするかを観察していたのだが、草津さんは興味なさげに鼻を鳴らしただけだった。「……陰謀論か。くだらんな」

「下山事件、三鷹事件、戦前の石田検事怪死事件」水科さんは前を見たまま言う。「シナリオの存在が疑われる事件は、日本でも起こっています。ロッキード事件の捜査中に運転手や記者が次々と『急死』したことなどは、草津さんならご記憶なのでは？」

俺たちが担当し、草津さんが「解決」したこれまでの三件には、いずれも「シナリオ」があった。俺はその前提で再捜査をしたが、水科さんも密かに同じことをしていた。最近つながりにくかったのは、そのせいもあったらしい。そしてついさっき、水科さんと「答え合わせ」をして出た結論はこうだった。三件の事件には、いずれも「本当の真相」がある。確固たる一本の動機に貫かれた、計画的な連続殺人事件だったのだ。

だが草津さんは肩を震わせてくく、と笑う。「馬鹿馬鹿しすぎて吹くぞ。そんな歴史的大事件を例に出されてもなあ。お前ら大丈夫か？」

そういう反応だろう、ということは予想していた。だが、自分が歴史的大事件に関わるはずがない――というのは論理的根拠のない、ただの正常性バイアスだ。どんな人間だって歴史の転換点に立ち会う可能性はある。

現に、この三件がきっかけになって花人に対する差別が一気に合法化される。これは充分に歴史的大事件と言える。もしかしたら、二十年後に歴史の教科書に載るかもしれないのだ。

「立会川の事件については、俺の方もおかしな点を見つけていました」

俺は足元に置いていた自分のバッグを探り、ビニール袋を出した。中に入っているのは灰茶に乾いた、少量の土である。だがこの土が問題だった。

「捜査中、俺は牧デンタルクリニックの『ブロック塀の上』に土が載っているのを見つけました。これはおかしな話です。なぜ塀の『上に』土があるのか。つまり、塀のさらに上から土が落ちてきた、ということですよね」

体を捻り、土の入ったビニール袋を草津さんに見せる。草津さんは窓の外を向いているが、視界には入っているだろう。

「おかしいと思ったので昨夜、牧デンタルクリニックの屋根に上ってみました。これがその時に見つけた土です」ビニール袋を振る。かさり、と鳴って中の土がわずかに動く。「鑑識から回答ももらっています。俺が屋根の上から回収した土は、前庭の植え込み周辺にあったものと同じだそうです」

庭の土が屋根に載っていた。つまり。

「庭の土がついた何かが、屋根の上……つまり空中を移動したことになりますよね」

草津さんの眉がかすかに動いたのが見えた。姿勢としては苦しいが、体を捻って後ろを見続けていた甲斐はあった。

「そこで初めて冷静になったんですよ。よく考えてみれば、牧デンタルクリニックでのあのアリバイトリックは、別に犬なんか使わなくてもいい。建物内にいながら植え込みの一部を引っこ抜いて捨てる方法があればいいだけなんですから、ドローンで実行可能です。つまり超話は必要ないし、犯人が花人である必要もない」

この事件は「三件目」だ。だから雑になったとも言える。実際、それまでの二件で草津さんが「名探偵である」ということを信じさせられていた俺は、こんな明白な論理的欠陥に気付かず、また草津さんが真相を見抜いた、と思っていた。

水科さんが続けて言う。

「檜原村の山谷画魂殺害事件も同じです。エアーマットの紐が濡れていたのは私も見ていますし、わざわざラックにロープをかけたという点からも、被害者を眠らせてマットに寝かせ、外からマットを落とすことで首を絞めた、という点は間違いがないと思うんですが」

水科さんは一瞬、言葉を切り、一言だけ超話を発したようだった。何と言ったのだろうか。

「アトリエの外からマットを落とすだけなら、超話を使わなくても可能です。マット全体を水に浮かべておいて、後で排水すればいいいんです」

「……なんだ、そりゃ」気のない声で反応があった。

「つまり、犯人はあのアトリエ全体に水を張っていたんです。あのアトリエは窓が一つもないコンクリートの箱のようなものですし、床の排水口は外まで繋がっているわけですから、外から塞ぐこともできます。そしてマットはほんの二十㎝程度浮かせればいい。アトリエの面積を三十㎡だとして、三十㎡×水深二十㎝、つまり六㎥程度の水を流し込めば、マットが浮きます。換気扇には隙間がありますから、ここからホースを差し込んで水を流し込んだんでしょう」水科さんは淀みなく言ったが、この場で計算したのだろうか。「まず犯人は、現場になるアトリエの排水口の出口に、外から栓をします。それから薬物で山谷画魂を眠らせ、現場内に二十㎝ほど水を張ります。その後、筏のように浮かべたエアーマットに被害者をうつ伏せに寝かせ、ラックにかけたロープの輪を首にかけて、現場を施錠します。あとは深夜になったら外から排水口の栓を抜き、アトリエから排水すればいいだけです。排水されて水面が下がっていくにつれて被害者の体も下に下がり、最後には首が絞まります。もともと水はけがよく作られていたアトリエですから、ほとんどの水は排水口から流れてしまいます。後から見ても、まさかアトリエ全体に水が張ってあったとは誰も思わないでしょう」

　水槽がすべて割ってあったのは、草津さんが推理したトリックが使われたように見せかけるだけでなく、床が濡れていることをごまかすためでもあったのだ。

　被害者が寝ていたエアーマットの紐を引き出したら濡れていた、というのも当然だった。

草津さんはあれを「水槽の水がかかったから」＝「自殺ではない証拠」だとしていたが、実際はエアーマットそのものが水に浮いていたわけだから、穴から水が入ったのだろう。

水科さんは結論を言う。「……これなら、花人でなくとも犯行が可能です」

「馬鹿馬鹿しいな」草津さんが口を開く。「俺が言ったトリックでもいいはずだ。そんなに頑張って花人以外の犯行ってことにしなくても、理屈は合うだろう」

「いえ、そうなると今度は、死体の姿勢が矛盾します」俺は体を戻し、ルームミラーの位置を変えて後部座席を窺うことにした。「山谷画魂の死体はもがき苦しんだ跡がなく、綺麗に気をつけをしていました。これは本件が他殺であるという根拠ですが、同時に、あなたの言ったトリックが間違いだったという根拠でもあるんですよ」

ミラーの中で草津さんが目を細める。この点については想定外だったのかもしれない。

「分かりませんか？　あなたの言ったトリックだとするなら、エアーマットの紐は二つの水槽で二点吊りにされていたはずなんです。それを外から音波で割った場合、二つが同時に割れるなんてことはありえない。振動に耐えきれなくなった方から、片方ずつ割れるはずです。となれば当然、マットは左右片側ずつ落下することになる。だとすれば、死体があんな綺麗な姿勢のまま、というのはおかしいんですよ」

この事件には二つのトリックがあった。実際に用いられた水を張るトリックと、「推理」としてでっち上げた、超話を使ったトリックだ。だが前者はともかく、後者の方はきちんと実験してはいなかったのだろう。頭の中で考えるだけで作られたシナリオだから、一度実際に試してみればすぐ分かるような見落としがでる。

　そして、見落としはもう一つあった。

「現場の排水口付近に、水槽にいたはずの熱帯魚の死骸が複数ありました」水科さんが言う。分かっているだろう、と言いたげでもある。「あれは明らかな不審点でした。ただ水槽を割っただけなら、あんな位置に死骸が集まるはずがありません。アトリエ全体に水を張り、それが排水口に向かって流れたという証拠です」

　俺はバッグを探り、ファイルから一枚の紙を出して後ろに送る。「事件当時の山谷邸の水道使用量です。ちょうど六㎥と少し、他の日より多い」

　物的証拠は揃っている。立会川の事件も檜原村の事件も、花人でなくとも犯行可能だった。そしてもう一件も。

「赤羽の大学生殺害ですが、これも別の可能性が浮かんでいます。あなたの見立てでは、花人が超話を使い、気付かれないように被害者の携帯を操作してＳＮＳ投稿をした、というものだった。ですが俺は疑問に思いました。そもそも花人が、感情的に人を殴り殺したりするものだろうか、という点です」

　草津さんの心中は分からない。ミラーの中の彼は相変わらずそっぽを向いたままだ。しかし、反論する声は少しかすれていた。「……そういう結果になっただろうが」

「そうでしょうか？　別の可能性もあります。たとえば被害者は九時五十八分の時点で須賀明菜と一緒にコンビニにいた。その後彼女と別れ、部屋に一人でいたところに真犯人が訪ねてきて、被害者を殺害したという可能性はどうでしょうか」

真犯人、という単語を現実の仕事で使うとは思わなかった。だが、そうとしか言いようがない。こうして話していてもどこかフィクションめいた印象になるのは、事件そのものがそもそも何者かの描いたシナリオだからなのかもしれない。

「たとえば、こうです。須賀明菜は当初、一人でコンビニに行った。そこで被害者とばったり会うか、あるいは被害者が彼女を追ってきていた。そこで揉め事になった。たとえば須賀明菜が、被害者から強く言い寄られたのかもしれません」

どの程度の「強く」なのかは分からない。だが少なくとも、コンビニ付近の暗がりで、一人で来たと思っていたのに突然男がつけてきていたとしたら、それだけで恐怖感は強いだろう。花人は男女問わず、ストーカー被害などのトラブルに遭うことも多いと聞く。

「それに対して牽制するため、須賀明菜は犯人の携帯を音声入力で起動してみせた。被害者はそれに気付いて慌て、SNSの書き込みを消して音声入力をオフにした。つまり九時五十八分の書き込みを消したのは、普通に被害者自身だった。もちろんその後、すぐに訂正や釈明をする余裕は被害者にはありません」

あるいは被害者は須賀明菜と摑みあいになったのかもしれない。被害者は鼻血を出した跡があったからだ。血が出たとなれば、一旦揉め事は中断され、被害者がホテルの部屋に戻る気になったのも頷ける。

「そして被害者が部屋に戻るちょうどその時、真犯人が部屋を訪れた。解錠記録から考えれば、真犯人は部屋の外、廊下かどこかで被害者に会い、一緒に部屋に入ったのかもしれません。これが二十二時十二分。そして犯行後、真犯人が退室したのが二十二時二十六分。真犯人は被害者が鼻血を出した跡を見たのかもしれないし、須賀明菜をコンビニに追いかけていった顛末を聞いたのかもしれません。そこでとっさに思った。今殺せば須賀明菜のせいにできるのではないか、と」

被害者は周囲の誰も知らないタイミングで須賀明菜と会っている。コンビニに行っていたというなら、店員あたりからその証言が出るのではないか。真犯人はおそらく、そう考えた。

もちろんこれはただの推測だ。だが草津さんのした推理よりは真実に近そうに見える。なぜなら。

「鑑識に当たりました。須賀明菜が犯人だというのは、やはりおかしい」

俺は再びバッグを探り、クリアファイルを出した。今度は数枚の書類であり、まとめて後ろに送る。草津さんは相変わらずふてくされたような顔で目をそらしてはいたが、それを撥ねのけるまでのことはしないようで、黙って受け取った。

「そういえば、最初の捜査会議でもきちんと説明されていたんです。被害者の死因は脳挫傷ですが創傷部位は後頭部。それも『後頭骨と小脳』だと」

自分の後頭部を撫でる。ちょうどヘッドレストに当たる位置で、「頭頂部の後方」ではなく完全に「真後ろ」である。

「犯人が須賀明菜ならこんな場所を殴るなんてありえない。被害者は百八十センチ以上あったのに対し、須賀明菜は花人ですが、女性を含め、関係者の中で最も背が低い。百六十センチもなかったんです」

自分より二十センチ身長が高い相手でも、頭を殴ることはできる。だが当然、凶器は上から振り下ろす形になる。その場合、角度的に後頭部に凶器は当たらない。当たるのは「頭頂部のやや後ろ」である。後頭部に凶器が当たっているということは、凶器は横薙ぎに振られたということだ。現場を見た時、凶器の破片が死体の「前後」ではなく「左右」に広がって散らばっていた事実もそれを示している。だが、自分より二十センチ以上も身長の高い相手の頭を殴る時、凶器を横薙ぎに振るだろうか？　不可能であるし、ありえない。

つまり最初から、須賀明菜が犯人であるはずがなかったのだ。

そしてこれについても、やはり不審な点がある。草津さんが須賀明菜犯人説を出したとして、鑑識から反対意見は出なかったのだろうか。鑑識なら絶対に言う。もっと背の高い人間の犯行のはずだ、と。だが赤羽の事件ではそれもなく、須賀明菜はそのまま逮捕されている。逮捕に関しても同様だった。容疑者の中で唯一の花人である須賀明菜に、俺たちは一度も会っていない。花人の捜査のために呼ばれたにもかかわらずだ。そして俺たちの報告によって須賀明菜が逮捕されたのに、やはり俺たちは、彼女の取調に参加していない。そこで疑問が出てくる。須賀明菜の身柄はどこにあり、取調を担当したのは誰だろうか。わざわざ本庁から別の花人捜査官を連れてきて、そいつにやらせたのだろうか。これだけ急転直下した事件なのに、赤羽の捜査本部にいても、誰それが取調をしている、といった話は全く聞こえてこなかった。

俺たちの推理の通りだとすれば、その理由が分かる。草津さんを始めとする「でっち上げ班」以外が須賀明菜と接触してしまえば、彼女は無実を主張する。つまり俺が今言ったような、コンビニでの揉め事を主張するだろう。花人は原則的に嘘をつかず、取調に対しても「事実をありのままに話す」という、最も合理的な反応を示す。だがそうなると困るのだ。彼女の説明には説得力があるだろうし、そうなると草津さんの推理に疑義が生じる。弁護士が熱心に主張すれば起訴も危うい。おそらくそうなる前に、須賀明菜は「隠された」のだ。

このことを考えるとぞっとする。俺たち捜査員はただの歯車であり、捜査の方向性に口を出すどころか、全体像を知らされることすらない。刑事というのは鵜飼いの鵜と同じで、ただ証拠を集めてこいと放たれ、言われた証拠を咥えて戻ってくるだけの存在なのだ。捜査本部が大きな事件ほどそうなる。つまり、上が明らかにおかしな捜査指揮をしていても、現場の俺たちは何も知ることができない。

組織というものの恐ろしさを見た気がする。俺たちは、何に利用されたのだろうか。

「……分かりますよね？」追及しているのはこちらなのだが、どうしても声が震える。「いずれの事件も、花人でなくても犯行は可能だったし、あなたの推理が間違っているという物的証拠があるんです。なのに捜査本部はあなたの推理通りに動き、花人は犯人だと断定した。その結果、今のこの社会状況がある」

すべてが嘘だったのだ。草津さんは名探偵ではなく、語られた真相は誰かに用意されたものので、犯人は逮捕された三人ではない。トリックは花人でなくとも実行できたし、動機もでっち上げだった。

陰謀。俺だって「まさか」と思う。だが証拠がそうだと語っている。こう訊くしかなかった。

「誰の指示ですか。……どこまで噛んでるんですか？」

3

そう口にした途端、ぐっと心臓が詰まる感触があった。なるほど虎の尾を踏む感触とはこういうものか、と頷き、気持ちを無理に鼓舞する。もうこの時点ですでに、俺と水科さんは、警察官としての立場が危うくなっている。「上」の方針に異を唱え、その工作を暴いているのだ。

「……計画だったんでしょう。すべてシナリオができていた」どうしても声が震えている気がする。相手にはどう聞こえているだろうか。「『花人による殺人事件』をでっち上げる。しかも超話という、花人にしかできないことを利用して。大々的に報道されれば国民の中で、花人への恐怖と憎悪が一気に爆発します。社会関係調整法は容易に通るし、花人保護法もおそらく通る。差別に反対していた野党は一気に力を失い、日本社会は差別主義者が優勢になる」

裏には間違いなく政府・与党がいる。世界中から突き上げをくらっても花人差別に何の対策も講じず、マスコミにもそのことを報道させない。それどころか今のマスコミは積極的に差別を煽っている。もともと与党の支持母体は「保守」系集団だ。この集団の中には花人差別を容認するどころか積極的に支持し、それを法制化させたい連中が含まれていて、声も大きい。対して花人の有権者はたった数十万人。票田としての旨みはないし、花人は政策をきちんと評価した上で支持不支持を決めるから、反差別を打ち出してもそれだけで票になるとは限らない。政治家が花人より差別主義者を、正義公平より差別を選ぶのは、力学的には当然といえた。

差別は票になるのだ。少なくとも正義や平等より、ずっと。そして金にもなる。差別を煽るメディアは簡単に注目を集め、安定して広告収入を得られる。

そして政府・与党の中には、警察組織に対して絶対の支配力を持つ者がいる。実行犯と実行部隊の指揮官、それを動かす政界関連の人物のさらに背後には間違いなく、花人叩きの風潮を作れ、とのご意向を示した大物がいる。もちろんこの組織には他にも、酒席で懐柔したテレビ・新聞各社の政治部・社会部トップを通じてマスコミを操り花人叩きの報道をさせる役や、税制面での優遇や補助金などをちらつかせて企業の協力をあおぐ役もいるのだろう。事件を起こして世論操作のきっかけを作る役である草津さんたちはただの一部門に過ぎないし、草津さん自身もただの「実行犯グループの中核人物」だ。

考えると目眩がしてくる。警察部門の関係者はどれだけいるのだろうか。完全な欺瞞であるから、そう多くの人数を関わらせているとは思えない。だが少なくとも御国管理官は関与している。三件の殺人事件をすべて彼が指揮していたのは偶然にしてはできすぎだった。つまり三件の捜査にどの管理官を派遣するか決める立場の人間も「組織」側なのだ。ノンキャリアで勤労意欲の塊のような捜査一課長自らこんなことを始めたとは考えにくい。もっと上から、警察庁ルートで圧力がかかっているのだろう。警視総監や刑事局長がこの件に対してどういう立場をとっているかは分からない。積極的に関与しているのか、それとも「静観」か。少なくとも、表だって反対はしていない。

「花人による、花人の能力を活かした殺人事件。しかも犯人たちの間につながりがあるかのような証拠が出てくる」はっきりと言う。「……『花人解放軍』なんて存在しない。すべては、あんたたちのでっち上げだ」

思えば、「22日　神田」の情報も、すべて草津さんからだった。御国管理官以下、警察部門の実行犯はこうして他の同僚たちにもそれとなく情報を流し、「花人解放軍」の存在が警察組織内で密かに噂されている、という状態を作ろうとしていたのだろう。俺たちはスピーカーだったのだ。警察は花人解放軍の存在を、公式には認めない。だが国民の間では、それが存在するのではないか、という噂が飛び交う。おそらく「22日　神田」に関しても、リークという形を装っていずれ情報が出されただろう。

「犯人役にされた須賀明菜ら三人の、スケジュール帳の筆跡鑑定を知人に頼みました。それから赤羽の被害者である冨田遼也がしていたとされる、SNSでの差別的な書き込みも」水科さんが言う。「筆跡鑑定はいずれも『別人の可能性があるが確証なし』でした。そしてSNSの書き込みは最近作られた偽アカウントのもので、冨田遼也の手によるものだとする根拠はありませんでした」

つまり冨田遼也は差別主義者ではなかったのだ。そして二十二日の神田では、実際は何も起こっていなかった。スケジュール帳の書き込みもすべて、誰かがでっち上げたものだ。

「推測ですが」すべて言う。分かっている、ということを伝え、草津さんを説得しなくてはならなかった。「最初の赤羽の事件については、計画外だったんじゃないですか？　花人による殺人事件をでっち上げようと準備している時に、たまたま花人である須賀明菜が容疑者になる事件が発生した。だからあんたらは急遽、この事件を計画に組み込むことにした。そして赤羽の事件が大いに話題になって『うまくいった』ことを確認すると、今度は元々計画していた二つの事件を起こした。『被害者役』は差別主義者として有名で、周囲に花人がいて、あんたらが用意した人員を周囲に潜り込ませることができる人間だ。山谷画魂殺害の犯人は竹尾昌和じゃない。常人で、なおかつ後から被害者の周囲に潜り込むことができる人物、つまり画商の犬伏宗一だ。品川区議殺害の犯人は唯一の常人で事件時、一度も外に出ていない山村愛美璃。そして赤羽の事件の本当の犯人は二十二時十分に席を外し、容疑者の中で最も背が高い男性の野々村一翔だ。こいつだけはただの学生だろうが、犬伏と山村はあんたらの仲間だった」

赤羽の事件についてはイレギュラーだったから、あるいは須賀明菜は何かの理由で公訴を取り下げられるかもしれない。法廷で「事実をありのままに」喋られたら隠蔽が困難になるし、真犯人である野々村一翔が罪悪感から自首してきてしまう可能性もある。一方、犬伏と山村は公安部員か、組織が臨時で雇ったアルバイトだろう。実のところ犬伏だの山村だのといった名前も本名かどうか疑わしい。

「告発すべきです」俺は結論を言った。「これは重大犯罪で、陰謀で、政治的テロだ。人も二人、死んでいる。すべて発表して、法の裁きを受けさせるべきです」

草津さんは応えない。やれやれ、という顔で外を見て、俺が渡したファイルを水科さんの膝の上に放った。

「……お前ら、頭大丈夫か」うんざり、という声で言う。「何だその陰謀論は。これは現実だぞ？　少し頭、冷やせ」

だが一瞬、その目の中に宿った光を見て理解した。草津さんは「引き返せ」と言っている。今なら引き返せる。やばいものに関わるな。そう言っている。

だが、その覚悟はすでに済ませているのだ。こんな重大犯罪を見逃すなら、何のために警察官になったのか分からない。

「私だって、最初は信じられませんでした。政界とマスコミ、さらに警察組織がグルになって、殺人事件まで起こすというのは」水科さんもすでに覚悟を決めているはずだった。その声は揺るがない。「ですが正直なところ、山谷画魂も林結香も、『彼ら』にとってはどうでもいい人物でしょう。林結香は与党ですが、政務活動費の不正流用疑惑が囁かれていますね。これを機に『整理』するという意味合いもあるのかもしれません」

「そんなことが現実にあると思うか？」

「ある、と疑うきっかけがあったんです。高校の同級生に小埜木涼香さんという子がいました。学生時代から常人嫌いが強く、その勢いのまま、現在は『花人の人権を守る会』に所属し、精力的に活動していいます」

水科さんが彼女をどう思っているのかは分からない。ただ、言葉遣いからして「傍観者」

というニュアンスは強く感じた。どこかで精神的に袂を分かったのだろう。

「その小埜木さんと会いました。花人解放軍の情報を訊き出すために。彼女は『全く聞いていない』と答えました。あるわけがない、と。花人のコミュニティは狭いです。本当に花人解放軍というものが存在するなら、彼女が噂すら聞いていないというのはおかしいです」

　実際にその通りだった。本当にテロをするつもりなら、共犯者を公募するわけにはいかない。メンバーは口コミで、個人的なつながりを通じて一人ずつ集めていくことになる。過激な思想の持ち主を探し、接触して仲を深め、徐々に踏み込んだ話にもっていく。そういう活動をしていれば当然、不穏な雰囲気の話に誘われた人がいる、と噂になる。全国に数十万人しかいない花人のコミュニティで、運動家の耳にそうした噂が全く入らない、という可能性は小さい。それが小埜木涼香という人だけの話ならまだ分かるが、全く同じ確認作業を俺もしたのだ。内倉もまた、はっきり「そんなものは存在しない」と言った。考えられる可能性は二つ。内倉も小埜木さんも解放軍に協力していて嘘をついている。でなければ、解放軍の存在の方が嘘。どちらが正しいかを断定できる状況ではなかったが、双方の可能性を検討するべき状況であることは間違いがなかった。

　そしてそもそも、ここまでの流れがあまりに差別主義者側に有利すぎることが、最大の疑問点だった。合理的な行動で知られる花人がこんな、幼児の癇癪のような事件を起こすだろうか。こんな事件を起こせば花人差別に口実を与えるだけで、何のメリットもないどころか莫大なデメリットがある。今回の一連の事件はその結果だけ冷静に見れば明らかに、花人側よりその敵側の方に、起こす理由があるのだった。

「……だから思ったんです。『花人解放軍』なんて本当は存在していないんじゃないか、と」

実際には存在していたと言ってもいい。だがその実態は全員常人であり、テロリストを追う側がテロリストだったのであり、目的は花人差別の法案を通すことだった。すべてにおいて逆なのだ。俺は言った。

「知っていることをすべて話してください。警察の自浄作用が期待できないならマスコミです。権力に忖度しないところだってある」

「……やめろ」

「今やらないと取り返しがつかなくなる。本物のクズになるつもりですか」

「それ以上騒ぐな。元の仕事に戻れ！」ついに草津さんが声を荒らげた。「……お前らはよく調べた。そこは分かった。だが待て。組織人としての責任ってやつを考えろ」

「何ですかそれ？　一見、大人の意見みたいに聞こえますけど、人殺しに対して黙ってるのが『組織人としての責任』なら、そんなものは糞食らえですよ。というか、こんな膿をそのままにしておいたら、それこそ警察組織のためによくない」

「冷静になれと言ってるんだ。全部失うつもりか？」

「全部なんて失いませんよ。最悪でも『今の仕事を辞める』だけです」水科さんが言った。

俺より声が落ち着いている。「ここで動かなかったら、むしろその方がすべてを失います。今の流れを止めなければ、花人は今後五十年間、外を歩くこともできなくなりますから」

花人である彼女には元々、やる以外の選択肢はなかったのだ。水科さんの決断は早かった。乗った筏が滝に向かっているなら、一刻も早く川に飛び込むべき——理屈では分かっていてもついぐずぐずしてしまうような決断を、花人はすぐにする。いや、彼女だから、と言うべきだろう。

花人と常人という立場の違いはあれど、状況は俺も似たようなものなのだ。公然と差別がされる社会でなど暮らせない。

「あんたと違って、俺はあと三十年は勤めるつもりだし、五十年は生きるつもりなんだ」

中年になった自分を想像してみる。老年に達した自分をそれに重ねる。すると、はっきりと分かることがある。

「……残りの人生をずっと、なんであの時やらなかったんだ、って後悔しながら生きるなんて真っ平だ」

誰にだって「これだけは絶対に譲れない」というものがある。それを失ったら自分の芯が空っぽになる。そういうものがある。俺の場合それは「正義」というやつだった。そんなに大層な正義じゃない。誰がどう見てもこれはおかしい、というものに対して「これはおかしい」とはっきり言う、という程度の、最低限の正義だ。

今回のこれは、その最低限の正義に照らしても絶対に見過ごせない。警察官が人殺しに加担し、その罪を弱者になすりつけ、しかもその目的は差別を合法化すること。そんな醜悪な陰謀を見過ごすくらいなら、死んだ方がましだ。

それに、まさに今、こうして見ているのだ。後悔しながら生きてきた人間の顔を。俺はこんな顔にはなりたくない。分かれ道が見えているのに同じ道を進むほど馬鹿じゃない。

「あんたの時とは違う。今は真実を発信するツールがどこにでもある。揉み消せば揉み消した跡が、握り潰せば握り潰した跡が半永久的に残る。それが何年、何十年してから検証されることもある」なお目をそらす草津さんに言う。「協力してください。個人的なコネも使う。あんたの身柄は守れる。マスコミにだって協力者がいる。今見せた証拠だってすべて、もうあるサイトに上げてあります。すべてがオープンになる。無傷では済まないだろうが、勝てます」

水科さんが合図したらしく、ポロシャツ姿の男が一人、車に駆け寄ってきた。ウインドウを開けると、男は後部座席を覗き込んでにこやかに言った。

「どうもーこんにちわ。忖度なし！　タブーなし！　正義と真実の記者、週刊春秋の五味丘です！」

草津さんは舌打ちをした。「……てめえか」

「週刊春秋がすべて正義とはとても思えないし、編集部には信用できない奴もいますが」親指で五味丘を指す。「この人の過去の仕事は調べました。この人も編集部も、このレベルのスクープを捨ててまで権力に忖度はしない」

「……週刊誌程度が騒いで何になる。甘く見すぎだ」

「そうなんですよねえ」五味丘はわざとらしく眉を八の字にした。「残念ながらこのレベルのスキャンダルは、一斉に大々的にやんないと潰されちまいます。なので今回は仕方なく、テレビにも協力をお願いしているわけで」

五味丘が後方を指さす。ラフな恰好をした小太りの中年男と、ハンディカメラを構えたキャップの男が二人、日差しの中を歩いてきている。キャップの男はすでにカメラを回しているようだった。五味丘から話は聞いている。テレビ東洋のカメラマンと、ディレクターの愛川だ。

「ね、草津さん」五味丘は顔に似合わない甘ったるい声を出した。「もう全部バラして、ヒーローになりましょうよ。ここで黙っててもこっちは騒ぎますから、あなたどうせ切られますよ。そんならせめて、最後にひと花咲かせた方が気持ちよくないですか?」

「花人側のコネも用意してあります」俺は言った。「なんせ運動家の支援もしている弁護士ですから。車とシェルターの手配ぐらいはお手の物ですよ。下の階に車を待たせています。身の安全は保障します」

草津さんは眉をぴくぴくと動かし、ちらりと窓の外を見た。五味丘がすかさず微笑み、テレビ東洋の二人が手を振る。分かっているのだろう。ここで喋っても喋らなくても、彼らは報道する。草津さんはすでに切り捨ての対象であり、いずれにしろ危険が及ぶ。

「……嵌めやがったな」

「そういう台詞は悪者の方に言ってください」

正義と悪は相対的なものでしかないが、「組織」の連中と比べれば、今の俺たちは明らかに正義だ。

だが、水科さんがさらに悪者めいたことを言う。「あなたの身辺も調べています。探偵業を営む花人も多いので。……別れた奥さんとお嬢さんに毎月、かなりの額を送っているようですね。お嬢さん、今年から大学生ですか」

「てめえっ」

「あなたに選択権はありません。お嬢さんの方は現在も監視中です」水科さんは前を見たまま言う。「今日は朝からお友達とお買い物。渋谷まで出ていらっしゃるようですね」

水科さんがここまでやっていたというのは予想外だったが、もう乗るしかなかった。窓の外の五味丘と目が合うと、五味丘は口に人差し指を当て、全く似合わないウインクをした。

窓を開けているせいで熱気がじわじわと車内に浸透してくる。どこかでセミが鳴きだしている。エアコンがあたふたと風を強める。

「……ふざけんなよ」

「こっちの台詞です」水科さんは間髪容れずに返した。「ですが一応、説得もさせていただきます。草津さん。こんな悪に加担してしまって、本当にいいんですか？」

草津さんの経歴については、五日市署の千光寺巡査長や、本部の内さんから話を聞いた。「氷狼」と呼ばれていた冷酷な熱意の持ち主が、ある時を境にぱたりと腑抜けてしまった事件。おそらくそれ以来、草津さんはどうでもよくなっていたのだろう。俺だってあんな仕打ちをされればそう思う。結局、権力者のお友達は裁けないのなら、何が正義なのか。「面倒な相手」は見逃すくせに、後ろ盾のない小物は正義面で追いかけ回すのか。一度そう思い始めてしまえば、徐々に仕事が馬鹿馬鹿しくなっていく。

氷狼はそこで牙を抜かれたのだろう。そして犬になり、あるいはこれまでも、揉み消しや国策捜査といった不正に関与してきたのかもしれない。あいつは与しやすい、と組織の連中から認識されているからこそ、実行犯に抜擢されたはずなのだ。

だが、と思う。過去の一件でそれほどまでに絶望するということは、裏を返せば根っこにはそれだけ正義感があったということだ。きっとそれが動く。動いてほしいと思う。水科さんは冷静に「情に訴えても成算は低い」と言っていたが、俺はまだ諦めきれなかった。

「お願いです。証言してください。正義の味方になりたくはないんですか？　こんなものに加担して、あんたのこれまでの人生は何だったんですか」

向かいあって言えないのがもどかしく、体を反転させて後ろを向いた。

「どうせあと二年で定年でしょう。それがそんなに惜しいんですか？　今動かなかったら死ぬまで後悔し続ける。歳とってから振り返るのがそんな人生で、本当にいいんですか？」肩を摑む。「戦えよ！　警察官だろ！」

「うるせえ。放せ」

草津さんは俺の手を振りほどく。だがそれ以上に言葉は出てこないようで、ぎりぎりと奥歯を嚙む音をさせた。

だがその後、視線を上げた。初めて俺の顔を見た、と思ったが、すぐに目をそらし、くそったれ、と呟く。

「……分かったよ。火、吐くな。苦手なんだよお前のそれ」草津さんはがしがしと頭を掻いた。「どうせ選ぶ余地もねえしな。くそっ」

「当たり前だ。選ばせてる時間なんてないんだ」俺も言い返した。「連中は何を企んでる？　ぐずぐずしてる暇はないんだ。あんたら、仕上げにテロを計画してるんじゃないのか。無差別殺人を」

手段を選んでいる場合ではない理由がこれだった。花人は犯罪者、というイメージができ、社会関係調整法が通る。だが差別主義者にとっておそらくは「本丸」であろう「花人保護法」がまだ残っている。それをつつがなく通すためにはもうひと押しが必要だ。そして今、世間では「花人解放軍」の名前が噂され始めている。マスコミも報じ始めている。となれば、その噂を裏付ける事件が起こる可能性が高い。

「言え」振り払われた手でまた草津さんの肩を摑む。さっきより強く。「テロの計画があるだろう。いつどこで、何をやるつもりだ！」

草津さんは逃げるように斜め下に目をそらしている。だが、観察していて分かった。こちらの言葉に反応している。何か知っているのだ。

だが口を割らせることができるだろうか。ここで草津さんが喋るか否かにかかわらず五味丘たちは動くから、草津さんの立場は現時点でどうせ終わりだ。だが計画中のテロをばらすとなると確実に反逆行為だし、特定もされる。より決定的に立場がまずくなる一歩を、どうやって踏み出させればいいのか。

だが、水科さんは躊躇わなかった。バッグから出した拳銃を草津さんのこめかみに押し当てた。「言ってください。でなければこの場で射殺します」

「おい」さすがに草津さんは驚いたようだった。「……正気かよ。懲戒だぜ」

「答えなさい」水科さんが撃鉄を起こす。「私たちはどうせ消される立場です。せめてもの抵抗に、あなた一人くらい射殺してから死ぬのも悪くないと思っています。どうせ、これを止められなかったら花人の人生は終わりなんですから。どうにでもなれ、ですよ」

「おい」

「日時と場所。現場はどこです。何日の何時に、何をする気ですか？」

引き金にかけた指に力がこもる。草津さんに警察官の本能が残っているなら、凶器を持った相手のこういう捨て鉢な態度は一番怖いはずだった。俺も「水科さん、落ち着いて」と演出を手伝う。

「待て。くそっ。落ち着け」草津さんは体をのけぞらせた。「万博だ。TOKYO未来博の会場。俺も具体的には聞いていない。だがそのどこかだ！」

「日時は！　何日の何時です！」

「知らん」

だが、そう答えた草津さんの視線がさっと動いたのが見えた。今、何かを見た。一瞬だけ見たのは、車のコンソールパネルの時計だ。

そのことに気付いた瞬間、全身から血の気が引いた。時計を見た。つまり。

「……今日なのか」

十一時三十二分。日曜であり、天気もいい。羽田の万博会場はかなりの人出になっているはずだ。

「水科さん、ここは五味丘さんたちに任せよう」シートベルトをする。「万博会場に向かう。時間がない」

五味丘たちも顔を見合わせる。俺と草津さんを見比べて逡巡している水科さんに、草津さんが言った。「たぶん爆弾だ。場所は西側の『ＩＴ館』周辺」

「了解」なぜか敬礼していた。「下のフロアに車がある。急いで乗ってください。隠れ家に案内します」

水科さんがドアを開け放ち、放り捨てられるように草津さんが車外に出る。

ドアを閉めようとする水科さんに、草津さんが怒鳴った。「おい、お前ら！」

アクセルを踏もうとしていた足をブレーキに移して振り返る。草津さんは俺たちを見ていた。

「いいか、無茶するなよ！　それと警察は一切信用するな。誰が敵だか分からん」

「はい」

「死ぬなよ」

草津さんはそれから、一言だけ付け加えた。「……それと、すまなかった」

「いいえ、こちらこそ」

水科さんが言った。

拳銃は水科さんに貸与されている本物だが、娘を監視している、というのははったりだった。手段を選んだのではなく、単純に人手がなかったのだ。こちらにはその程度の戦力しかない。

4

東京に住んでいるとしばしば実感する。この街は本当に人が多い。

毎日仕事で、あるいは生活のために、外出していれば必ず人混みを歩く。千四百万人都市東京の人の多さはすでにしっかりと脳裏に刻まれ、当然のこととして慣れきっている。それでも時折感じるのだ。この街は本当に人が多い。

その東京でこれからテロが起こる。いや、正確にはテロを装った陰謀だ。万博会場で無関係の人間をターゲットにし、それによって差別を加速させようとする。手段も目的も最悪に卑劣な犯罪。それを起こそうとしている奴らがいる。

午後零時十九分。新交通「ゆりかもめ」万博公園行き。

お台場方面へ向かう自動運転車両の車内は平和に混雑していた。乗客の大部分が万博会場に向かう家族連れやカップルだろう。窓からの日差しと時折海の見える高所を走る線路の開放感で、車内には白い光が満ちていた。ほとんどの者が笑顔だ。当然だった。誰も知らないのだ。この行き先でこれから、無差別テロが起こるかもしれないことを。

俺は袖で汗を拭いながら携帯を見ている。駅のホームまで走ってきた時の熱がまだ体にまとわりついている。今、見ているのは彼女と二人で書き込みをしたSNSの反応だ。

＞これ犯罪じゃない？　誰か通報よろしく
＞また花人か　本当こいつら早く駆除しろよ　日本から自由な言論が死ぬ

……反応はある。見てはいるようだ。このまま騒ぎが広がってくれれば。

会場に着くまでの間、何もせずに突っ立っているほど間抜けではなかった。110番通報をして「IT館周辺に爆弾が仕掛けられている」ということは伝えてあり、すでに警察が周囲を捜索しているはずだった。それと同時に二人でSNSやニュースサイト、あらゆるところに書き込みをした。「万博会場に爆弾が仕掛けられている。死者が大量に出る」。とにかく、騒ぎを起こすことが大事だった。今のところまだ何か起こった様子はない。犯行はおそらくこれからなのだ。警察が出動してターゲット周囲を捜索し、ウェブでも噂になっているとなれば、組織の連中は犯行を断念するかもしれない。むろん業務妨害罪だが、それで事件発生を未然に防げるなら安いものだ。

携帯の画面をタップしてニュースサイトを見る。最も情報が早いネットニュースでも、騒ぎについての報道はまだない。報道さえされれば間に合うと思うが、そんなにすぐには期待できないだろう。

ゆりかもめの車両は大量の乗客に戸惑うように時折ぎしぎしと加減速しながら、もどかしい速度で埋立地を進む。週末の混雑ぶりを考えれば、車で飛ばすよりも電車の方が速い。それは分かっているのだが、つい気が焦る。レインボーブリッジはもう過ぎた。目的地まであと四駅つまり十分弱。そこから会場まで五分。冷房の効いた空気が心地良く、このままずっと乗っていたいという甘えが首をもたげる。だがそうはいかない。

現在、草津さんたちは隠れ家に向かっているはずだった。そこで詳しい証言を取る手筈だったが、彼の証言とその他の証拠をまとめて特番を放送できるのは、早くても明日だ。今日、起こる事件は俺たちが止めるしかない。わずかな差で出遅れた。俺は祈る。どうか犯行を思い留まってくれ。今日さえ延期してくれればすべて終わる。警察が出動しているはずなのだ。延期するはずだ。そうに決まっている。

心臓の鼓動は鳴り止まない。走ってきたせいなのか緊張のせいなのか、もう分からない。吊革を握る手もぬらついている。

ゆりかもめは乗っている俺たちの焦燥を自動運転の無感情さで無視し、予定より早くも遅くもなく万博公園駅に到着した。人をかきわけ、押しのけた男に睨まれながら、人いきれで空気の過熱したホームに飛び出す。人気アーティストが作曲した万博のテーマ曲が流れるホームを駆け抜け、万博のイメージキャラクターが印刷された風船を持つ通行人たちをかわしながら駆け下りる。

「まだ」隣を走る水科さんが喘ぎながら言う。香水だろう。鈴蘭の香りがした。「様子は変わっていませんね」

「身分証明書、持ってるな？　チケット買ってる暇はないぞ」

「はい」

駅構内を駆け抜けると広大な広場に出る。一日平均十万人超という人通りを計算してもなお余るほどの広大な空間に極彩色の花壇ができ、クレープやケバブの移動販売車がのぼりをはためかせ、風船を配るスタッフや各地から駆けつけたキャラクターの着ぐるみが子供たちに囲まれている。午前中ほど入場待ちの客はおらず、帰る客もまだほとんどいない。ゲート前が比較的空いているのはありがたかったが、つまりまだ会場内には人が多いということだった。一番空いている隅の団体用ゲートに駆け寄り、スタッフに身分証を突きつける。「警察。通ります」

やりとりをしている暇はない。えっ、あの、と狼狽えるスタッフを無視してゲートを通過し、会場内に駆け込んだ。正面口前の広場はゲート前と同じくらい広く、入ってすぐ、緑から青に色を変えていく巨大なツリーが目に入る。高さ十五メートル。海外で活躍する大物アーティストにデザインさせたTOKYO未来博のシンボルモニュメント「光の木」だ。数万球というLEDと幹に組み込まれたディスプレイが連動して幻想的な映像を見せるこのモニュメントは画像映えするのだろう。大勢の人間が集まって見上げ、写真を撮っている。

「映像、アップされてました。警官隊が捜索を始めていますね」

水科さんが見せてくれた携帯は動画サイトを表示していた。リアルタイム配信で、「TOKYO未来博　警官隊出動」とタイトルがつけられている。素人が携帯で撮っているらしく手ブレがひどく、ほとんど野次馬の背中しか映っていないが、四角く巨大なIT館のパビリオンと、緊迫した様子で歩き回り、無線機でやりとりをしている制服警官の姿がちらほらと映っている。

＞まじ警察いる　ヤバい
＞テロ?　撮影者さん逃げてー
＞遠くてよくわからんもっと近付け

リアルタイムで視聴しているユーザーから、すでに数十件規模のコメントがつき始めていた。IT館の前では出動した警察が交通整理を始めていて、建物周囲から離れるように、と拡声器の音声がしている。画面から顔を上げる。IT館は右前方、この大通りをまっすぐ、会場のほぼ反対側まで行った先だ。むろん距離が遠すぎて、ここからは何も見えない。周囲で立ち止まっている学生らしきグループが皆で一つの携帯を覗き、「ヤバくね?」などとやりとりをしているのも聞こえてきた。会場内で万博の様子を検索してみたか、友人あたりから「ヤバいことになっているから動画サイトを見てみろ」と教えられたのだろう。だとすれば、会場内の一般客にも情報の共有が始まっている。だがそれでは到底間に合わないし、会場側からのアナウンスはまだ聞こえない。ＩＴ館付近では音声案内が出ているのだろうか。だが画面からも聞こえてはこない。

水科さんが通りのむこうを見る。「ＩＴ館に向かいますか？　走れば五分で……」

「いや、警官隊以上のことはできないかも……」

どうする。自分に問いかける。すでに警官隊が出動しているから、犯人がまだ爆弾を仕掛けていないなら断念したはずだ。組織的かつ計画的な犯行なのだから、仕掛ける場所も逃走経路も詳細に決められているだろう。急遽、予定を変更してよそで爆発させる、などということはしないはずだった。それならひとまずは安心なのか。だが。

脳裏に草津さんの言葉が蘇った。

――万博だ。ＴＯＫＹＯ未来博の会場。俺も具体的には聞いていない。だがそのどこかだ！

――たぶん爆弾だ。場所は西側の『ＩＴ館』周辺。

全身に悪寒が走った。視線が周囲を探っている。考えすぎだ、と心の中で声がし、本当にそうか？と別の声がかぶる。判断ができない。だが可能性はある。あるなら動くべきだ。警察官は常に最悪を想定する。そうだ。だとすれば、場所は。

体が動いていた。俺は正面の「光の木」に向かって全速力で駆け出していた。水科さんの呼ぶ声が後ろから聞こえる。

もしかしたら、本当の犯行場所はＩＴ館ではないかもしれない。

あの時、草津さんの発言は前後で変遷している。最初は「聞いていない」と言った。それなのに後から「爆弾だ」と言い、場所も「西側の『ＩＴ館』周辺」だと指定した。冷静に考えてみれば、おかしい。犯行時刻を知らないのに、場所だけ知っているのはおかしい。一度「具体的には聞いていない」と言った後、促されてもいないのに「ＩＴ館」だとわざわざ言うのもおかしい。草津さんは嘘をついたのではないか。

そしてそもそも万博会場でテロ行為をするのに、会場の一番奥にあるＩＴ館をターゲットにするのもおかしい。俺がテロリストなら、狙うのは。

客をかわしながら「光の木」に駆け寄る。根本の周囲は柵で囲われていて入れないが、ぎりぎりまで近付いて見上げている客も多かった。それらの客を一人ずつ見回し、裏側に大型のキャリーケースが置かれているのを見つけた。すぐ横に女性二人組がいたが、二人ともキャリーケースには気付いていない様子で背を向けて話し込んでいる。彼女らのものではない。持ち主らしき人間は周囲にいない。

だが、携帯を見ながら離れていく男が目に入った。眼鏡とマスクにキャップ。それも中年男一人。俺の脳が「不審者」と認識する。駆け寄っていく間に気付いた。この男は。

男が顔を上げた。その腰のあたりに手を伸ばし、ベルトを摑まえる。「おい」

男が目を見開く。顔の輪郭をレンズ越しに見て、眼鏡に度が入っていないことも確認した。変装だ。

「……こんなところに一人で来て、何やってんだ？」間違いなかった。この男は。「警視庁警務部教養課通訳センター二係長、福島篤志(あつし)警部」

この男がまさに今日、単独でこの場所にいる。しかも変装し、顔を隠して。間違いなかった。実行犯はこいつだ。

そしてやはり草津さんは嘘をついていたのだ。現場はここだ。そして福島は公安や何かではなく、以前話しかけてきたのも、事件の再検討をしている水科さんの動きが気になったか何かで探りを入れてきたのだろう。

「いや……どうも」福島は俺の顔と、摑まれている自分のベルトを見比べた。「……ああ、火口さんですか。びっくりしたな」

「とぼけんな。お前一人か？　使うのは爆弾か。もう設置したのか？」ベルトを摑む手に力を込めて握りしめ、キャリーケースを見る。やはり誰も近付こうとしていない。「あれがそうか？　起爆装置をよこせ。今すぐだ！」

後ろから水科さんの息遣いと足音が聞こえる。「係長……」

福島は彼女を見て、マスク越しのくぐもった声で言う。「ああ、お二人で。デートですか」

ベルトを引き寄せ、顔面に頭突きを入れた。ぐずぐずしている時間はない。福島が呻き声をあげて顔を押さえる。

「早く答えろ。起爆装置を持ってるのか？　時限式か。なら早く解除しろ！」

水科さんもキャリーケースに気付いたようで、そちらに駆け寄る。

「気をつけろ。爆発するかもしれないぞ！」

「大丈夫です！」水科さんはキャリーケースに飛びつき、膝をついて耳を押し当てた。だが何も聞こえなかったようで、手を添えて少し押す。その表情が険しくなった。「……火口さん。かなり重量があります」

危ないことをする、と思ったが、確かに少し押した程度で爆発してしまうようなものなら人通りの多いところに仕掛けはしないだろう。自分が現場から離脱する前に爆発してしまいかねない。だとすると時限式だろうか。

破裂音がして、周囲から悲鳴とどよめきがあがった。ぎょっとして見たが、水科さんが拳銃を抜き、空に向かって発砲していた。

「警察です」水科さんは周囲に向かって怒鳴った。「皆さん、離れてください。このキャリーケースに爆発物が仕掛けられている可能性があります。すぐに離れてください。急いで！」

怒鳴りながらポケットを探り、身分証明書を出して拳銃に添える。「警察です！　繰り返します。このキャリーケースから離れてください！」

素早いなと思う。たとえ詳細が見えなくても、身分証らしきものを掲げて「警察です」と叫べば、周囲の通行人はひとまずそれを信じる。いきなり発砲したのはどうかと思うが、緊急事態であれば仕方がない。

水科さんの気迫に押され、ざわめきが広がる。周囲の人間はお互いに引っぱりあい、離れていく。走ってきた子供が「光の木」に駆け寄ろうとし、横にいた中年女性に慌てて止められていた。

「おい。ぼけっとすんな」福島を力一杯揺さぶる。「あの中は何だ。すぐ止めろ。射殺するぞ！」

水科さんは周囲を回りながら叫び、「光の木」に近付かないように繰り返している。だが爆弾の威力が分からない。彼女も危険ではないか。そもそもこのモニュメントの下に仕掛けていたということは、モニュメントそのものを大きく損傷させる目的である可能性が大きい。万博のシンボルを破壊すれば、後の報道で破壊された「光の木」が繰り返し映される。画としてこれ以上に効果的なことはなく、花人は日本の敵だ、という印象が視聴者の頭に刻まれるからだ。

だとすれば、爆弾の威力も相当大きいはずだ。ここにいては吹っ飛ぶ。

どうすればいいだろうか。爆弾をどこか安全な場所に移す。だがそれはどこだ。この会場内のどこに持っていっても人がいる。動かしている途中で爆発するかもしれない。会場外の、たとえば海中に投棄できる場所まで持っていく時間があるだろうか。車を持ってきて中に閉じ込めるか。そうすればある程度、爆発の規模を抑えられるかもしれない。だがガソリンに引火するだろうし、吹っ飛んだ車の破片でかえって被害が拡がりかねない。それなら。頭は回るが何も出てこない。何も出てこないことを自覚してますます思考が空回りする。

「おい、福島」顔を押さえている福島を怒鳴りつける。「早く答えろ。爆弾を止めるんだ。今すぐ！」

だが福島は呻き声をあげるだけで答えない。俺は膝蹴りを入れてねじ伏せ、福島の体を肩に担いで持ち上げた。そのままキャリーケースに歩み寄り、その横に叩き落とす。

「早くしろ。てめえも一緒に爆破するぞ！」

もう、これしか手がなかった。地面に突っ伏して呻いていた福島は傍らのキャリーケースを見て体をひくつかせ、いきなり這って離れようとした。襟首を摑んで全力でねじ伏せる。だが抵抗はやまなかった。五十過ぎとは思えない力だった。俺は体当たりされてふらつき、組み合いになる。足を踏んばって倒されないように耐える。その間も福島はちらちらとキャリーケースを見ている。その目に恐怖が浮かんでおり、俺は確信した。時限式だ。そしてもう止める術（すべ）がないのだ。

周囲を見回す。水科さんは手を広げ、声を張り上げて周囲の通行人を押し戻している。それによってすでに人垣ができていたが、まだ近かった。この巨大なモニュメントを派手に破壊する威力だとするなら、十メートルやそこら離れただけでは危険だ。だがそれを教えようにも、組み付いている福島の力が強い。

「離れてくれ！」福島の頭を抱えながら水科さんに叫ぶ。「威力がでかい。その位置だと吹っ飛ぶぞ」

福島が暴れるのでまた膝を入れる。「二十メートル以上離れて伏せて！」

水科さんは声を嗄らしながら両手を振り、野次馬によってかえって増えてしまった通行人たちを下がらせようとする。騒ぎを聞きつけたようで、ゲート付近にいた係員が来てくれた。だが彼女が事情を説明している間にも次々と野次馬が来てしまう。半径二十メートルとなると相当に広く、一人二人では手が足りない。係員が人垣をかきわけてゲートに駆け戻っていく。応援を呼んできてくれるのだろうが、間に合うのだろうか。

押さえている福島を揺さぶる。「おい。あと何分で爆発する？　安全距離は何メートルだ。答えろ！」

人垣を振り返る。まだ近い、と思った時、少し離れたところから男性二人組がすっと前に出たのが見えた。笑いながら周囲をきょろきょろと見回しており、「何か始まんの？」などと言っている。

状況が分かっていないのだ。振り返って叫ぶ。「そこの二人。下がりなさい。危険です。

爆発物が」

　その時、俺の足元で破裂音がした。視界が傾き、衝撃とともに体が地面に横倒しになった。爆発したのか、と思ったが違う。左脚に灼熱(しゃくねつ)の痛みがあり、俺を振り払って立ち上がった福島の手に、黒い拳銃が握られているのが見えた。

　脚に力が入らない。福島にすがりつこうとして振り払われ、地面に倒れる。熱せられた地面の熱さを体で感じた。動けなかった。もうすぐ爆発するのかもしれない。福島が離れていく。逃げるな、この野郎――。

　人垣の中から男が飛び出し、福島に体当たりした。福島が拳銃を向けるが、男は回転してそれを叩き落とし、そのまま背負い投げで地面に叩きつけた。再び悲鳴があがる。

　倒れた福島の顔面に正拳突きを落とし、飛び出してきた男が俺に覆い被さった。「伏せろ」

　俺の記憶にあるその男とは、別人のような鋭い動きだった。

「草津さん……」

　草津さんは腕時計を見る。「目を閉じろ。息を止めろ！」

　その時、世界が真っ白になった。

　ずん、という音がして地面が揺れ、一瞬後に背中に熱風がぶち当たってきた。悲鳴が聞こえる。飛ばされる、と思ったが体はまだ地面に倒れている。振り返ると、黒煙をあげて「光の木」が根本から折れ、ゆっくりと傾いていった。

爆発した。皆は、野次馬たちは大丈夫なのか。水科さんは。

首を巡らせ、その場に尻餅をついたり慌てふためいて逃げようとしたりしている群衆を見る。最前列の人間が倒れたせいで将棋倒しになっている一角もあったが、ほとんどの人間は無事なようだった。手近にいた子供二人をかばうように抱き寄せていた水科さんが「光の木」を振り返る。

俺も振り返った。「共生と創造」のシンボルは悲鳴が飛び交う中、中に隠された配線を尾のようになびかせながらゆっくりと傾いていき、液晶とＬＥＤの破片を飛び散らせて倒れた。とっさに見ていた。倒れたところに人はいない。体を起こす。そこで初めて、俺に覆い被さっていた草津さんが地面に倒れたまま呻いていることに気付いた。すぐに起き上がらないので訝しく思ったが、後頭部から血が流れており、周囲に割れた石畳の破片が落ちている。大きい破片だが、飛んできたらしい。庇ってもらわなければ俺に当たっていたかもしれなかった。

なぜ、ここに。なぜ福島を倒した。裏切ったんじゃなかったのか。

俺はまだ混乱していた。福島は少し離れたところで、ふらふらと立ち上がったところだった。逃げようとしていたようだが、水科さんが駆け寄り、後ろからタックルで倒した。そしてその状況を、テレビ東洋のカメラマンがくまなく映している。愛川がマイクを持って喋っている。少し離れたところで、五味丘も一眼レフを出して写真を撮っていた。

——今、犯人の男が取り押さえられています。爆発物は先程の映像にあります通り、この男が所持していたキャリーケースに入れられていた模様で……。

「……くっそ。痛え」

頭を押さえながら草津さんが立ち上がる。それほど重傷ではないようだ。

「……なんで、来たんですか」

草津さんは答えなかったが、その目を見て理解した。起こすつもりだったのだ。事件を。

俺たちと警察の邪魔をして福島には予定通り犯行をさせ、その上で奴を捕らえる。できればそれを生中継させ、それから真相をぶちまける。そうして花人に対する攻撃の矛先を、一気に差別主義者に向けさせる。同時に自分の所在もオープンにして安全を図る。自分だけ逃げ出してきたならとにかく、テレビ東洋の二人をどうやって連れてきて中継させたのかと思ったが、この放送ができるとなれば説得は容易だっただろう。そして愛川が言っていたところによると、福島がキャリーケースを置いて離れる瞬間からすでにカメラを回していたらしい。いくら発砲したとはいえ、水科さん一人が声を張りあげただけで随分すぐに人垣ができたと思ったが、俺からは見えない位置で、五味丘たちも協力してくれていたのだ。カメラマンを連れた愛川は目立つし、カメラを向けられれば皆、そちらに注目するし、何か言われればとりあえず従う。

——犯人の名前が判明しました。警察官です。警視庁通訳センター二係長の福島篤志。

愛川が叫んだ。

――常人です。

やった、と思った。一番大事なそこを言えた。

だがそれで終わりではなかった。草津さんが立ち上がり、水科さんが放り捨てていた拳銃を拾い、福島につきつけた。

「……どけ」

水科さんが銃口を見上げる。草津さんは顎をしゃくって人垣の方を見た。

「あんたは負傷者の救護に回れ。そいつは俺が引き受ける」草津さんははっきりと言った。

「そいつをよこせ」

草津さんは止めようとした水科さんを突き飛ばして福島を奪うと、「光の木」の根本に引きずっていった。

それから言った。距離は遠かったが、確かに聞こえた。

「……あとは、俺がやる」

※

この後、事件は様相を変えた。最初は万博会場での爆弾テロ事件だったのが、警察官による人質立てこもり事件になった。

　草津さんは福島に拳銃をつきつけて人質にした上で、倒壊して黒煙をあげ続ける「光の木」をバックに、五味丘たちに対してするはずだったすべてを証言したのだった。社会に巨大なインパクトを与えた三件の殺人事件――赤羽大学生殺害事件、山谷画魂殺害事件、品川区議殺害事件がいずれもシナリオの用意された陰謀であり、犯人は常人である。この事件の捜査にはすべて同じ御国管理官が関わっており、警視庁は「上」からの要請に従い、花人が犯人ということになるよう、決められたシナリオに沿うよう誘導されていた。そしてウェブサイトのＵＲＬを挙げた。俺がいざという時のために、証拠物を一般公開するべくアップしておいたサイトである。それを言うと、周囲の野次馬たちもぽつぽつと携帯を出し始めた。その場で即、確認ができる時代なのだ。

　あらかた話し終えると、草津さんはまた最初から繰り返した。そうしているうちに他局のカメラもやってきて、上空にはヘリが飛ぶようになり、日本中がその場に釘付けになった。もちろん、駆けつけた警官隊がテレビカメラを排除しようとして揉みあいになったが、その様子もすべて撮影され放送されている。リアルタイムで警察への抗議が盛り上がり、１１０番は一時的にクレーム電話でつながらなくなるほどだったらしい。草津さんの証言はリアルタイムでどんどん確認され、裏が取られ、どんな圧力が働いたかサイトはすぐにつながらなくなったが、愛川からそれを伝えられた草津さんは第二のサイトのＵＲＬをカメラに向かって怒鳴った。すぐに閉鎖されることは俺も予想していたので、コピーサイトを作っておいたのである。それが功を奏した。二つ目のサイトが閉鎖されるより先に誰かの手でさらなるコピーが作られ、そちらは現在でもウェブ上で確認できる。

これほどの大事件が、これほどまでにあけすけに、衆人環視下で公開されるのは日本では初めてと言ってよかった。事件後に電話で家族と話したが、父は「三島由紀夫の自殺以来」と言っていた。実際に、この時の瞬間最高視聴率は各局合わせて92％超。つまり日本人の九割以上がどこかの局でこの事件の実況を見たのである。

どこまでが草津さんの狙い通りだったのかは分からない。だが結局、このやり方でなければ握り潰されていたかもしれなかった。爆弾はあえて爆発させ、倒壊して黒煙をあげる「光の木」をバックに、人質をとった男が喋る。その映像的インパクトがなければ、国民の関心はここまで高くはならなかっただろう。草津さんはそのまま六時間にわたって現場に踏みとどまり、その間に報道特番が組まれ、ウェブサイトに上げられた証拠をもとに検証もされ始めた。「あの事件は本当に花人が犯人だったのか？」――国民による「真相解明を」の声が警察に殺到し、警視総監と警察庁長官が怒号の中で記者会見をし、野党議員が声明を出したところで、草津さんは逮捕された。福島も逮捕されたが、その時点ですでにあの男は役割を終えていた。爆弾を置いて去るところも、取り押さえられ、警察官に発砲するところも、顔も名前も、常人であることもすべて放送されてしまっている。

そしてそれから約半年間、日本は激動した。

勾留されていた竹尾昌和と多和田聡子、さらに須賀明菜は釈放され、起訴は取り下げられた。赤羽の事件については野々村一翔が自首し、女癖の悪い被害者と以前からトラブルがあったことを自白したが、残り二件については難航した。だが花人差別の風潮に息苦しさを感じていた国民からの揺り戻しもあったのだろう。真相究明を求める声は大きく、国会でも連日取り上げられた。差別主義者たちはさらなる陰謀論を持ち出して抵抗したが、世論は反差別に戻りつつあり、当初、社会関係調整法の強行採決も辞さない構えを見せていた与党も、世論調査の結果が出るや態度を変えた。もはや花人保護法どころではなく、社会関係調整法も継続審議という形になった。

それと同時に、「組織」の連中は「切り捨て」を始めていた。

警視庁は容赦なく身内を捜査した。福島篤志は激発物破裂及び殺人未遂容疑で、犬伏宗一と山村愛美璃もそれぞれ殺人容疑で逮捕され、差別主義者である御国管理官に金で雇われたバイトであると証言した。御国管理官は一連の事件の首謀者であるとされ、殺人容疑で逮捕された。もちろん三件の現場に御国管理官が都合よく派遣されるはずがなく、より上の者が関与していたことは明らかだった。だが再三その指摘がされたにもかかわらず、「上」については疑惑が語られるのみで、刑事部長や警視総監に捜査の手が伸びることはついになかった。もっとも二人とも、疑惑のまま辞職している。そして草津さんも傷害、証拠隠滅、略取などそれぞれの行為に対する罪で起訴された。「勇気ある告発者」として不起訴を求める運動も起こったのだが、自身は何も語らず、大人しく裁判に臨むつもりであるらしかった。

　政治家では、罪をかぶったのは秋吉修一郎だけだった。草津さんがカメラの前で出した名前はそれ一つであり、それより上は彼も知らなかったのである。もちろん「もっと上」の存在は噂され、野党も連日追及したが、結局、数人の名前が囁かれただけで、その部分はやはり闇の中だった。それと対照的に秋吉修一郎は連日、非難の集中砲火にさらされ、与党の代表でもある首相はあっさり彼を除名した。その直後、秋吉修一郎は後援会の女性職員に対するセクハラ疑惑が持ち上がり、議員を辞職。それを契機に収賄と公職選挙法違反の疑惑もどこからともなく湧き上がり、火だるまになりながら起訴された。だがこれが尻尾切りであることが分からないほど国民も馬鹿ではなく、与党はここ数ヶ月の間、支持率が低迷している。事件の解明に非協力的な内閣も同様で、しばらく前から退陣論も囁かれるようになった。

　秋吉修一郎がぼろぼろになるまで叩かれて世間から姿を消し、麦満彦はテレビから姿を消し、彼らを持ち上げていたマスコミだけが、何事もなかったかのように存在し続けていた。ウェブ上の差別主義者たちの大部分はアカウントを停止したり書き込みを削除して逃亡し、花人差別の空気はまたたく間に反差別に取って代わられた。クレームが殺到して販売を停止していた香水も再び出回るようになり、むしろ「花人であることを隠さなければならない社会はおかしい」という当たり前の主張がそこここで聞かれるようになり、花人たちは再び外出できるようになった。九月に大型台風が上陸し、マスコミの報道が台風一色になったのを契機に、大衆はこのトピックから興味を失い、ようやく日本に、静かな日常が戻ってきた。

花人解放軍事件。三件の殺人と万博会場での一連の事件はそう名付けられてWikipediaの一項目になり、吹く風が冷たさを増す頃には、すでに過去のものとなりつつあった。

5

現在午後一時十五分。日差しが出てきたせいか、車内はさっきよりは暖かくなってきているように感じられる。冬至が近付いていても太陽の恵みはちゃんとあるようだ。

水科さんとペアを組み、調査対象者の家が見える位置の駐車場に停めた車両内にて、張り込み中である。「当たり」であれば今日どこかで、調査対象者は家を出る。車で出るなら車で、徒歩なら二手に分かれ、徒歩と車で尾行する。別の用件かもしれないが、依頼人の情報が正しければ行き先は浮気相手のアパートだ。

車内は寒い。エンジンをかけていれば目立ってしまうので暖房がつけられない。かといって毛布などで完全防備していてはいざという時の初動が遅れる。助手席の水科さんには何かかけてやっても、と考えたが、とっさに車を降りる必要がでてくるかもしれないし、可能性は小さいものの車内を覗き込まれた場合、不審に映る。我慢してもらうしかなかった。もっとも彼女は雪女めいたイメージ通り全く寒そうな様子を見せず、時折路上に下りてきてはてててててー、と走るハクセキレイだの路地を通る人の着ているブランドだのを見て「おおー」「かわいいですね」「珍しい」などといちいち感想を漏らしながら楽しんでいる。

「あっ、あそこのキンモクセイ見てください。混群*が来てます。……帰りの時間を考えるとそろそろ動き出しますよね」

「あの木？　ああ、あれメジロ？　違うのもいるけど。……奥さんの帰りが早くなる可能性もあるだろうしね」

「混群ですからねー。シジュウカラやコガラに交じってメジロがいるの、かわいいですよね。そういえば、裏口って見なくて大丈夫なんですか？」

「あの白いのコガラっていうのか。今日に限って裏口から出るような真似はしないだろうしね」

　相変わらず仕事の話とそうでない話を同時にするが、こちらももう慣れた。今の仕事では同期ということになるのだが、そういえば水科さんの敬語はそのままである。

　花人騒ぎが一段落した秋口に、俺たちは警察を辞めた。係長を始めとする周囲では、俺たちの評価は「よくやった」であり、内さんたちが慰労と称して高級寿司店に連れていってくれたりすらしたのだが、上の評価は違う。たとえどんな理由があっても、「組織に反逆した」人間はそれだけで、官僚たちにとってはありがたくないのだろう。非番の日の拳銃持ち出しや警告のない人混みでの発砲など様々な点は不問に付されたが、警察組織からすれば「お咎めなしにはできない」ということらしく、俺たちは後日呼び出され、今後の行動を監視する、とでもいうような内容の通告をされた。それではっきり分かった。今後の出世はもう望めないし、それどころか、どこの部署に行っても「やらかした奴」「関わらない方がいい奴」として腫れ物扱いになる。それならと二人で話しあい、内倉の紹介で花人関連の依頼などを多く取り扱う興信所に転職したのである。水科さんはぎりぎりまで有給休暇を使い倒して海外旅行などに行っていたが、俺は警察とのコネを利用したかったのできっちり引き継ぎ作業をし、なるべく感謝しつつ殊勝に辞めた。退職の日、自分の荷物を引き揚げて警視庁本部庁舎を出る時は泣くかな、と思っていたが、実際はそんなことはなく、普通に歩いて家に帰った。逆に清々しいという感覚もさしてなく、こんなものか、という感じだった。

そう。そんなものなのだろう。

この組織で貫くべき正義は貫けたし、一つ大きなことをやりきった、という節目のタイミングでもあった。つまり、俺は自分が思っていた以上に満足していたらしかった。転職先は一流の老舗（しにせ）で汚い仕事はやらないし、刑事の経験もコネも活かせるし、何より給料が前より

＊　冬場にシジュウカラ、コガラ、エナガなど異種の鳥たちが群れを作り、賑やかに騒ぎながら木々の上で食べ歩きをする現象。なぜか全く色の違うメジロも交じっていることが多いが、参加者が特に気にしている様子はない。なぜこのような行動をとるのかは分かっていない。

だいぶいい。まだ二ヶ月ほどだが、身分証明書や令状を使えない仕事にも慣れてきており、この新天地でなんとかやっていけそうだ、と安心し始めたところでもある。むしろ警察時代より自由に動ける分、探偵の方が面白味はあった。

新天地、という言葉であらためて思うことがあった。水科さんを横目で見る。

「……よく残ってくれたなあ」

水科さんが首をかしげるので補足する。

「いや、前に言ってただろ。妹さんが海外にいて、こっちに来ないか、って誘ってくれてる、って」差別が最も苛烈だった頃、いざとなったらカナダに逃げますから、と笑っていたこともあった。「警察辞めた時に、あっち行っちゃうのかと思った」

水科さんは目を見開いてこちらを見ている。そう言われることは意外だったらしい。

それから、前を見て微笑んだ。「……ここにいますよ」

その横顔はやはりなんとなく、ぼんやり白く光っている気がする。かすかに百合の香りがした。

「あ、そういえば、だいぶ前だけど……っと、出てきたぞ。車だなこれは」言いかけたところで中断させられた。「十三時十九分、車で外出。服装はよそ行き。写真は」

「撮りました。眼鏡も資料のと違いますね。浮気用かも」

「そんなのあんのかね」エンジンをかける。目標の車は視界の外だが、速度をイメージして車間距離を計算する。「よし発進。いや停止」

前を歩行者が横切った。女性二人。仕事上の癖で背恰好を確認し、気付く。

……花人だな。

二人は会話しながら歩いていく。音は聞こえないから分からないが、超話に見える。

「火口さん」

「あ、悪い。発進。撮影頼む」

「はい。……あの、さっき何か言いかけませんでした？」

「いや、後で」と言いかけ、考え直した。「前に一回、うやむやになっちゃっただろ。美術館行かない？」

尾行中に言うことではないのだが、今言った方がいい気がしたのである。水科さんはあっ、と思い出したような反応をし、ぱっと顔を輝かせた。「いいですね！　今度ぜひ」

「よっしゃ。決まり」俺はアクセルを踏む。「……じゃ、この件が片付いたら！」

あとがき

お読みいただきましてまことにありがとうございました。著者の似鳥です。素とは軽やかに風邪が吹渡り日差しの中青井曽良を白井蜘蛛が流れゆく沢谷かな梅雨晴れなのに支度に閉じこもって元寇を掻いています。はるさきの気持ちの言い日や明口の涼しくなってきた紐和里と貫井ですがweekぶりに青空が見えた梅雨時の居間みたいな費がいちばん「自分は何故支度に閉じ籠もってSUCHコトヲシテイルノダロウ」という貴仁なり虚無感に教われます。教われるあまり誤入力誤変換をそのまま放置して原稿を送ってしまいました。ATOK先生*は日本語に詳しく、携帯の文字変換アプリのように「結婚」をすべて「血痕」に変換したり「きょうは」と打っただけなのに予測変換で「脅迫」「脅迫状」「強迫観念」と余計な気を利かせてきたり私の名前を「似た度り」にしたりはしないのですが、初期設定だと変換候補に英単語が現れるのでoccasionallyこのようにルー大柴化します。世代でしょうか。あと携帯で漢字変換していると執拗に変換候補の上位に出てくるいくつかの人名が怖いんですがあれ何なんでしょうか。携帯は「本屋さん」と書こうとすると必ず「本谷さん」に持っていこうとするし「仲いいね」と書こうとすると「中井イネ」に寄せようとしてきます。誰なんでしょうか。もしかして私の携帯が呪われていて呪いの主が本谷さんなのでしょうか。それとも呪いの主を殺害し山中に遺棄したのが本谷さんなのでしょうか。呪いの主殺害容疑で何もしていない床屋さんが逮捕されてしまい、呪いの主は床屋さんを助けたくて日本全国の携帯から「真犯人は本谷さん」だと必死で訴えているのでしょうか。いつも思うんですけど怪談の幽霊ってどうしてあんな断片的なメッセージの伝え方しかしないのでしょうか。床下に埋まっている自分の骨を供養してもらいたいなら頭を下げて「すいません床下に私の骨埋まってるんで掘り返して供養していただけますか?」と言えば済むのに、わざわざ怖がられるような顔をしてうらめしやとか言うから伝わらないのだと思います。あと蒼白の死人顔や死亡直後の死体顔でそのまま出るのも怖がられてよくないと思います。顔そのものはどうにもならないとしても着衣などは一緒に化けて出られるわけですからせめて血か何かでお腹のところに(化けて出る人は白い服が多いですし)「供養希望」「PEACE」「☺」などと書いて敵意がないことを示すか「ナンバーワンよりオンリーワン」「絆」「TOKYO2020を成功させよう」

* 株式会社ジャストシステムが開発・販売する日本語入力システム。日本語に強く、方言や話し言葉なども正確に変換してくれる。

といったあまり考えていない感じのことを書けばホラー度が減って話を聞いてもらいやすくなると思うのです。別の意味で怖いですが。

こんな話になったのはお仕事の性質上「同僚」というものがおらず、一人でパソコンに向かって延々原稿を書くだけの孤独な業種だからです。仕事中あまりに孤独なので荷物を持ってきた宅配便のお兄さんに振り切れた笑顔でグイグイ応対して怖がらせたり、机に上ってきたハエトリグモに名前をつけたり、ワープロソフトが表示する「入力開始から二時間が経過しています。ちょっと休憩しませんか?」のメッセージに癒されたりと傍から見たらだいぶやばい状態になりがちです。自宅がペット禁止なので「豆苗」を可愛がって育てたりもします。豆苗は毎日水を替えるだけですくすくすくすく凄まじい速度で成長してくれるので可愛いのですが、大抵育ちすぎて収穫時を逃し、そのまま「観葉植物」として置いておくことになります。ちなみに豆苗は育ってきたらタッパーの水からプランターの土に移し、絡まって成長できるように支柱とネットを張ればさらに遠慮なくぐんぐん伸び続け、ついにはピンクの可愛い花をつけ「第二世代」の実もつけます。ちょうど今ぐらいの季節にこれをやると凄まじい成長速度なので寝ている間に伸びた蔓が網戸の隙間から寝室にしゅるしゅると侵入してきて絞め殺されるのではないかと心配になります。もちろんそんなことはありません。ご存じの方も多いと思いますが豆苗があんなに早く伸びるのは本人が成長しているわけではなく一日一回、飼い主が寝静まったタイミングで「豆苗係」の人たちが家に侵入し、その日の豆苗を一日分伸びた「明日の豆苗」とすり替えているからです。これが毎日なのですから豆苗交換業者は大変です。なのに最近の子供は魚が切り身で泳いでいると思っているぐらいですから豆苗もひとりでに伸びていると思っているようなのです。もっと学校で社会の仕組み*を教えた方がいいと思います。最近の天気予報が一時間単位で降雨を正確に予測できるのは気象予報士の中に「すでに宇宙時間を一巡したためこれから起こることをすべて体験済みの人」がいて先の天気をすでに知っているからですし、駅の自動改札で非接触型ＩＣカードの反応があんなに早いのは実は読取りなどしていなくて乗客の顔とそれまで乗った路線の合計額をすべて覚えている係員がこっそり信号を飛ばして改札機に残金を表示させているからですし、Amazon の配送があんなに早いのも最初から各家庭の天井裏や床下に忍者を派遣していて客が注文を確定すると同時にシュタタタタと倉庫に走って荷物を取ってくるからです。最近はますますネット販売が多くなってきたため街で見回すと Amazon の忍者、楽天の忍者、ZOZO の忍者、イオン系列の忍者などがシュタタタ、シュタタタタタ、シュタタタタと縦横無尽に走り回っていてお互いよくぶつからないな、と思いますが耳をすませばそこここで「おっと御免」「かたじけない」「お怪我はござらぬか」などのやりとりが交わされているのか聞こえてきて微笑ましいです。しかしお互いライバル企業なのでたとえば Amazon

＊　こんな子供は見たことがない。しかしもし本当にいるなら、ろくに物事を教えない大人たちの責任である。

の忍者と楽天の忍者がぶつかったりすると「ぬっ、貴様Amazonの手の者か」「そういう貴様は楽天者」「そこをどけい。ここはAmazonの経路ぞ。儂(わし)はこの『りぶはあと　抱き枕プレミアムねむねむアニマルズ　柴犬のコタロウLサイズ』を一刻も早くお客様の元に届けねばならぬのじゃ」「なんの。貴様こそ道を開けよ。儂はこの『クラフト抱き枕xxlサイズcraftholic うさぎタイプ　レインボー』を一刻も早くお客様の元に届けねばならぬのじゃ」「譲らぬと申すか。ならば致し方ない。丁度新たな術を練り上げているところでの。試し斬りの相手を求めていたところよ。貴様を我がAmazon忍法最初の虜にしてくれようぞ」「ふははは。笑止千万。貴様など我が楽天忍法の前では掌中の小鳥も同然。ひと息でひねり潰してくれようぞ」「食らえい！　Amazon忍法『月天風雅・耀刃ノ舞』！」「小癪(こしゃく)なっ！　楽天忍法『爆吐風圧殺・滅壊』！」シャキーン！　ジャジャジャジャジャブオォォォォォォォシュピッ！　ピシュンピシュンピシュンピシュンシィヤァァァァァァコオォォォォォォォシャシャッ！　シャッ！　ドムウウゥゥゥゥウン！　ゴアァァァァァァッ！　ゴガガガガガバキバキギバギバギズドオォォォォォン！　ババババッ！　シュピンシュピンシュピンシュピンブワァァァァァァキュイッ！　ピィユッ！　タン！　タタタタタタタン！　ブゥオォォォォォォゴボァァァァァァドドドドドドドズゴゴゴゴゴゴゴゴドガァァァァァン！　ボボボボボボバッ！　ババッ！　バンッ！　バンバンッ！　ダンッ！　バッ！　ギギギギギミシミシミシミシメリメリメリメリフォンッ！　フォフォ

フォフォフォンッ！　ゴ！　ゾゴン！　ボゴ、ボゴボゴボゴボゴボゴグシャアアアアァァアン！　ビビッ！　フォ、ヒュヒュン、ヒュンヒュンヒュンチキッ、ヒュワァァァァァァアタタタタタタタトトトトトコココココトスッ！「ぬっ！」ガラガラガラガラガラバラバラバラバラメリッ！「むっ！」シュタッ！　タタッ！

「避けきれなんだか……。美事であった」ブシッ！「毒も塗っておらぬとは、大層な奢りよう……じゃが、Amazon の里にこれほどまでの、遣い手がおるとは……嬉しいわ」

「……貴公の業こそ、なかなかに磨かれておるの……楽天の里に爆吐の業で奈良駅を吹き飛ばす者が居るとは聞いておったが……貴公のことだったか。成る程これは噂に違わぬ……」

「この楽天新兵衛、最期の相手が貴公のごとき手練れであったこと、誇りに思う……」

「なんの。このAmazon 霧丸こそ、天の采配に感謝しておるよ……」

ドサッ！　ドン！

「……ここまでか……貴公の『りぶはあと　抱き枕　プレミアムねむねむアニマルズ　柴犬のコタロウLサイズ』……お尻に穴が開いてしまったの……済まぬ……」

「商品名を……覚えておられたか……」

「ふふ……その商品ならば楽天でも扱っておる……」

「実は儂も愛用しておる……可愛いものよな……」

「奇遇じゃな。儂もじゃ……。我等……もし違った形で遇えておったならば……」

「定めじゃ。言うな……。だが来世ではきっと……ありふれた、ただの友として……」
「応……先に、逝く、ぞ……」

これのどこが小説なんだと訊かれれば「あとがきです」と答えるわけですが、まあ社会に目を凝らせばすぐ近くでこういうことが起こっているわけで*、要するに何が言いたいかというと忍術は大事だということです。ちなみに本に関しては書店や取次が運営しているhonto（https://honto.jp/）やe-hon（https://www.e-hon.ne.jp/bec/EB/Top）といった通販サイトがありまして、こちらは登録した近所の本屋さんで受け取れる上、その本屋さんの売上にもなるのでおすすめです。散々Amazonと楽天をネタに使っておいて我ながらひどいと思います。すみません。

本作は忍者とは全く関係ない現代物ですが、元ネタというか思いついたきっかけになった話がありまして、（相対的に）怠惰な「猿人（ホモサピエンス）」と勤勉な「馬人（ケンタウロス）」が同居する日本を描く九井諒子先生のギャグ漫画『現代神話』（短編集『竜の学校は山の上』収録／イースト・プレス）です。利用価値がなく絶滅に向かう「竜」が存在する社会を描いた表題作『竜の学校は山の上』や、「魔王」亡き後、残された「魔王の城」をどうするかを描いた『魔王城問題』など、ファンタジーなのに身近な話が面白くておすすめです。

今回のお仕事はCOVID-19禍の中、様々な制約を受けつつ書きましたが（自宅では集中できないので車の中で膝の上にパソコンを置いて書いたり）、その分様々な方にお世話になりました。河出書房新社の担当N氏、校正担当者様、装画の竹中様、まことにありがとうございました。印刷・製本業者様、いつもお世話になっております。見本が届くのが楽しみです。

さて異色の特殊設定社会派本格警察ミステリ、売れるでしょうか。河出書房新社営業部の皆様、取次各社の皆様、そして全国書店の皆様、どうかよろしくお願いいたします。また忍術など使わず日々脚と笑顔でお仕事をされている運送業者の皆様、いつもありがとうございます。今回もよろしくお願いいたします。

そして読者の皆様。いつもありがとうございます。著者の方は類例のない力作ができたと自負しております。どうか本作が皆様に、しばしの楽しい時間をお届けできますように。

令和二年六月

似鳥鶏

blog「無窓鶏舎」:http://nitadorikei.blog90.fc2.com/

twitter:https://twitter.com/nitadorikei

＊　現実の配送業者さんたちは忍術など使わずちゃんと譲りあってお仕事をされています。

似鳥鶏著作リスト

創元推理文庫

『理由（わけ）あって冬に出る』
『さよならの次にくる〈卒業式編〉』
『さよならの次にくる〈新学期編〉』
『まもなく電車が出現します』
『いわゆる天使の文化祭』
『昨日まで不思議の校舎』
『家庭用事件』

文春文庫

『午後からはワニ日和』
『ダチョウは軽車両に該当します』
『迷いアルパカ拾いました』
『モモンガの件はおまかせを』
『七丁目まで象が空色』

光文社文庫

『迫りくる自分』
『レジまでの推理　本屋さんの名探偵』
『100億人のヨリコさん』
『難事件カフェ』
『難事件カフェ2　焙煎推理』

河出書房新社
『戦力外捜査官　姫デカ・海月千波』(河出文庫)
『神様の値段　戦力外捜査官』(河出文庫)
『ゼロの日に叫ぶ　戦力外捜査官』(河出文庫)
『世界が終わる街　戦力外捜査官』(河出文庫)
『破壊者の翼　戦力外捜査官』(河出文庫)
『一〇一教室』
『そこにいるのに』
『生まれつきの花　警視庁花人犯罪対策班』

KADOKAWA
『きみのために青く光る』(角川文庫)
『彼女の色に届くまで』(角川文庫)
『目を見て話せない』

講談社
『シャーロック・ホームズの不均衡』(講談社タイガ)
『シャーロック・ホームズの十字架』(講談社タイガ)
『叙述トリック短編集』

実業之日本社
『名探偵誕生』

幻冬舎
『育休刑事』

似鳥鶏（にたどり・けい）

一九八一年千葉県生まれ。二〇〇六年『理由あって冬に出る』で第十六回鮎川哲也賞に佳作入選し、創元推理文庫でデビュー。デビュー作から続く「にわか高校生探偵団の事件簿」シリーズ（創元推理文庫）や、テレビドラマ化され話題となった『戦力外捜査官 姫デカ・海月千波』をはじめとする「戦力外捜査官」シリーズ（河出書房新社）、『午後からはワニ日和』から続く「楓ヶ丘動物園」シリーズ（文春文庫）、『シャーロック・ホームズの不均衡』から続く「御子柴」シリーズ（講談社タイガ）、「難事件カフェ」シリーズ（光文社文庫）、『叙述トリック短編集』（講談社）、『育休刑事』（幻冬舎）、『目を見て話せない』（KADOKAWA）など、著書多数。

生まれつきの花
警視庁花人犯罪対策班

二〇二〇年九月二〇日　初版印刷
二〇二〇年九月三〇日　初版発行

著者　似鳥鶏
発行者　小野寺優
発行所　株式会社河出書房新社
〒一五一－〇〇五一
東京都渋谷区千駄ヶ谷二－三二－二
電話　〇三－三四〇四－一二〇一［営業］
〇三－三四〇四－八六一一［編集］
http://www.kawade.co.jp/

装幀　坂野公一（welle design）
装画　竹中
本文組版　KAWADE DTP WORKS
印刷・製本　三松堂株式会社

Printed in Japan
ISBN 978-4-309-02914-6